国際結婚のすすめ
人生最良の選択

堀口幸男 著

セルバ出版

まえがき

現在、妻と国際結婚をしてから、33年が経過しようとしている。妻（マルレーネ・サンタナ・オスピナル）との出会いは、私が南米ペルー出張中に、知人の紹介で初めて出会った。１９８４年２月14日、私が30歳、妻19歳の時であった。

妻は、ペルー中央国立大学の経済学部の学生で、南米の人だが、どこか昔の日本人を思わせる、そして感じさせる、美しさと佇まいがあった。

初めての出会いから4か月半、現地での仕事が終わり、最後の別れは帰国前日の１９８４年６月28日、それからの文通と電話での遠距離恋愛が実るとは思えなかったが、なぜか妻に魅かれ続け、出会いから約３年後の１９８６年12月には、妻をペルーに迎えに行くことになっていた。

結婚式は、現地の教会で１９８６年12月２日、しかし指輪に刻まれた月日には相違があるが、このことについては本文で詳しく述べることにする。

地球の反対側から妻を迎えることに対しての決断は、経済的なことや言葉、生活習慣等々、お互いに心配があったが、若さ故の勢いだったかもしれない。

そして妻には、よくぞ遥々日本まで来てくれたと、感謝してやまない。

また、それを許していただいた今は、亡き妻のご両親にも、感謝感謝感謝である。

ペルーを旅立つ最後の夜、妻は、最愛の母親と父親の間の床に入って、最後の夜を過ごしたとのことだった。ご両親としては、最愛の娘が異国に旅立つ寂しさと、悲しさで一睡もできなかったことだろう。

１９８６年12月5日、私にとって後年、人生の最良決断と確信することになる、伴侶を連れての帰国。

そして、妻にとっては、初めての異国、それも地球の裏側であり、夫の祖国でもあり、これからの人生の大半を過ごすこととなる日本への来日。

妻は、このとき、空港で何かわからないが、独特の匂いを感じたと言う。その匂いは何か、後日明らかになる。私も仕事で海外に行くと、飛行機のタラップを降りるときに、その国独特の匂いを感じるような、同じ経験をしていたことがあった。

日本での生活には、妻は大変な苦労があった。言葉は全く通じず、夫が元気で帰宅するまでは、毎日が不安の日々の連続であったことだろう。

そのため、同じ職場で、ペルー滞在経験があり、奥様が日系ペルー人の人がいたので、何か心配なことがあったら、奥様に教えを乞えるようにお願いして、緊急時には備えていた。

現在のように携帯電話やインターネットもなく、すぐに連絡を取れる手段もなかった。ましてや自国のラジオや放送も見ることも聞くこともできなかったので、妻は、本当に寂しい思いをしていたことだろう。

そんな中、妻の楽しみは、当時のＴＶ番組で、堀ちえみ主演のスチュワーデス物語だった。番組の中で覚えた日本語を嬉しそうに度々披露してくれた。そして、その姿が、とても愛おしく思えた。

翌年の４月から日本語学校に通い出すと、相当な努力の甲斐もあって、日本語もだんだん流暢になっていった。

地域の人からも、その優しい顔立ちと性格から、商店街でも覚えていただけるようになり、地域に溶け込んでいった。

その後は、長女の出産で喜んだのも束の間、私の入院で不安な日々を送ることになる。入院当日、幼い娘を抱いて、早朝の始発バスに乗って病院から帰る、涙で霞む妻の後ろ姿は、今でも脳裏に焼き付き、忘れることはできない。


苦労続きの３年が過ぎ、約束通り、初めての里帰りとなったのは、１９８９年12月、初めての里帰りの目前にも、成田空港から引き返さなければならないというドラマがあったが、その後２か月遅れの里帰りから、再度来日するときには、妻のご両親を連れてくることができ、日本にも３か月ほど滞在していただいた。

妻も両親と共に、穏やかな日々を送ることができたのは幸いだった。ただ、その頃は、経済的には余裕もなく、妻のご両親を十分におもてなしすることができなかったのが、心残りだった。

その後も、日本での生活の中で、娘の誕生、私の3か月に及ぶ再度の入院、妻の献身、妻の母の他界、私の母の他界、子宮外妊娠での入院、流産、娘の成長、不妊治療等々と、様々な予期せぬ出来事が起こっていくが、国際結婚の喜怒哀楽も本文の中で伝えていきたい。

そして、苦楽を共にしてきた妻マルレーネとの人生を振り返って、妻との国際結婚が何にも増して、私の人生最良の選択であったと言える理由。また、光と影の部分と、私たちの辿った道程も含めて伝えることにより、これからグローバル化が加速し、国際結婚を考える人も必ず増加してくると思われるので、その多少なりとも参考になればと思います。

また、若者、中年、シニアの方々も、人生の後半を迎えた私たちが、いったん立ち止まり、振り返って見た、私たちの人生の生き様を参照していただければ幸いです。

そして、読者の皆さん自身が、これまでの自分の人生を検証し、そして、これからも自分に降りかかって来る人生の分岐点を、どのようにマイナスではなく、プラスに選択し、通過していけば、最良の選択に繋がるかと考える、自己吟味の際の一助になればと思います

既に国際結婚している、していないにかかわらず、ご夫婦では、夫や妻に尽くしてくれている相方の苦労を再認識し、お互いを改めて労い合える切っ掛けや、参考になれば幸いです。

2019年12月

堀口　幸男

国際結婚のすすめ　人生最良の選択　目次

第3章　起業

第4章　妻との出会い

第9章 軌道に乗り始めた事業と妻の支援

第10章 国際結婚の光と影

第11章　人生は分岐点の連続

第1章　青年期

1　生立ち

働き者だった母

私は、熊本県八代市出身。1953年8月生まれ。時代は昭和で、幼少の頃は、地元で外国人を見ることはほとんどなかった。

時代背景は、1953年というと、テレビ放送が開始された年でもある。自宅にテレビが入ってきたのはしばらくしてからで、小学校低学年の頃と記憶している。

自宅にテレビがなくて、親戚の家に月光仮面を見に行っていた記憶がある。また、金曜日の夜8時は、プロレス中継で力道山が活躍していた時代でもあった。

家族は、3世代同居で、祖父母、両親、姉、妹そして私の7人家族であった。実家の父は、戦後シベリヤに抑留された経験を持つ人で、帰国後国鉄で働き、定年まで職務を全うした真面目気質の父であった。

一方、母親は、兼業農家でもあったわが家の農作業を一手に担い、朝から晩まで働いていたと記憶している。電気釜など未だなく、ほとんどの家庭が、土間に釜があり、薪でご飯を炊いていた。洗濯も洗濯板で、主婦の仕事は、今から比べると、残酷としか言いようがない時代だった。

加えて母の場合は、畑仕事も加わり、相当過酷だったと思われる。私も小学生の頃、母とリヤカーを引いて水車を運び、水田に水車で水を入れるために、水車を漕いで手伝ったり、田植え、脱穀などもした。

夏の夜は、八代特産のイ草が未だない時代で、地元では〝じっと〟と言っていた畳表の原料を、二等分に縦割りにする作業（しっと割と言っていた）等の手伝いをしていた。それは、わが家の場合、家族総出での仕事でもあった。

また、母が晩年のとき、家事、農作業だけではなく、明治生まれの祖母との関係も辛い要因であったことも、聞くことができた。母が妹を妊娠しているとき、出産すると、一時的にでも家事や農作業が疎かになることを否められ、実家の前の川を何度も走り幅跳び宜しく飛んで、流産を試みたとのことだったが、母にとって、何とも悲痛な思いだったたことだろう。

ただ、幸運にも、妹は、この世に生を受けることができたのは幸いだった。そして、母の運動神経がとてもよかったことが、幸いしたかもしれない。

【図表１　１歳の頃】

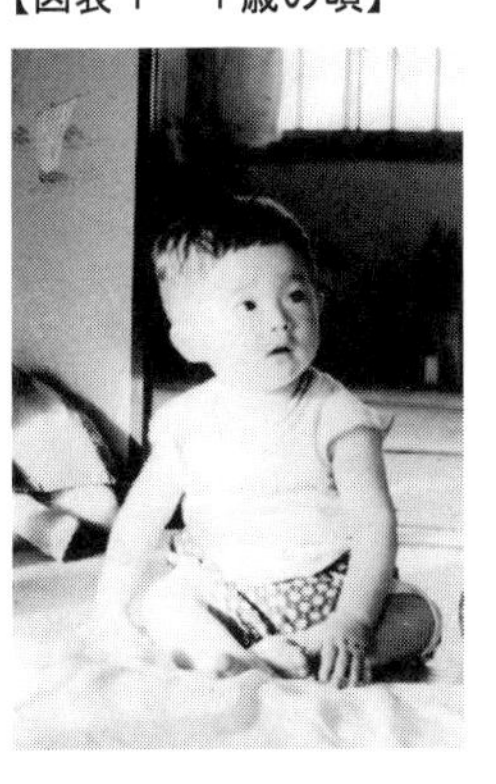

また、母は、アイデアウーマンでもあった。1例は、汚れた長靴を洗って、長靴の中を早く乾かすために、干すための棒のスタンドをつくり、何足もの長靴を逆さまに干してあったが、当時母の知恵に感動した記憶がある。

このような幼少期で、決して裕福ではなかったが、不平不満は特になかった。

反射望遠鏡

中学は、地元で通い、この頃天文学に興味を持ち、小学校6年間の子供貯金をはたいて、待望の日野金属のH―85型反射望遠鏡を、17，500円で博多の岩田屋デパートに、父に連れて行ってもらい購入した。そして夜は、天体観測に明け暮れる日々を過ごした（図表2）。

残念だったのは、中2の頃の1967年、いるか座に新星が発見されたが、発見される前に気づいていたものの、発見者にはなれなかったこと。

記憶では、3等星くらいになってやっと発見されたため、気づいていた人は多かったと思うが、発見後の手続等ができなかったかもしれない。

この望遠鏡は、未だ実家の小屋にしまってあるとのことだった。

【図表2　中学1年の頃、愛用の望遠鏡と】

高校も、地元の県立工業高校の電気科に通った。理由は、英語が嫌いであったためで、姉から普通高校は、英語の授業が2種類（リダーとグラマー）もあり、授業時間も多いと聞いていたためであった。

しかし、私は、入学当初より大学進学は決めていたが、就職する同級生も多く、それに引きずられて大学入試の勉強が疎かになってしまったことは否めなかった。それでも、何とか東海大学に進学することができた。

大学生活は、アルバイトの連続で、仕送りを受けずに自力で卒業することを目指し、何とか完遂することができた。

初めての株式投資

大学在学中の19歳のとき、アルバイトで稼いだ10万円を握りしめ、野村証券町田支店で株式投資を始めた。

最初に購入したのは、大証２部の会社だった。そして、売り買いを重ね、卒業するときには10倍に増えており、約１００万円以上になっていた。その頃の愛読紙は、日経新聞と株式新聞で、株は経済の勉強に大変役立った。

ただし、卒業後に、調子に乗って生糸の商品相場に手を出し、25日で52万円の損失を出してしまった。それは、手取りで半年分以上の給料と同額の損失でもあった。その教訓から、商品相場と信用取引はしないと心に決めた苦い経験でもあった。

その後、現在まで株を持っていない時期はなく、株式投資は私の将来の人生に大きな変化をもたらすことになった。

人生は、どこに人生を変えてしまうきっかけが潜んでいるかわからないものだ。

しかし、目標を持っていれば、その方向に人生は、誘導されていくことになるように、目標や信念を持って行動することは、とても大切であると今でも思っている。

2　目標とＴＶＣＭ→このＣＭが妻との国際結婚に繋がっていく

【図表3　高校1年時取得のアマチュア無線士免許証】

左の者は、無線従事者国家試験及び免許規則により、左記資格の免許を与えたものであることを証明する。

昭和44年9月6日

郵政大臣

資格　電話級アマチュア無線技士
免許証の番号　ＨＴＮ第2130号
免許の年月日　昭和44年9月6日
本籍の都道府県名　熊本県
氏名　堀口幸男
昭和28年8月25日生

心に残ったテレビコマーシャル

時代を少し遡り、高校時代は、電気科ということもあり、また同級生に電気工作に詳しい友人がいて、彼は、自作機器を使いアマチュア無線を楽しんでいた。その影響を受け、私自身も無線に興味を覚え、高校1年のときにアマチュア無線の資格を取得し、受信機を自作したり、中古の50ＭＨｚ帯の機器（トランシーバ）を購入して、交信を楽しみながら、無線通信への興味を培っていった。

その頃、ＴＶコマーシャルで、パラボラおじさんと称し、大型のパラボラアンテナを紹介していた。漠然とそのＴＶコマーシャルを見ていて、将来は時代の最先端で、このような機器を扱う仕事がしたいという思いと憧れと共に見ていた気がする。

そして、このほのかな憧れと目標が、将来の仕事に繋がって行き、国際結婚のきっかけになるとは、そのときは夢にも思ってもいなかった。今思えば、あのＣＭは、ＮＥＣの衛星通信初期のスタンダードA局と呼ばれる、直径32ｍのパラボラアンテナだったかもしれない。

計算尺から関数電卓へ

大学では、通信工学を専攻したが、教科書にはマイクロ波通信についての記述はあっても、衛星通信に関する記述はほんの数行で、その時代の大学教育が最先端の通信技術に追いついていなかったことを後に感じた。

当時でも、技術の進歩は速く、高校で電子管（真空管）、大学ではトランジスタを学んだが、世の中に出てみると時代は集積回路（ＩＣ）の時代となっていた。

パソコンの前身で、ＴＫ80というコンピュータボードが発売されたのも、卒業後間もないこの頃だった。欲しくていろいろ工面しては見たが、新卒の薄給では生活もあり、買うことができなかった。あのとき無理をして買っていれば、人生は別の方向に転換していたかもしれない。

また、大学の３年頃まで、授業の関数計算には計算尺を利用していたが、その頃初めて関数電卓が発売された。金持ちの同級生は、６９，８００円の立派な電卓を購入したが、私は、シャープ製だったと思うが、アルバイトで稼いだ大枚２９，８００円をはたき購入した。当時、３万円あれば、1万円家賃、1万円食費、1万円諸経費で、1か月十分暮せた金額でもあった。

時代は、まさにコンピュータ時代の幕開け頃であった。そして、留年する友人もいる中、昭和51年3月に無事大学を卒業することができた。

世の中は、高校を卒業する昭和47年頃のドルショック、そして大学を卒業する昭和51年頃は、オイルショックで、就職に関して決してよい経済環境ではなかった。

3　苦しくもあり楽しくもあった学生生活

半年間の宿無し生活

前述のように、大学生活は、仕送りなしで生活していくと心に決めてはいたが、その道程は大変だった。

高校の電気科から進学したのは、ドルショックの影響もあり、2クラス80数名の内17名いたと記憶している。その中で同じ大学に進学したのが増田君で、上京時から大変お世話になった。

私の父は、下宿を探してくれるような器用さもなかったので、増田君の伯父さんが池袋で不動産会社を経営しておられるとのことから、増田君と2人でそこを頼りに、寝台特急はやぶさ号で上京した。

最初は、2人で不動産会社の社員の方の社宅となっているお宅に転がり込むも、程なく追い出され、増田君の伯父さんの社長室に2段ベッドを入れてもらい一時生活した。そこも程なく移動し、高田馬場駅裏のＢＩＧＢＯＸというスポーツクラブができる予定地にあったと思われる、解体予定の一戸建てに住まいを移した。

ここでは、チッキ（国鉄貨物で送った荷物）で送ったリンゴ箱を机にして、白熱電球の下２人で勉強？　に勤しんだ。それは、どこか歌の文句になりそうな光景だった。しかし、ここも程なく取壊しのため、移転する時期がやってきた。

今度は、増田君の伯父さんの会社に勤める同郷の社員の弟さんが関東学院大学の学生で、横浜の瀬谷に住んでいるので、２人でそこに居候することになり移転した。その頃の銭湯が42円だったと記憶している。

同郷の栗原先輩にも大変お世話になり、先輩の牛乳配達のアルバイトを時々手伝ったりしていた。そんな生活をしていた私を見かねて、大学の同級生の大野勝史君が、父上が借りていて使っていないアパートがあるので入らないかと言ってくれ、横浜の追浜に1人で移転することになった。

この大野君には、学生生活で公私ともに大変お世話になった。その後、増田君も大和のアパートに引っ越していった。

ここで、やっと半年ほどの宿無し生活から、一応落ち着いて暮らせる環境が整った。しかし、この頃、手持ちのお金も底を尽き、学業とアルバイトによる生活を、両立させるべく悪戦苦闘も始まった。

大学生活を支えたアルバイト

アルバイトは、様々なことを経験させてくれた。お弁当を2つ食べてよいと言われた創業まもない京浜警備保障では、花月園競輪警備、追浜日産の工場内での塗装機のペンキ落とし、風呂にタダで入れることから、羽田空港の航空貨物荷扱い（AGC：エアポート　グランド　サービス）、ニコヨン（1日2，400円の作業で、高田馬場駅のガード下で、トラックの荷台に乗って行った記憶がある）、横須賀さいか屋新築工事の車両誘導など。住込みでの新聞配達は、友人の紹介でもあったが、食住がついてくるからの理由からだった。

その他、様々なアルバイトをしたが、2年生の頃、増田君からいいバイトがあると誘いを受け、綜合警備保障（現在のALSOK）で、開業3年目の九段下にあるホテルグランドパレスでの常駐警備のアルバイトに就くことができた。

【図表4　大学3年頃の北陸旅行】

このアルバイトは、大学を卒業するまで続けることができ、仕事も安定していたので、私の大学生活を経済面でしっかりと支えてくれた。その点でも、増田君には感謝感謝である。

このバイトでは、最終的には、土曜夜勤、日曜24時間勤務（当務と言っていた）、月曜日は夜勤という形で勤務できて、時間も有効に使えた。

もちろん、夏休み、冬休み、春休みは、アルバイト漬けで過ごした。夏休みには、15日間連続で当務を続けたこともあったと記憶している。そのため、成人式に出席した記憶もない。

そんな状態だったので、金銭的にも多少余裕ができ、学生時代からの株式投資に繋がっていくことになったのだろう。また、アパートも、相模大野に引っ越すこともできた。

このように描くと、苦学生とのイメージだが、それでも楽しいこともたくさんあった。バイト先のホテルには、同世代の若者も多く、休みを利用して一緒に遊びに行ったり、多少の恋愛経験もした。

金大中誘拐事件

また、有名な事件にも遭遇した。１９７３年8月の金大中誘拐事件である。後の韓国大統領になった金大中氏が、都内のホテル（アルバイト先のホテルグランドパレス）から何者かに誘拐され、５日後にソウルで解放された事件であるが、この時期に私たちも勤務しており、雑誌の取材を巡回中に受けたりした。詳細は、今でもネットで検索できる。

また、カップヌードルにも思い出がある。カップヌードルは、１９７2年2月、連合赤軍の浅間山荘事件で、警察が食べていたことで有名になったが、現在のように一般には浸透していなかった。

工学部の学生は、実験レポートなどの提出が多く、友人と相模大野のアパートに集まり、レポートづくりに勤しんだが、その夜食にカップ麺を2個食べて、気持ちが悪くなった記憶が鮮明に残っている。現在は、ほとんど食べることはないが、年に数回食べると、そのときのことを思い出す。苦しくもあり、楽しくもあった学生時代だった。

4 就職

一応受けてみたNTT

学業は、アルバイト兼業のため、今一つ優れなかったが、工業高校電気科でアマチュア無線もやっていたので、通信工学科の授業には比較的楽についていけたと思う。必須科目を年間7回しか出席せずに単位が取れたのは、友人の大野君の代返（代理の返事）のおかげでもあった。

卒論は、小林君と2人で音声パターン認識。指導は近藤教授であった。卒論の選択が、本来の希望どおりとはいかなかったためか、成績が悪かったのか、優はもらえず、良であったと記憶している。

余談だが、近藤教授とは、10年後くらいに、何かのセミナーかシンポジュウムで隣の席になったことがあったが、当時時代の最先端の仕事をしていたためか、大学の恩師と席を同じくできたことには感激した。そのときは、卒論の成績には触れず、学生時代の話に留めておいた。

このような状況ではあったが、就職試験は一応NTTを受けてみた。競争率50倍くらいで、前の席の受験生は東大生で、戦意喪失し、見事不合格だった。

負け惜しみではあるが、あのとき万が一合格でもしていたら、私の人生は最良の道へとは導かれなかっただろう。

海外へのあこがれ

卒業する頃から、海外への関心が増々強まり、海外での仕事ができる仕事を探すことにした。英語が苦手で工業高校への進学を選択したのに、因果なものだ。

もっとも、ホテルのアルバイトでも、ガードマンとして、火災報知機が発報したりすると部屋を確認する必要があり、外国人と英語を話す場面にはよく遭遇していた。

卒業後は、海外での仕事ではないが、国内の米軍基地での仕事に就くことができた。職種は、通信設備の保守業務で、朝霞基地（キャンプドレーク）や横田基地に勤務した。

横田基地では、週1だったと思うが、ワシントンＤＣに専用回線チェックのため、交換機室から電話した。むろん英語である。この頃は、今まで感じたこともなかった人種偏見があることも多少なりとも基地の中で感じた。実際、オペレータの黒人女性から、理由もわからず〝Ｇｅｔ ｏｕｔ ｈｅｒｅ〟と言われたこともあった。

米軍基地での仕事は様々で、米空軍の兵隊と一緒に教育を受けたり、基地内のホテルに泊りがけで、横須賀基地をはじめ、関東の基地をインベントリーのため、米兵と回ったことは、よき思い出でもある。

そして、40年以上たった現在でも、米軍で学んだ知恵は、業務にも生かされており、とてもよい経験だった。

また余談であるが、現在のコーヒの好みはアメリカンであるが、これはキャンプドレークで米兵が毎日入れてくれたＭＪＢ（緑色の缶）の香りと、薄めのコーヒが美味しかったことに起因している。

米軍での仕事は、治外法権地域で物珍しさもあり、楽しくもあったが、この仕事では、海外といっても韓国くらいしか行けず、将来的にも物足りなさを感じていた。

その頃、米軍の仕事も24時間勤務のシフト勤務となり、明けの日、次の日も休みとなり、時間的余裕が出てきた。

そんなとき、米軍の仕事の中で、無線の資格では最上位の第1級無線技術士、第1級無線通信士、そして電気の最上位の第1種電気主任技術者の資格を持つ福田さんと知り合った。

福田さんは、当時最新の福島の原子力発電所での勤務経験のある人だった。

3つの仕事

米軍の仕事は、時間に余裕のある仕事だったので、明けの日は、大和の工事会社で現場を見て電気図面を書くアルバイトをし、そのままその日の夕方からは、海老名の富士ゼロックスの工場での、夜間設備保守の仕事に福田さんと一緒に行った。

富士ゼロックスの工場では、高圧受電設備のルート切替え、力率調整、始業2～3時間前のボイラー点火と送水、コンプレッサの始動等の業務を行い、大変勉強になった。ウォータハンマー現象も、このときに初めて体験した。また、カラーコピー機のない時代に、３色印刷の実験機を見ることができた。

この頃の新卒の初任給は、月に10万以下で９８，０００円くらいだったと思うが、私の場合は３つの仕事をしていたので、月に25万円くらいの収入にはなっていた。その代わり時間もなく働いたため、電話代が月10円（基本料は別）のときもあったと記憶している。

起業を念頭に、福田さんからのお誘いもあったが、海外への思いを断ち切ることはできなかった。

その頃、同じ職場の上司でもある広保氏と出会い、すでに工事屋としての海外経験のあった広保氏から、海外の過酷な現状も教えてもらいながら、夢を膨らませていった。

広保氏とは、密談を繰り返し、時間差を置いて、新卒で入社した会社を１９７８年２月に24歳で退職した。

私の場合、人生でたった1回、1年10か月のサラリーマン生活だった。しかし、この1年10か月の間に、実りの多い様々な経験をさせていただくことができた。

その後は、広保氏の紹介で、通信工事で海外と思ったが、何分にも工事経験がないことから、海外業務は断念せざるを得なかった。結果的には、このことがよい方向へと繋がっていくことになる。

２つの夢が現実に

ちょうどその頃お世話になっていた会社から、ＮＥＣ横浜工場で通信機器の検査業務があるとのことでご紹介いただいた。

【図表５　現場で学んだことを記録したノート類の一部】

この一連の出来事は、私の生涯を左右する大きな分岐点となったことは間違いない。そして、この分岐点が、妻との国際結婚へと導いてくれる第2の分岐点となっていく。

ＮＥＣ横浜工場での仕事は、衛星通信機器の検査業務で、あの高校生のときにＴＶＣＭで見た、パラボラアンテナに接続される通信機器の検査業務だった。

仕事は大変忙しく、新規開発のＳＣＰＣ—ＦＭという機器で、障害も多く、毎日8時から23時頃まで仕事をしていた。

私たち新人は、何も言えないが、先輩の銘苅さんが班長に、「もう帰らせてください」と懇願していたことを思い出す。今では、到底考えられない光景だが、残業が月に１５０時間近くあったと思う。

ただ、仕事的には、とても興味深く、ハードではあったが、とても斬新で、若い自分の知識欲を満たしてくれるとても面白い仕事だった。

毎日が新しい学びの連続で、昼食後は、装置や測定器の前で先輩に教えてもらったことや、測定器の接続方法を図解してノートに記録し、帰宅後も勉強を欠かさなかった。

その黒い表紙の脱着式のノートファイル（図表5）は、数回の引っ越しで紛失してしまったが、今、改めて見てみたい気がする。

その残業や頑張りの甲斐あって、仕事を初めて未だ3か月ほどしか経過していない私を、海外出張に連れて行くとの話があり、出張の責任者であった津和崎さんが、私の同行を決定してくださった。

そして、ありがたいことに、初めての海外は、南米のコロンビアに出張が決まった。

また、航空券をもらってびっくりした記憶がある。それは、航空券の値段で、確か60数万円もするものだった。まだまだ役立たずの自分に、こんな金額を投資してくれるのだから、一生懸命働こうと心に誓ったことをよく覚えている。

出発は１９７８年5月26日で、成田空港（新東京国際空港）開港１９７８年5月20日からわずか6日後で、われわれの所属部署衛星装置検査からは、羽田に代わり、初の成田空港からの出発となった。

5　人生を変えた2冊の本

ありがとうの心

まず、１冊目の本は、綜合警備保障創業者、村井順氏の「ありがとうの心」である。大学時代、苦学生の生活面を綜合警備のアルバイトという形で支えていただき、大変お世話になった。その綜合警備保障の、警備業法で定められた研修に参加したときにいただいた本と記憶しているが、引っ越し等で現在手元にはない。しかしながら、このタイトルには心を打たれ、感謝の気持ちの大切さをこの本から教えられた。

【図表6　ありがとうの心】

大学卒業後も、就職したにもかかわらず、数か月間人手不足のため、同じホテルでの週末のアルバイトを継続した。学生時代を支えていただいた大変お世話になった会社であり、職場でもあったので、この「ありがとうの心」の精神から、少しでもお役に立てればと、今でも許されないが副業として、暫く務めさせていただいた。

この村井順氏の「ありがとうの心」の書籍（図表6）は、最近アマゾンで昭和49年の初版本を見つけて購入し、40年ぶりに読み直し、「ありがとうの心」と「思いやりの心」、そして「人に尽くす」ことを忘れないようにしようと改めて教えられた。

そして、これらのことは、仏教的教えから来ている部分も多いと感じたが、後年、興味を持つことになる聖書にも、どこか共通していることでもあると思えた。

マーフィーの黄金律

もう1冊の本は、「マーフィーの黄金律」という本（図表7）。しまずこういち氏の著書で、23歳

【図表7　マーフィーの黄金律】

頃に読んで、人生が変化していくことを体験した。内容は、潜在意識に訴えることにより、望みを叶えるということだった。

そして、「諦めるとそれまで」ともあったので、ものは試しと、諦めかけていた年末の帰省を、25歳の12月30日であったと思うが、東横線菊名駅の旅行会社に行って、熊本までの切符がないか聞いてみた。すると、たった今キャンセルがあったとの回答で、すぐにチケットを購入。12月31日に、東亜国内航空で帰省することができた。

それには、おまけもついてきた。職場の連絡先を聞かれたので、一応、NEC横浜工場の代表と内線を伝えると、店員が勝手に社員と勘違いして、25%のNECの特別割引を適用してくれて、社員でもないのに、年末に格安で切符を買うこともできたのである。

「マーフィーの黄金律、恐るべし」とそのとき思い、その後も諦めない気持ちや、目標を設定することを、心掛けて行動するようにしていくことにした。

様々な目標

その頃私の勤務形態は、会社を退職し、個人事業主として、企業の下請けで働いていた。当時は、そのような呼び方はしておらず、一人親方的な事業形態だった。

保険は、一時期は無保険状態だったが、当然のことながら国民健康保険と国民年金に加入した。

国民健康保険の申請には、収入に応じた保険料が課されるので、申請時には、なるだけ侘しい恰好で、収入が少ない旨をアピールして、最低保険料にしていただいたと記憶している。

ただし、保険料は最低でも、受ける国民健康保険サービスは一緒で、当時、医療費の3割負担だったが、保険料は安いにこしたことはないのは当然である。

仕事環境としては、非常に不安定であったので、マーフィーの黄金律よろしく、1つの目標として、30歳までに起業することを目標にした。

家の購入についても、海の見える家を条件とした。また、起業のこともあり、30歳までは海外出張をして資金をつくり、結婚しないという条件もつけた。その後国際結婚も付け加え、そしてこれらの目標は、後日すべて叶うこととなる。ただし、当然のことながら犠牲もあった。

後年「黄金律」という言葉は、聖書の中に出てくる言葉であることを知るが、「ありがとうの心」も同様に、私の人生を変えた2冊の書籍は、共に聖書に通ずる部分があるのかもしれない。

その他にも記憶に残る書籍は、高校か大学生のときに読んだと思うが、E・キューブラ・ロス著の「死ぬ瞬間」。この書で多少は死生観が変わったと思う。

また、健康面では、中々守れないが、江戸時代の易学者、水野南北著の「小食開運・健康法秘伝」や「食は運命を左右する」などがある。

仕事がらみの技術系では、隅から隅まで読んだ川橋猛著の「衛星通信」や宮憲一著の「衛星通信工学」などがある。

第2章　海外出張と親友の死

1　初めての海外出張

南米コロンビア

前述の如く、最初の海外出張は、南米のコロンビアで、24歳のときであった。

3か月ほどの出張予定だったので、現地で床屋に行くのも言葉の問題もあろうと考え、人生初のパーマをかけてみた。しかし、これが全く似合わず、出張前日に床屋で戻してもらったが、完全には戻らず、ロスアンジェルス空港で撮った写真に、そのときの中途半端な髪形が残っている。

【図表8　ロスアンジェルスにて】

ロスで1泊して、コロンビアの首都ボゴタに着くと、飛行機のタラップで、何か日本にはない匂いを感じた。後日、ローカルバスでも同じ匂いを感じたが、匂いの元が何かは、気にもしなかったので最後まで不明だった。

ボゴタに着いたその日に、先に来ていた津和崎さんに、ステーキを食べに連れて行っていただいた。銘苅さんと2人長旅にもかかわらず、ペロリと平らげたため、現地での仕事は大丈夫だと言っていただいた。

希望を持ったのも束の間、翌日の事務所での打合せで、ボゴタは治安が悪いとは聞いていたが、われわれの想像以上で、「昨日、事務所前の通りで、時計を強奪するために腕を切られた」との話で、注意するよう言われた。

確かに、その後、通りを歩いている人を見ると、腕時計が見えないようにするためか、ジャケットや背広の袖が、日本に比べ異様に長いことに気づいた。

ボゴタ滞在期間中には、夜の銃声や、白昼ナイフで切られて血だらけで走って逃げる人も見てぞっとした。また、道路わきには、糞が至る所にあり、決して、安全、清潔とは言えない都市だった。

頼りの警察官は、外国人と見るとパスポートを見せろと言ってくるが、本物のハスポートを持ち歩くことは危険なため、普段はコピーを持ち歩くことにしていた。警官の意図は、要するに職務質問をして、外国人からお茶代を取るということで、50ペソを渡すと喜んで去っていった。40年以上前の話ではあるが、現在は随分と治安も改善し、経済発展していることだろう。

仕事では、初日からお客様とインベントリーを行うことになった。言葉は、もちろんスペイン語で、出張前に何とか数の1～15までのスペイン語は覚えていたが、客先との数字での必至のやり取りを行ううちに、１日でスペイン語の数字だけはほぼ覚えることができた。

インベントリー後は、首都ボゴタから70ｋｍほど離れた、衛星地球局のあるチョコンタ村へ行くことになった。

【図表９　コロンビアのチョコンタ局にて】

そして、カリブ海のサンアンドレス島との間を結ぶ国内衛星通信の仕事で、当初は大陸側のチョコンタ局で、現地調整の仕事をすることになった。ただ、60数万円の交通費を払って、経験の浅い自分を連れて来ていただいているので、少しでも貢献するために2，５００ｍほどの高地であったが、重い１４１T型スペクトラムアナライザー（測定器）を持って走ったことを思い出す。

電波のスピードを実感

現場では、ＳＣＰＣ—ＦＭ初号機でもあり、トラブルも多かった。その他にも、アンテナフィード、アンテナトラッキング、ＨＰＡ（大電力増幅装置）、シェルター空調等トラブルが多く、ＬＮＡ（低雑音増幅装置）以外はほとんど障害が発生し、現調チーフの津和崎さんが、「俺はどうすればいいんだ」と簡易ベットに倒れ込む姿が、事の重大さを物語っていたと記憶している。

そのため、３か月の工期予定が6か月になり、その間、中米パナマに3回、コロンビア滞在延長手続のため出国した。そのお蔭で、地理で学んだパナマ運河を見学することもできた。

この仕事で感動した出来事は、チョコンタ、サンアンドレス間の衛星通信回線が一応確立し、Ｏ

W（オーダワイヤー：局間の打合せ回線）で、サンアンドレス島側にいた古谷さんと初めて会話ができたときで、衛星通信の素晴らしさと、電波の伝達速度を実感した。

衛星通信は、赤道上3万6，000km上空の静止軌道に衛星を置いて行う通信で、片道約8万キロ、往復約16万キロの通信距離があるため、秒速30万キロの電波の時間遅延を感じることができ、光の速度を実感することができた。

【図表10　パナマ運河】

サンアンドレス島

仕事の後半は、サンアンドレス島にも行くことができた。サンアンドレス島は、中米ニカラグアの横、カリブ海にあるコロンビア領の島で、当時は免税地区となっていた。そのため、お酒や煙草は非課税となっており、安く、カジノも常設されて観光地となっていた。

ここサンアンドレス島での仕事は、安定しない通信回線を夜間停止し、0時から6時の間にパネル調整と手直しをすること等で、銘苅さんと2人で徹夜の連続だった。

チョコンタ局でも障害が多かったため、お客様の倉庫にベッドを持ち込み、昼夜を問わず仕事をしていた。週末だけは首都ボゴタに帰り、シャワーと韓国料理店で白いご飯を食べて鋭気を養っていたが、サンアンドレス島でもハードな勤務が続き、体重も当時60キロから53キロに減少したと記憶している。

いくら若くてもきつい仕事だった。今では考えられない労働環境で、昨今の働き方改革には、全くそぐわない仕事環境だった。

衛星回線開通前は、島の通信事情は悪く、短波通信に頼っていたため、電話を申し込んでも2~3日待たされることが普通で、回線品質も悪かった。

コロンビアでは、準備ができたというときに、「リスト　メデジン　カビナオチョ」と言う言葉があった。これは、「交換手に電話通話を依頼し待っていると、8番ボックスにメデジン（コロンビア第2の都市）への通話準備がやっとできた」という意味。普段は、「準備ＯＫ」という意味で使われていた。

そのような通信事情の中、ダイヤル即時通話の60回線の電話とＴＶ回線が開通し、島民にはとても感謝され、苦労が報われ、社会貢献を実感した。

そして、この初めての海外出張では苦労も多かったが、技術的には、電源からアンテナまでトータルのシステムとしての衛星通信を多少理解することができた。

また、言語は、スペイン語を多少なりとも話せるようになって、以降のスペイン語圏での出張や、妻との出会いのときの役にも立った。学んだことはとても多く、非常に有意義な出張となった。

３か月の初出張予定が6・5か月間に延びて、帰国したときは25歳になっていた、１９７8年12

月17日のことだった。

2　2度目の出張と親友大野勝史君の死

マラリアの国タンザニア

最初の南米コロンビアの出張から帰国し、次の出張を心待ちにしていると、アフリカのタンザニアか南米のスリナムとの話があった。上司からは、私と日本電気工事の玉井さんで協議して決めるように言われた。

両プロジェクトとも、工事・現調の後に保守業務が契約されており、スリナムは6か月、タンザニアは1年の保守業務があるので、長期出張になることが確定していた。

当時、玉井さんは、既に既婚者、私は独身だったので、身軽な私が1年以上の出張になるタンザニアに行くことに決定した。1年以上の長期出張となるため、アパートを借りたままではもったいないので、大学の卒論で一緒だった小林君のご実家の倉庫に荷物を預かっていただけることになり、余分な出費を抑えることができた。

出発は、１９７９年7月2日。ロンドン経由で7月4日にタンザニアの首都ダルエスサラームに到着した。南半球の7月とはいえ、赤道に近く非常に熱かったと記憶している。

また、アフリカでは、マラリア、破傷風、コレラ、赤痢等に加え、ツエツエバエが媒介するアフリカ眠病、象皮病などの風土病もあり、清潔な国から来たわれわれにとっては、仕事の他にも注意が必要であった。

蚊の5000匹に1匹はマラリア原虫を媒介すると現地では言われていたが、心配も空しく1人で滞在中にマラリアに感染した。ただ、現地で売っていたマラリアクイーンという薬を1週間に1回飲んでいたので、高熱は出たものの病状は比較的軽く済んで助かった。

私が滞在中に、日本の海外青年協力隊の人は、奥地にいたため、現地から移動中3日目に亡くなったと聞かされた。それほどマラリアは恐ろしい病気だった。

そして、1年に1度、日本の医療チームがタンザニアにも来てくれるとのことで、大使館から連絡がありり、検診に行った。そのときマラリアに感染した旨を伝えると、帰国後も10年くらいは用心が必要で、もし高熱が出るような場合は、東京大学の熱帯医学研究所を訪ねるようアドバイスを受けた。

不安と寂しさ

時間をタンザニア到着時に戻すと、仕事は既に建設工事が進んでいて、STD—B局の直径13mのアンテナ（図表11）、機器設置、電源設備（無停電設備）もほぼ完了し、通信機器に電源が投入できるまでになっていた。

われわれ現調者の仕事は､インベントリー､ビジュアルインスペクション､機器間の配線チェック、電源投入、各通信機器の性能確認、アンテナ系の調整と動作確認、電源（エンジン、ＵＰＳ、ＢＡＴＴ等）の確認等々の確認の後、全体のシステム試験、その後にＴＯＣＣ　ＴＥＳＴ（衛星地球局が国際基準に適合しているかの試験を、インテルサット基準局と行う試験で、ＴＥＬＥＸで５ｍほどの長さの手順書で、１週間ほど要する）を行うことだった。

国際基準に適合して初めて衛星地球局として運用が可能となり、その後に通信相手局との個別の回線を開設するラインアップテストを実施し、通信相手局との回線が、相互の衛星地球局まで完成する。

ここまでがわれわれの仕事で、その後は、お客様のアプローチ回線を通し、ＩＴＭＣの国際交換機に繋ぎ、一般回線へと繋がって行って国際電話が可能となる。

これら一連の作業を終えて、アンテナ・工事担当、電源担当、通信機器担当の順番に帰国して行く姿を、１人また１人と見送るとき、一抹の不安と寂しさを感じずにはいられなかった。

最後まで付き合ってくれたのは､機器のトラブルもあったが､通信制御担当の吉田さんで、皆が帰国した後、１か月ほど残ってくれた。

【図表11　タンザニアＳＴＤ－Ｂ局】

それも一時で、1人になってからは、1年間の保守契約に基づき、地球局の正常な運用、技術運用スタッフの教育が主たる業務となり、衛星地球局が運用停止にならないよう、各機器のメンテナンスハンドブックに基づき、メンテナンススケジュールを作成して、運用と教育を行っていった。

お世話になった加藤さんご夫妻

タンザニア政府は、日本のＪＡＩＣＡ（国際協力事業団）に衛星地球局の専門家の派遣を要請しており、ＫＤＤ（国際電信電話株式会社）から加藤さんが国際通信の専門家として派遣されて、衛星地球局にも時間の許す限り常駐されていた。

この加藤ご夫妻には、単身出張中の身の私を、頻繁に食事に呼んでいただいたり、休暇を利用してサファリ、マフィア島や皆既日食を見に旅行したりもして、公私ともに大変お世話になった。

日々の業務は、現地スタッフが運用に慣れるまでは、エンジニアが不在となる夜勤を1か月ほど行い、その間に毎日、毎週、毎月、3か月ごと、半年、1年のメンテナンススケジュールを作成し、局舎に公示し、守ってもらうようにした。

このスケジュールは、5年ほど後に教育のため来日した現地スタッフから、現在も使っていると伝えられ、とても嬉しかったことを覚えている。

局の運用が安定してきた頃、ムエンゲ　アースステーション（Ｍｕｗｎｇｅ　Ｅａｒｔｈ　Ｓｔａｔｉｏｎ）の開局式が行われ、当時のニエレレ大統領が出席された。ステッキを持った大統領の姿は、とても印象的だった。

日本からは、衛星通信を仕事としている者は誰でも知っていた、ＫＤＤの宮憲一博士も出席され、お話することができ、とても光栄だった。

後日、10年くらい後と思うが、ＫＤＤでお会いする機会があって、当時のことを話すと覚えていると言っていただき、とても感動したと記憶している。

早過ぎる親友の他界

悲しい知らせも届いた。私の姉からの手紙で、11月頃だったと思うが、親友の大野勝史君が腹膜癌で、１９７９年10月10日、28歳の若さで亡くなったとの知らせだった。その手紙をパラボラアンテナの下で、何度も読み返し涙した。

タンザニアへの出発前に、大野君からは、「体調が悪く、通勤のための急行に乗れない」と聞いていた。病院も順天堂大学病院に行ったが、特に原因はわからずだったとも聞いていた。

結局、近くの埼玉医科大学病院に入院し、見舞いにも行ったが、元気そうで特に心配はしていなかった。

私がタンザニアに出発する日が手術日で、空港からご実家に電話しても話中で繋がらず、手術結果が不安な思いのまま日本を後にしていた。それからわずか３か月で亡くなっていたとの知らせに、暫くは立ち直れなかった。

【図表 12　衛星地球局開局の記念切手】

大野君の父上が、1年ほど前に他界されており、そのお墓を一緒に探しに行き、西武園球場近くの墓苑に決めて、お父上を埋葬したばかりで、1年後に自分も同じお墓に入るとは、本人も思っていなかっただろう。そして、28歳の若さで人生を終えることには、どんなにか無念であったことだろう。

悲しい思いもあったが、現地では、1国の国際通信を担う責任と共に、仕事をしていた。

当時のタンザニアは、衛星地球局ができるまでは、国際通信は地上マイクロ回線でケニア経由で行われていた。

そのため、この衛星地球局は、タンザニアの悲願でもあったわけで、記念切手（図表12）も4種類発行され、日本人のエンジニアが1年間タンザニアに残り、局の運用支援をすると新聞でも報道された。新聞はどこかに行ってしまったが、記念切手は今でもシートで保管している。

一国の国際通信を一身に担い、局を運用していく仕事は大変で、機器のトラブルは容赦なく襲って来た。その中でもとくに大変だったのは、ＨＰＡ（大電力増幅装置）２台の内の1台が不良となったときであった。もう1台が止まれば、タンザニアの国際通信は停止してしまうことになる。

そのときは、必死の思いで状況を打開するため、冷や汗を掻きながら徹夜し、何とか修理することができた。そのときの冷や汗が、現在の会社の理念にも含まれている。

もう1つは、無停電電源装置でＣＶＣＦ（コンスタント　ボルテージ　コンスタント　フリクエンシー）が、商用電源の周波数が変動することによりアラームを出し、エンジン運転に切り替わるのだが、ＣＶＣＦ内部品の温度特性不良により、頻繁に発生し、高級なフューズが飛ぶ事故が頻発したことであった。

年末を控え、メーカに何回も問い合わせ、やっと温度特性不良が確認された。しかし、交換部品を送るまで時間がかかるので、「急場しのぎにフューズを送るので耐えてくれと」大量のフューズが年末に届き、何とか新年を迎えることができたのだった。

おはよう７００

１９７９年末の12月頃だったと思うが、日本に居たときもＴＢＳテレビの「おはよう７００」（セブン・オー・オー）という番組はよく見ていた。田中星児司会で、テーマ曲は、ダニエル・ブーンのビューティフル・サンディーで、とても印象深かった。

その番組が、タンザニアにも来て、首都ダルエサラームにも来るとの話を聞いた。それは、タンザニアに来て5か月ほどが経過しており、現地の生活にも慣れてきた時期でもあった。

そして、どういうわけか、私も取材の現場に呼んでいただいた。場所は、滞在していたＡＧＩＰホテルの屋上だったと思うが定かではない。

そこで、現地の食用バナナ料理の紹介をされていたが、もちろん放送は見ることはなかったので、私も映っていたかは不明である。

本書の執筆中に調べてみると、レポーターは、若かりし頃の浅井栄子アナウンサーで、番組のタイトルは「料理天国バナナ編」とあった。

【図表13　マサイ族と】

サファリ

仕事以外では、タンザニアならではの楽しみもあった。その1つがサファリ（スワヒリ語で旅行の意味）で、滞在中にセレンゲティ、ウンゴロンゴロクレータ、レイクマニャラ等の国立公園で大自然に触れ、多くの野生動物を見ることができた。

アフリカ大陸最高峰のキリマンジャロ山には、登れなかったが登山口まで行くことができた。この近くには、キリマンジャロコーヒのプランテーションがあり、日照時間の調整のため、バナナの木の下に、コーヒの木が植えてあると説明を受けたと記憶している。

また、皆既日食も見ることができた。それは、１９８０年2月16日で、ケニア国境に近いアリュシャという町まで行き、人生初の皆既日食を体験することができた。元々天文ファンのため、この皆既日食には強烈な印象を受けた。皆既時間は7分ほどと非常に長く、皆既日食時のコロナやプロ

【図表 14　ウンゴロンゴロクレータのフラミンゴ】

【図表 15　キリマンジェロ登山口にて】

【図表 16　1980 年２月 16 日の皆既日食】

ミネンス等も見ることができて感動した。

さらに皆既時には、一時的に暗くなるため、昼間に明るい星々も見ることができた。現地の人は踊ったり、野生動物の遠声も聞こえていた等、素晴らしい体験だった。

これ以降、部分日食や金環食は、日本でも見ることができたが、皆既日食を再度見る機会には恵まれていない。

皆既日食見学の帰りは、商社丸紅の東村さんのご厚意で、ＫＤＤの加藤ご夫妻共々、チャータ機に乗せてもらい、ダルエスサラームに帰ってきた。

食事・水事情

タンザニアでの日々の生活は、首都ダルエスサラームにあるＡＧＩＰ　ＨＯＴＥＬを宿に、約1年3か月活動した。

最初の約1か月は、局のスタッフが運用に不慣れのため、夜勤をして地球局に泊まり込みになったが、夕食を近くにあるテレコムの研修所から差し入れていただいた。そのときの夕食は、「ウガリ」と言う東アフリカの主食で、トウモロコシの粉をお湯で練ったものを、スタッフと一緒に右手でいただいた。左手は不浄の手と言って、食事には使わない習慣とのことであった。

その後、勤務は、日勤に代わり、7時～15時頃までの勤務に変わっていった。

朝食は、ホテルであったが、パンがない時期が長く、長さ30㎝ほどのパパイアを4分の1にカットし、レモンと砂糖をかけて食べていた。

昼は、地球局サイトに食堂はなく、時々現地使用人に牛肉を買ってきてもらい、焼いて食べたが、非常に硬く、顎が腫れてしまったほどだった。現地人は、歯が丈夫で、軟骨部分も上手に食べていた。

基本的には、ホテルに帰ってもランチは終了しているので、ハンバーガ1個で済ませ、夕食を待つことが多かった。

夕食は、安全なのは基本４か所のみと言われており、滞在ホテルのＡＧＩＰ，キリマンジャロホテル、ホテルアフリカーナ、そして中華レストランの４か所をローテーションする日々が続いていた。

１人になってから3か月ほどが過ぎ、アフリカの生活にも随分慣れてきたので、町のレストランに行って見たが、びっくりしたのは、コップがビール瓶を半分に切ってバリを取ったものだったこと。

水の色もわからず飲んで、食べた後には悲劇が待っていた。翌日は、トイレに13回行った記憶があり、食中毒か赤痢だったかも知れないが、大変辛い思いをした。その後は、危ない橋は渡らず、キリマンジャロホテルのディナーメニューが、一番よく通ったレストランだった。

長期滞在となると知合いは増えていったが、食事には1人で行かざるを得ないことが多かった。その寂しさを体が覚えているのか、今でも1人で食事に行くことには嫌だし、抵抗がある。

水事情も最悪で、ホテルの蛇口からは、コーヒかと思うような水が出ることもあった。したがって、飲み水の浄水は必修で、先ず煮沸し、素焼きの濾過機をクーラの風の当たるところに置いて冷やし、飲み水をつくっていた。1回の濾過で、素焼きの棒にはベットリと泥がつくのが普通だった。

もちろん、シャワーもあったが、浴槽はなく、1年以上、浴槽に浸かることもなかった。

1人で1年保守契約期間中滞在したが、露天商、インド人、ホテルのコック等、仕事とは関係ない人たちにも支えられ、カレンダーの×印は数を増していった。

タンザニアのドドマワイン

最近、ビールや日本酒を辞めて、妻と共にワインを嗜むようになってきた。元来、お酒は、好きだけど飲めなくて、缶ビール1本がやっとの酒量であった。妻もあまり変わらず、好んでお酒を飲むことはお互いになかった。

ところが、近年、ワイン、特に赤ワインに妻と共に目覚めて、よく飲むようになってきた。そこで、どこの銘柄がどうのこうのと、夫婦で楽しい会話ができるようになり、お店でも、産地や銘柄に気をつけて見るようになってきていた。

そのとき、遠い昔、タンザニアに滞在していた頃のことが思い出され、ドドマワインというのが現地で有名？　であったことを思い出した。

「ドドマ」というのは、首都ダルエスサラームから西へ５００㎞ほどの町の名前で、滞在中にも行ったことはなかった。ただ、ワインの名前だけは憶えていて、デパートのワインショップや専門店に行く度に探して見るものの、南アフリカのワインはあってもタンザニアのドドマワインは現在まで見つけることはできていない。

ワインショップの店員さんに聞いても、南アフリカ産のワインは知っていても、さすがにタンザニア産のワインを知っている人は、皆無だった。もちろん、赤か白かもわからず、飲んだこともないので、美味しいかも不明である。

ただ、遠い昔の記憶の中にあるこのドドマワインを飲んでみたいという願望が、最近沸々と湧いてきた。ネットで調べてみると、記事が載ってはいるが、日本国内ではなく、やはり現地での体験談が多く、近年品質は向上しているようであった。これからも、国内で、幻のドドマワインを探し続けていきたいと思っている。

１人ぼっちの１年間

タンザニアでの衛星地球局の保守業務は、前半のトラブルとは裏腹に、後半は比較的落ち着いて来て、重大なトラブルはなかったと記憶している。お客様の技術者に、運用業務と保守業務を教えつつ、自分もまだ2回目の出張のため、知識を深めるべく努力していった。

そんな中寂しかったのは、ＫＤＤの加藤ご夫妻が帰国されるときで、ほんとの1人ぼっちを実感した。

その後、ＫＤＤから、ＪＡＩＣＡの交換機の専門家として、増田さんが単身で派遣されて来られたことで孤独感も多少は和らいだ。そして、このお２人には、帰国後も大変お世話になり、自宅に呼んでいただいたりして、とてもよくしていただいた。

１年間の保守業務もやっと終盤に近づき、帰国準備をする頃になると、よくぞ衛星回線を１度も切ることもなく頑張ったとの思いと、一抹の寂しさも感じるようになっていた。

帰国に当たり、お土産として、象牙２本、象牙でつくった箸、数珠、サメの口、近年有名になったサイディ・ティンガティンガの動物の絵（木の板に描かれていたが、この頃作者の名前も知らなかった）、ライオンの爪のペンダント、黒檀の木の彫刻等を別送貨物で日本に送った。

やっと帰国の途に就いたのは、１９８０年９月３日で、タンザニアの滞在は４３０日目だった。

帰国便は、アリタリア航空だったと思ったが、離陸したときに、やっと帰れる、無事業務終了等の万感の思いから、１人で心の中で万歳三唱した。

飛行機は、エジプトのカイロ経由だったが、カイロ空港で機内の窓から見えた日本航空（ＪＡＬ）の尾翼の鶴のマークは、日本に１歩近づいたことを実感させてくれた。そして辛かった１年３か月を思い出し、ＪＡＬの尾翼を見ながら１人涙した。

ローマでは、トランジットで一泊し、トレビの泉等、短い時間で回ったが、ローマ観光もすることができた。最も感動したのは、1年以上ぶりのバスタブと綺麗な水で、当時のアフリカとヨーロッパの違いを実感した出来事だった。

帰国時には多少の休暇も許されていたので、スペイン経由、南米、アメリカを巡って、日本に着いたのは1980年9月15日で、25歳から足掛け3年、27歳になって帰国。440日間の出張は、無事に終わることができた。

3　海外出張で見聞を広める

前記の2回の出張は、初めての海外出張、そして保守業務で長期滞在と、非常に印象深い出張だった。その後も海外出張は続き、見聞と経験を積んでいくことができた。

【図表17　ロンドンのヘレフォード駅にて】

イギリス

3回目の出張は、イギリスへ。最初から1人で、LNA（低雑音増幅器）7台の現地調整のため、1981年2月5日から2月24日までの3週間ほど行かせていただいた。

ロンドンのパディントン（Paddington）駅からヘレフォード（Hereford）駅まで、電車で3時間ほどかかったと記憶しているが、ビックリしたのは停車駅でアナウンスがなく、黙って止まって黙って出発する車両に、いつ着くのか、オックスフォード辺りからは、各駅で確認していたが、結果的には終点だったので、乗り過ごすことなく事なきを得た。

・パブ

仕事場は、Ｍａｄｌａｙ　Ｅａｒｔｈ　Ｓｔａｔｉｏｎで、衛星地球局としては、とても有名な局で、パラボラアンテナが林立して、多くの人たちが働いていたのが印象的だった。

仕事は、衛星通信には欠かせないパラボラアンテナ直下で使うＬＮＡを、お客様であるＢＴ（ブリティッシュ　テレコム）に、性能試験後納入することだった。ＬＮＡ１台の特性が取れず、分解修理をして事なきを得た。

とは言っても、分解修理は簡単ではなく、桶のようなＬＮＡ容器内の空気と湿気を取るために、窒素ガスを封入し、真空引きを繰り返し、完全に空気に混じっている湿気を取り除かねばならない。そして、最後に窒素ガスで充満させ、特性を確認して完了となる。

アフター5は、担当してくれたロンドン訛りの強いエンジニアとその彼女とパブに連れて行ってもらったりもした。

ヘレフォードは、イギリスでは牛肉で有名な街で、パブでも５００ｇくらいのステーキを注文するのは普通であった。その後に、狂牛病の発生源にもなった地域でもある。友人から、「カナダには、ヘレフォードと名のついたステーキチェーン店がある」と20年後くらいに聞いたことがあり、再認識することができた。

また、「自分はあまりアルコールが飲めない」と言ったら、シャンディーという飲み物を教えてくれた。ビールを炭酸やジュースで割って、アルコール度数を下げて飲める物で、私にはピッタリだった。このシャンディーは、最近では日本でもシャンディーガフとも呼ばれ一般的であるが、元祖はイギリスだったのだろう。

滞在中のホテルでびっくりしたことがある。それは煙草の自販機。元来、自動販売機が路上に林立している国は、当時日本以外にはなかった。イギリスも同様で、安全のためかホテルの建物の中に設置されていた。

当時、煙草を嗜んでいたので、この自販機で購入すると、１箱20本入りのはずが18本だったと思うが、２本不足していた。煙草の箱もちゃんと閉まっているが、何となくぎこちない。ホテルに聞くと、釣り銭が出ないので、煙草の本数で調整しているとのことだったが、イギリスは自販機の開発が随分遅れているのだと思った体験だった。

・グリニッジ天文台

仕事も終わり、ロンドンに帰るときに、立会官が車で帰るので送っていただけることになり、電車では味わえないイギリスの田園風景を眺めながら、ビートルズの話など、つたない英語で話しながら貴重な経験をさせてもらった。５〜６時間かかったと思うが、ピカデリーサーカス近くのホテルまで送っていただいた。

翌日は、天文ファンとしては、ぜひとも行きたい子午線の起点であるグリニッジ天文台や、近くにあるカティ・サーク（Ｃｕｔｔｙ　Ｓａｒｋ）を見学しに行った。

カティ・サークは、19世紀建造の快速帆船で、紅茶の運搬などに使われていたとのことだった。ウイスキーの名前にもなっており、当時から係留されて、観光スポットにもなっていた。

また、タンザニアでお世話になった加藤ご夫妻は、大変紅茶の好きな方だったので、依頼を受け、有名デパートのハロッズから紅茶を国際宅急便で10kg送ることもできた。

その後、イギリスには、4回くらい訪れる機会に恵まれた。

それからも海外出張は続き、アラブの国リビア、デンマーク、コロンビア、フィリピン、ペルー、メキシコ、ノルウエー等々と続くが、妻と結婚してからは、長期の出張は行かないように心掛けた。

それぞれの海外出張で、心に残る思い出や経験、見聞、失敗などがあるが、その中でも、妻と出会い、国際結婚へと繋がっていったペルーは、最も印象深いことは間違いない。

この出張については、妻との出会いを含め、後に、詳しく説明することとし、その他で印象深かった、デンマーク、フィリピン、ノルウエーのスバルバード島について少し触れておきたい。

デンマーク

デンマークへの出張は、１９８２年7月から9月中旬までで、コペンハーゲンから国内線で西に３００㎞ほどのエスベアウ（Ｅｓｂｊｅｒｇ）という、北海に面したデンマーク第3の都市での仕事だった。

衛星回線は、本土とデンマーク領であるグリーランドや、北海のオイルリグとの通信回線のためであった。現場は、古谷さんが工事担当、私が現調担当で進めていった。

・アイデアで解決したトラブル

トラブルは、アンテナ系に多く、アンテナの融雪装置や、ＥＬ　ＪＡＣＫからの異音の障害などがあった。加えて地球局の試験をするのに、送信波の偏波面を切り替えて行うが、導波管が２本足りず、１本は何とか加工したが、２本目は材料がなく、苦心の末、トランスジューサを2個使って、本来導波管で繋ぐところを低損失の同軸ケーブル（アンドリュウ）で繋ぎ、何とか試験に合格することができた。

そのとき使った道具類は、現地スタッフにより、Ｓｏｕｖｅｎｉｒ（記念品）として局舎に展示しておくとのことだった。その他障害もあったが、何とか無事に完了することができた。

・あらゆる面で先進国のデンマーク

デンマークでの仕事で、これでよいのかと思ったことがあった。それは、金曜日の午後からは、局舎の外でみんなとビールを飲みながら過ごすことだった。今から40年ほど前から、デンマークでは、日本ではまだ定着しないプレミアムフライディー紛いのことが現場では行われていたのである。

当時の消費税25％、煙草1箱９００円相当と物価も高いイメージだが、意外と煙草を嗜む人は多かった。仕事を一緒にしていた客先のエンジニアも煙草を吸っていたが、1箱９００円は彼らにとっても高く、自分で巻たばこをつくって吸っていた。そのため、フィルターもない煙草で、彼らの手はニコチンで黄色くなっていたのがとても印象的だった。

また、煙草を巻く紙は、日本製のメガネのレンズ磨きがとてもよいと、実物を見せてくれたが、日本製とのことで、多少なりとも誇らしく思えたと記憶している。

物価や消費税が高く、老後のことが心配と思いきや、老後の心配は彼らにはなく、老人ホーム的な設備が整っているとのことだった。それでも福祉大国の税負担が重いのか、老後については、日本の長男が両親を看るスタイルを見本にしたいとも言っていたことには驚かされた。

デンマークは、この時期は夏で、エスベアウ（Ｅｓｂｊｅｒｇ）は北海に面していたため、休みの日には絵に描いたような灯台も近くにあるので、海岸へ行って見るとビックリした。冬の日射が少ないためか、話には聞いていたが、夏の海岸で初めてトップレスの人たちを見ることができた。その後数回休みの日に、古谷さんと海岸を訪れたことは言うまでもない。

・やっぱり日本人

食事面では、オープンサンドウィッチやポテトフライが多かった。オープンサンドウィッチは、出来合いのものは高く、自分でパンの上に具材を別々に購入し乗せることで、随分安くなった覚えがある。

そして、お米が食べたくとも、メニューに中々なかった。そこで、スーパーに行き、長いチャイナ髭の伯父さんのパケージの箱に入った米を、行きつけの食堂に持ち込んで調理してもらい、ご飯を食べさせてもらっていた。

やはり日本人なんだと、白米を食べて気持ちも、お腹も落ち着きを取り戻した。

エスベアウ（Ｅｓｂｊｅｒｇ）での仕事も、トラブルはあったものの無事に終了した。

ここで教えられたことは、デンマークの人たちが、非常にエコ意識が高いということだった。局設備には、電源用のエンジン発電機は欠かせないが、エンジンにはフライホールがついており、惰性を利用したエコタイプだった。

また、われわれが納入したＨＰＡ（大電力増幅器）の排気は高温になるが、それを集めて室内の暖房に使えるよう工夫が施されており、冬場には特に有効と思えた。

【図表18　コペンハーゲンの人魚姫】

・チボリパーク

コペンハーゲンに帰り、有名なチボリパークに、ホテルから路線バスで行ってみた。今思うとディズニーランドの小型版で、子供のための施設のような気がしたが、大人でも楽しめるスロットマシーンが常設されていた。

そこで試に遊んでいると、３つの番号が揃い、穴の開いた５クローネ？　のコインと記憶しているが、大当たりで大量に出てきた。隣のおばさんに凝視されて、近くにいた子供に分けてあげたりもした。残りは持ち帰り、ホテルの清算に活用したが、無欲の勝利だったかも知れない。

デンマークは、標高250mが最高とも聞いていたが、平地が多く、そのためか人柄もとても穏やかな国民という感じがした。

人口より豚のほうが多いという畜産国でもあり、ドイツの影響が大きいとも言っていた。

帰国時には、立会官が南回りで帰れと、わざわざ切符を変更してくれたので、タイ、香港経由で帰国した。そのとき、週末のタイや香港を見て、北欧の国と活気の違いを痛切に感じ、これからはアジアの時代と切に実感したことを覚えている。

フィリピン

フィリピンへの出張は、1983年12月11日から年末の12月30日までの20日ほどであった。

現場は、マニラから北西に60㎞ほどのアンヘレス市にあるアメリカのクラーク空軍基地で、車でマニラから2時間ほどの距離にあった。

仕事の内容は、アメリカ本土から衛星経由送られてくるTV番組を、基地内設置の11mアンテナで受けて、基地内のアメリカ兵家族に提供するというものであった。

・時間感覚

工事担当は、現地のダイナミックコンストラクション（D・M社）という会社が行っていたが、工事精度が悪く、米兵からクレームがあり、兵隊が自分たちで行っていた。このD・M社は、政治

【図表19　アンヘレスシティーでジプニーに】

的な繋がりからこの仕事を、丸紅経由受注していたようであったが、米軍からはすこぶる評判が悪かった。

フィリピンの時間感覚のルーズさも体験した。現地の立会官と朝９時に約束したが現場に来ず、あおりのＦＡＸ入れると、返事がDefinitely Comingとのことで仕方なく待つと、待っていても中々来ず、16時にやっと来たのだった。これで1日が無駄になった。日本にも「○○時間」と言ったりするが、今までこのような時間のルーズさは、日本でも海外でも経験したことがなかった。

ただし、仕事は順調に推移し、トラブルも少なく無事に終了した。設備の最終的な確認には、米軍太平洋地域の司令部があった横田基地から、日本人のインスペクターも含めて来局され、確認作業が行われたが、私も少しだけ横田基地勤務をした時期を懐かしく感じた。

・とてもよくしてくれた客先

お客様は、ＰＨＩＬＣＯＭＳＡＴで、直接の担当は、技術担当役員のＭｒ，Ｔｒｅｎｔｉｎｏ（トレンチ―ノ）で、とてもよくしていただいた。仕事も終わりマニラに帰ると、上司で副社長のＭｒ，Ｂｕｃｈｅｒ　Ａｆｒｉｃａ（ブッチャー　アフリカ）を紹介してくれた。

彼は、現場で一緒だった若手の叔父？　でもあった。そして、高級住宅街にある自宅にも招待していただき麻雀をすることになったが、日本とのルールの違いに戸惑いながらも、楽しい時を過ごさせていただいた。

アフリカファミリーは、フィリピンでは有名らしく、通信業界の要職についているとのことであった。そして、ブッチャー　アフリカ氏は、当時のマルコス大統領の、小学校の同級生とのことでもあった。

別件での仕事の相談もあった。Ｍｒ，アフリカは、ＰＨＩＬＤＯＭＳＡＴの社長も兼務されていて、「送信周波数の変更について、メーカに頼むと高くつくので、妙案はないか」との質問だった。そこで、「源信の水晶発振子を交換し、Ｃ・Ｒで調整することによって安くできる」とアドバイスすると、ぜひ個人的にやってくれとのことだった。この件については、勝算もあったので、帰国後検討してみると伝えた。

そして、ペルー出張を挟み10か月後に、再度フィリピンを訪れることになり、結果的には非常に上手く行き、非常に感謝されることになる。

仕事が終わり、明日には帰国すると伝えると、お客様から「会社には、明日仕事は完了するので、帰国は明後日になると連絡しておくので、マニラ見物をして行け」と、帰国日をわざわざ伸ばしていただいた。お蔭様で、マニラ湾の夕日も見ることができ、充実した出張だった。

余談だが、このクラーク空軍基地は、１９９１年６月、基地から20㎞ほど離れたピナッボ火山の大噴火で、火山灰に埋もれてしまった。そして、１９９１年11月には、クラーク空軍基地とマニラ近くのスービック海軍基地は、共に契約終了ということで閉鎖返還されてしまい、現在は、２つの米軍基地はない。その弊害かも知れないが、南シナ海のフィリピン領のスカーバラ礁は、中国に占領されてしまったと聞いている。

ノルウエー（スバルバード島）

スバルバード島と言っても知っている人は少ないと思う。正式には、ノルウエー領スバルバード（Ｓｖａｌｂａｒｄ）諸島で、北緯76度～81度くらいまで、東経は10度～30度くらいに位置している。と言ってもわかりづらいが、北極点を挟み、アラスカの反対側で、グリーンランドの北部と同じくらいの緯度と言えば地理的イメージは掴めると思う。

【図表20　スバルバード来島証明書】

・片道３日

スバルバード島への出張は、１９８６年８月13日出国、１９８６年９月21日帰国の40日ほどの日程だった。

しかし、往復にはかなりの時間を要した。ロングイエールビエンの空港には、パスポートの記録から、

8月15日着、出発は9月17日と記録されている。滞在は33日で、往復の移動に7日ほど必要だった。

行きは、先ず成田からノルウエーの首都オスロまで行き1泊。国内線で、北極圏の町トロムソへ移動し、そこから午前3時のフライトでスバルバード諸島のメインランド、スピッツベルゲン島の町ロングイエールビエンに行き1泊。ここの空港は、ジェット機が来る最北の空港と当時空港に看板が出ていた。また、人口2000人ほどの炭鉱の町とも聞いていた。翌日、現場には、そこからヘリコプターで30分ほど移動する行程で、片道3日ほどかかった。

・お世話になったオスロの商社丸紅

この行程の途中、オスロでは、丸紅の駐在の方に大変お世話になった。それは、タンザニア滞在中に、丸紅の東村さんに大変お世話になったが、東村さんから私がノルウエーに出張する旨お伝えしたところ、到着便等をオスロ駐在の方に連絡されており、空港まで迎えに来てくださっていた。加えて、その車で、オスロ市内を案内までしてくださり、とても有難かった。

丸紅オフィスに立ち寄り、これからスバルバードに行く旨を伝えると、何か化石を持ってきてくれとのリクエストがあった。理由を聞くと、スバルバード諸島は、氷河が多く、その先端部分には、押し出されてくる古代の化石が、多く発見されるとのことからだった。

現場は、地球局があるのみで、付近に民家はなく、通常は局の運用者4名だけの人口だった。この局の特徴は、アンテナのデアイシングシステムで、今までのヒータ埋込み型から新型の巨大なドライヤーから熱風をアンテナ背面に送るもので、設計は、アンテナ開発の友人で桧垣さんの手に

【図表21　スバルバードの現場にて】

よるものだった。しかしながら納入は、２局ほどで、以後あまり使われなかったと記憶している。

・沈まぬ太陽

緯度が80度ほどと高く北極点に近いため、赤道上のユーテルサット（Ｅｕｔｅｌｓａｔ）衛星を見るには、仰角が非常に低く、ＥＬ（仰角）が２・５度しかなかった。そのため、対地の揺らぎ（フェージング）の影響から、アンテナパターンが取れず、スペックに入るまで、10回以上サブレフ（副反射鏡）を調整することになった。

作業環境は、夏のため白夜で、太陽は沈まない。そのせいで、作業時間は長くなり、朝７時朝食、11時昼食、16時夕食、そして20時に夜食といった具合で、現地の人は、白夜の時期には極夜の借りを取り戻すかのように働いていた。それに付き合って、１日４回の食事で、体調がおかしくなってしまった。

ホテルはもちろんないので、局舎の部屋があてがわれて生活したが、北側に窓があり、午前３時頃には陽が射してくるので、安眠できなかった思い出がある。

太陽が、低い天空を毎日１回転していると思っていただければわかりやすいだろう。そして８月24日に初めて日が沈み、毎日20分ほどずつ、沈む時間が増えていくとのことだった。

その地平線に懸かる太陽は、都会では大気の汚れのフィルター効果で赤く大きく見えるが、北極圏では生活感もなく、空気もきれいなため、とても眩しく見えたのが印象的だった。

局舎での初めての日没が8月24日とよく覚えているのは、誕生日の前日でもあったためである。

・散歩に行くにはライフル銃

北欧では、サウナによく入るが、ここの局舎にもあって、温まった後に北極海に皆で飛び込み、心臓麻痺になるかと思ったほどだった。

【図表22　シロクマの毛皮と】

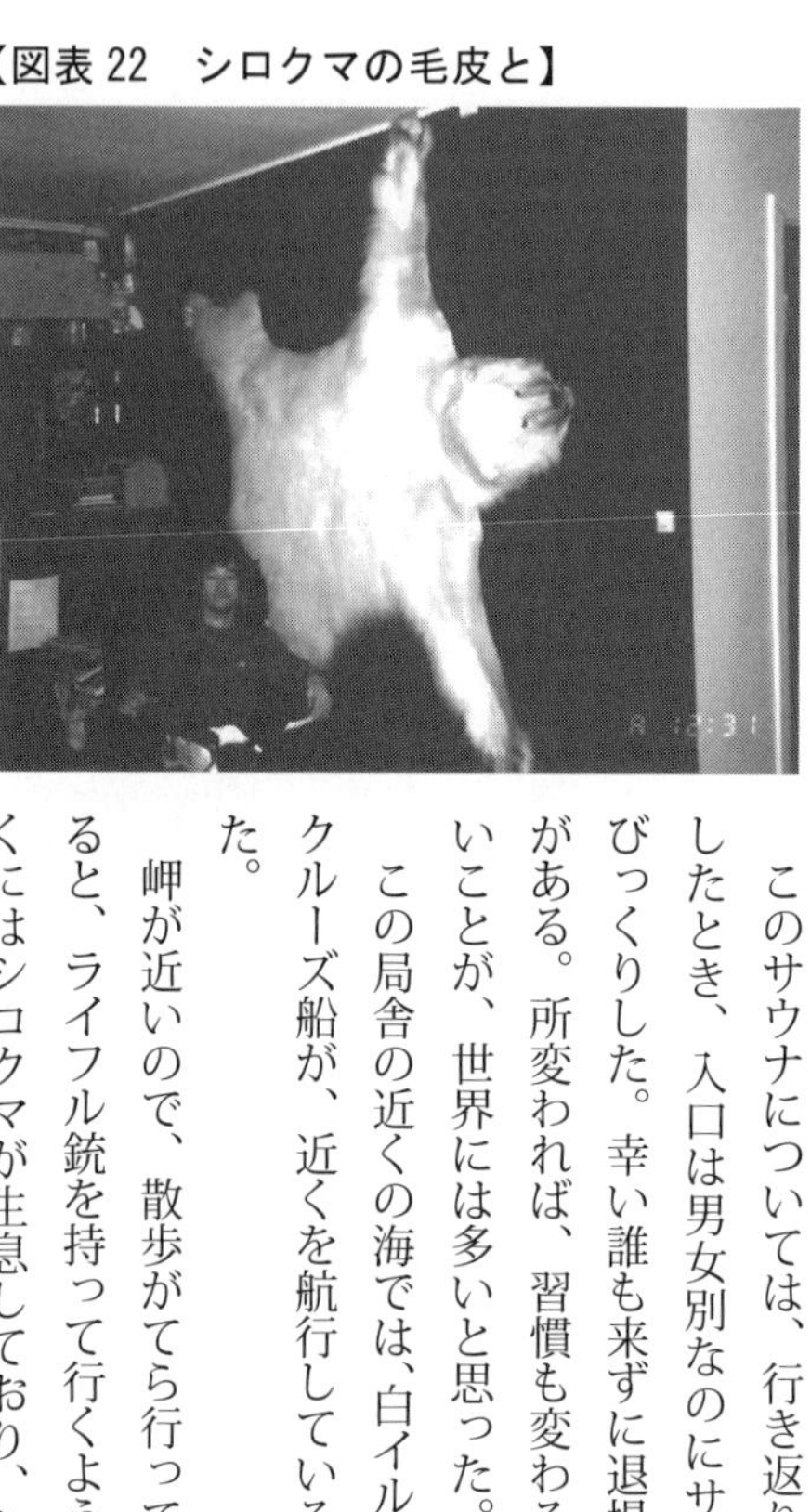

このサウナについては、行き返りのどこかのホテルに滞在したとき、入口は男女別なのにサウナ室は同じでちょっとびっくりした。幸い誰も来ずに退場できて、ほっとした記憶がある。所変われば、習慣も変わる。自分の常識では測れないことが、世界には多いと思った。

この局舎の近くの海では、白イルカをよく見かけた。また、クルーズ船が、近くを航行しているのも見かけることがあった。

岬が近いので、散歩がてら行って見たいとスタッフに伝えると、ライフル銃を持って行くように言われた。理由は、近くにはシロクマが生息しており、危険とのことからだった。

確かに、ローカルのラジオを聞いていると、何時どこそこでシロクマが目撃されたという放送がされていたが、局舎の近くではないと思っていた。自然が豊富であるということは、自然の美しさとは裏腹に、危険もあるという認識が必要だ。

思えば、局舎のサロンにはシロクマの毛皮が敷いてあり、シロクマが、局舎の近くに侵入して来たときの写真が飾られていたこともうなずける。

結局、スタッフにライフル銃持参で付き合ってもらい、岬まで行って見たが、野鳥の巣が近くにあるのか、映画の鳥を髣髴させる襲撃を受けたものの、ほとんど人が来たことのない地域の景色は絶景だった。近くには、野生のトナカイも生息しており、帰国時にはその角をもらったが、10年後くらいに扱いに困って捨ててしまった。

・北極点まで１２００km

スバルバードは、免税地区に指定されているのか、お酒や煙草も非課税で、消費税の高い国なのに安く手に入れることができた。手に入るといっても、局舎の近くにコンビニがあるわけでもなく、現調期間中に客先のヘリコプターが行き来しているので、ビールや水等、必要なものを購入依頼して持って来てもらうことになる。

当時、煙草は吸わなかったが、仕事のストレスもあり、買ってきてもらって吸っていると、お客さんに、折角止めていた煙草をなぜ吸うのかと咎められたことを思い出すが、帰りの飛行機ではもちろん煙草は止めた。

また、このヘリコプター便で、オスロの丸紅事務所で依頼を受けた化石も運んで来てくれた。化石は、結構な大きさで10kg位の重さがあり、岩盤のような物で何の化石かはわからなかったが、帰りにオスロの丸紅オフィスにお届けすることができた。

局舎のある場所は、北緯78・5度くらいと記憶しているが、白夜で夏とはいえ気温は低く、最高はプラス7度だった。このとき、スタッフが「きょうは暖かい」と言っていたのが、印象的だった。8月も下旬になって来ると気温も下がり始め、山には雪、そして平地でも気温が零度になると、理科の教科書どおり氷が張ってきたのを覚えている。

冬場の気温も、メキシコ湾流（暖流）の末裔の影響が多少なりともあるのか、マイナス30〜40度くらいと、緯度の割には温かいと教えていただいた。

白夜のため、オーロラは見ることができなかったが、現地の人曰く、緯度が高すぎて、緑色のオーロラが多いとのことだった。

局舎は、北緯78・5度くらいで、北極点まで、１２００㎞と聞いていたが、日本の南極昭和基地の南緯69度より遥かに極点に近く、スバルバード諸島には各国の極地研究所もあるほどだった。

・なぜこんなところに日本人

仕事も無事に終了、帰りにロングイエールビエンの町でレストランに行くと、何と日本人に出くわした。35年ほど前にこんなところで何をしているかと思って尋ねると、確か料理人と言われた気がする。まさしく最近のＴＶ番組の、「なぜこんなところに日本人」の取材をして欲しい人物だった。

第3章　起業

1　人生の節目

人生の分かれ道

最近、人生を振り返って見ると、あのときが自分の人生の分岐点だったとか、節目であったとか、思い出し認識することができると思う。しかし、若いときの通過点では、よっぽど意識しない限り、自分が決断したことが人生の大きな分岐点となるとは感じないまま、行き過ぎてしまうかもしれない。

自分自身の経験からも、人生の節目は数多くあった。それらの人生の分かれ道で、それぞれ選んできた道の延長線上に、現在があるわけだが、若い頃の選択についてはあまり意識してはいなかったと思う。

もちろん、その時点では、自分にとって最良との思いであったり、問題回避であったり、妥協であったり、身体的理由であったり、理由は様々であるが、よかれとの思いからの選択には間違いなかったと思う。

しかし、よかれと思った選択が、晩年あのときこうしておけばよかった、あのときは選択を誤った等の後悔も、後になってわかるのも否めない事実であろう。

私の場合も、数ある人生の分かれ道で、25歳のとき田舎に帰省して東京に戻るとき、父親が電車に乗り込んできて、話しながら熊本駅まで付き合ってくれた。その車中で、そろそろ田舎に帰って来ないかと話を持ち掛けてきた。

父としては、長男で１人息子の私に家を継いでもらいたいと考えていたに違いない。私は、「実家に帰って来て、仕事はどうするのか」と問うと、「何とかなる」と、意外と安易に考えていると感じた。

私のことよりも、実家の後継ぎとして昔の風習に従ったままでのことで、父としては、自分もそうしてきたから何ら不思議ではなかったのだろう。

そのときに私は、父に「自分にはまだやりたいことがある、目標もあるので、今は帰れない」と伝えた。両親には申し訳ないと思いながらも、１度しかない自分の人生、田舎で終わりたくないとの思いもあった。そしてその頃は、海外での仕事がやっとできる環境が整いつつあるときでもあったので、尚更であった。

真剣に考えた結婚

また、その頃は、真面目にお付合いをさせていただいていた女性もいた。彼女は、同い年の方で、料理のとても上手な人だった。少し前になるが、最初で最後となるサラリーマン時代に、お正月に勤務となったときに、手料理で正月料理の三段重をつくってくれた。とても美味しくて感激した思い出がある。

退職後も、経済的に不安定な自分を見捨てず見守ってくれた。そして、やはり25歳頃には、真剣に結婚を考えてもいた。

大した問題ではないが、お互い長男長女であることから、躊躇するところも多少はあった。また、最初の海外出張も控えており、激務の連続で会える機会も減っていった。

そして、初めての海外出張後、帰国して会ったときに、今後も出張が続くことと、30歳までの起業も目標にあり、資金つくりのためにも出張が不可欠で、30歳までは結婚できない旨を伝えた。その点は、彼女も了解してくれた。

次の出張は、前述のごとくタンザニアで、440日の長期にわたった。帰国後、彼女の自宅、勤務先に連絡を取ったが、退職して実家に帰られたとのことで、連絡は取れなかった。しかも、彼女の実家の連絡先は聞いていなかったので、それ以降連絡は取れなくなってしまった。現在のように携帯やメールがあるわけではないので、音信不通になってしまった。

その後、気にはかかっていたが、彼女の幸せを祈りつつ、海外出張を続けていくことになる。

古谷さんからの適切なアドバイス

現在、会社経営をしており、1000人近く面接、そして数百人の入社、退職を見てきたが、この25歳と30歳という年齢は、人生の節目になることが多い。企業でいえば、25歳、30歳前後での退職者は突出して多いこともわかる。

弊社においても、統計的にその傾向が間違いなくある。私自身も、前述のように、25歳という年は、人生の大きな節目であったと思う。

また、30歳前後にも節目のピークが来るが、私自身も29歳か30歳頃に衛星通信の仕事を辞めようと思ったときがあった。今思うと特に理由はなかったが、「自分の人生、このままでよいのだろうか」という漠然とした思いだった気がする。

そんな話を、コロンビアやデンマークにご一緒させていただいた、古谷さんに相談したのだろう。古谷さんからは、「今までやってきた仕事や、習得した技術を棒に振るのは、もったいないのでは」とのアドバイスを受けた記憶がある。

そのとき、ハッとした思いが脳裏を横切り、「これからも、この仕事に誇りを持って、続けていこう」と再認識したことを覚えている。

このアドバイスと決断がなければ、現在の自分はあり得ないほどの〝人生の節目〟になっていると思う。当時の漠然とした思いから、転職をしていたらどうなっていたかと思うと、空恐ろしくなる思いがする。

もちろん、転職が悪いわけでもなく、よい方向に人生を変えてくれる可能性も十二分にある。しかし、私の場合、この時点での転職は、今思うと、転職しなくてよかったと思う事例である。

ただ、最初の転職は、たった1年10か月のサラリーマン生活だったが、転職して不安もあったものの、人生が大きく動いた分岐点であったと今は思える。そして、その会社は、15年後くらいに倒産して今はない。現在でもそうであるが、転職や仕事の業種転換は、慎重にすべきであろう。

2　仲間との出会い

衛星通信の仕事は、時代の最先端ということもあり、次から次へと増えていった。それと同時に経験も積み、技術力も向上していくことも実感できた。

先輩の広保さんも、海外マイクロ工事で、西アフリカのガボン共和国から絵葉書を送ってくれたりして、連絡を取り合っていた。そのとき思ったのは、絵葉書の絵柄も酷かったが、海外マイクロの工事は、衛星に比べ過酷な環境が多いと感じた。

そんな中、海外マイクロの工事を続けていた広保さんに、工事技術を生かした衛星システム本部の施設部での仕事の話があり、古谷さんの紹介により、工事会社の三和大栄経由で、1981年頃、NECの施設部での仕事が決まった。

それ以後、広保さんは、過酷なマイクロ工事で出張することはなくなり、プロジェクト業務、工事設計、現地支援などで、国内業務へと軸足を移していった。

そのお蔭で、私が衛星の現調、特に小型衛星局（STD—B）13mアンテナの工事・現調関係で出張する場合、施設部に広保さんがいたお蔭で大変助かった。

もう1人の仲間は、電気製品にマニュアルがあるように、衛星通信機器にも機器別のマニュアルがあるが、これも技術者が原稿を作成し、英国人のチェックを受けて製本され、客先に納品されている。このマニュアルの原稿作成を担当し、同じように企業の外注業者として働いていたのが、山下さんだった。山下さんとは、北部アフリカのリビアで会ったのが最初で、ほんの暫くの間、一緒に仕事をしていた。

そして、もう1人は、工事屋で、衛星機器の現調も行っていた木村さんで、工事もできる現調員で貴重な存在だった。タンザニアには、現調員として一緒に出張させていただいた。

彼ら3人は、私より3~5歳年上の人たちだったが、共に業務環境は個人事業主で、将来に多少なりとも不安を持っていたと思う。これらの人たちとの出会いが、その後の起業へと繋がっていくことになる。

その他にも、たくさんの方々に助けていただいたり、教えていただいたり、アドバイスをいただき、現在があると思っている。

3　起業

１つ目の目標達成

マーフィーの黄金律を読んでから、起業を目指すことは決めていた。そのために、会社を退職後も社員として就職はせず、独立事業主の立場を貫いて来ていた。そして起業するための資金づくりに、海外出張を繰り返していたのだった。

海外に出張していると、現地での生活は出張費で賄えるのが普通で、節約すれば出張費を残すこともできた。加えて、国内での給与（私の場合は外注費）は、まるまる残るため、資金づくりの早道が海外出張だったわけである。

起業したのは、１９８３年2月2日。社名は、国際通信企画株式会社。資本金３００万円、前述の3名（広保、山下、堀口）が同額出資で設立した。木村さんは、出資せず、発起人の1人になっていただき、監査役として登記した。したがって、会社のスタートは、４名からの船出であった。

ここで、1つの目標であった「30歳までの起業」は、29歳5か月のときに達成することができた。起業に至る過程には、様々な苦労もあった。早い時期から起業を目標に資金づくりや勉強を続けていたが、1人での起業は、不安でもあり心細さもあった。そんな中、同じ環境で働く仲間との出会いが、起業への道を後押ししてくれた。

広保さんと山下さんに起業の話を持ち掛け、出張から帰る度に、何度も菊名の居酒屋で夢を語り合った。

３人の役割

３人の仕事の共通点は、共に衛星通信関連の仕事をしていることで、広保さんは、工事関連、山下さんは、マニュアル関連、そして私は、現地調整関連といった具合で、海外の衛星通信にかかわる仕事をしていた。

３人の考えが纏まり、７名の発起人のご協力も得て、設立手続に入った。

社名は、国際通信企画株式会社とした。定款は、当時ワープロもなかったので、手書で作成した。また、就業規則は、和文タイプライターでの作成を依頼した。現在でもそれぞれの原本は残されている。

株式会社の最低資本金は、当時３００万円と定められており、各自１００万円出資し、３００万円を準備して、銀行に株式払込保管証明書を発行して貰はなくてはならなかった。

そこで、新横浜にドライブスルーの横浜銀行があったので手続を依頼すると、残念ながら受けてもらえなかった。仕方なく大倉山の川崎信用金庫にお願いに行くと、快く受けていただいた。

当時の担当者は、今別府次長で、起業後も担当していただき、とてもよくしていただいた。

あるときは、日本語がまだ不自由な妻の、何の手続かは記憶にないが、京急の神奈川駅まで付き合っていただいた。その後も、弊社から個人的なパソコンを買っていただいたりで、公私ともにわれわれを

【図表 23　手書の定款】

定　款

第１章　総　則

（商　号）
第１条　当会社は、国際通信企画株式会社と称する。

（目　的）
第２条　当会社は、次の事業を営むことを目的とする。
1. 電気通信機器の工事・設計、施工
2. 電気通信機器の設計、製造及び販売
3. 電気通信機器の検査、保守業務
4. 医療用具の製造、販売
5. 日用雑貨の製造、販売
6. その他前各号に附帯する一切の業務

（本店の所在地）
第３条　当会社は、本店を横浜市港北区に置く。

（公告の方法）
第４条　当会社の公告は、官報に掲載してする。

原本

応援していただいた。

事務所は、山下さんが大倉山にアパートを借りていたので、そこを事務所とし、本当に机1つからの出発だった。

社長は山下氏、専務は広保氏、常務は私が勤めることとした。そして、監査役には出資はしなかったが、木村さんが就任した。

司法書士に設立手続を依頼し、無事に起業が完了した。

【図表24 和文タイプで作成した最初の就業規則】

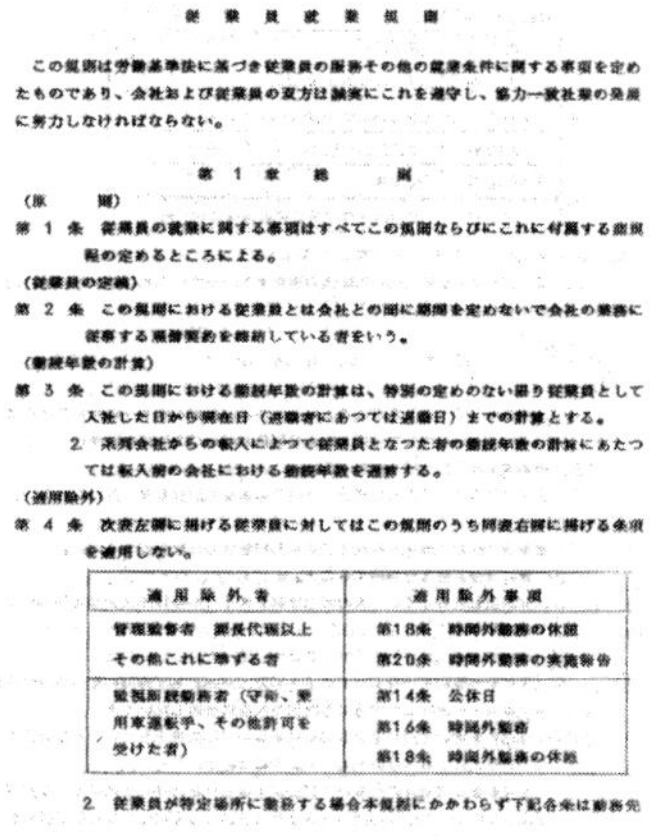

従業員就業規則

この規則は労働基準法に基づき従業員の服務その他の就業条件に関する事項を定めたものであり、会社および従業員の双方は誠実にこれを遵守し、協力一致社業の発展に努力しなければならない。

第1章 総則

（原則）
第1条 従業員の就業に関する事項はすべてこの規則ならびにこれに付属する諸規程の定めるところによる。
（従業員の定義）
第2条 この規則における従業員とは会社との間に期間を定めないで会社の業務に従事する雇傭契約を締結している者をいう。
（勤続年数の計算）
第3条 この規則における勤続年数の計算は、特別の定めのない限り従業員として入社した日から現在日（退職者にあつては退職日）までの計算とする。
2 系列会社からの転入によつて従業員となつた者の勤続年数の計算にあたつては転入前の会社における勤続年数を通算する。
（適用除外）
第4条 次表左欄に掲げる従業員に対してはこの規則のうち同表右欄に掲げる条項を適用しない。

適用除外者	適用除外事項
管理監督者 課長代理以上 その他これに準ずる者	第18条 時間外勤務の休憩 第20条 時間外勤務の実施報告
監視断続勤務者（守衛、乗用車運転手、その他許可を受けた者）	第14条 公休日 第16条 時間外勤務 第18条 時間外勤務の休憩

2 従業員が特定場所に勤務する場合本規程にかかわらず下記各条は勤務先

それぞれが個人事業主という不安定な立場から、起業後は、社会保険に加入したいと考え、鶴見の社会保険事務所に加入申込みに行くと、今では考えられない対応だが、そんな小さな会社では加入できないと冷たくあしらわれた。その後交渉し、記念すべき第1号の新入社員の上野君を含め5人で、昭和59年（1984年）4月に、社会保険に加入することができたのだった。

私は、国際通信企画（株）設立9日後に、8か月の長期出張となる2度目の南米コロンビアに、売上に貢献すべく出張した。広保氏、山下氏もそれぞれの分野で社業発展の努力をしていった。

会社も本社を移転、増資して順調に見えた企業経営も、山下氏の分離独立により、広保氏に社長を交代。そのとき、簡単に思えていた共同経営の難しさを痛感した。

第４章　妻との出会い

1　妻と出会うこととなるペルー出張

導かれペルーへ

ペルーへの出張は、１９８４年1月30日から、６月29日までの5か月ほどであったが、私の人生を大きく変える出来事へ繋がる、実り多い出張だった。

ペルーへの出張目的は、32ｍのパラボラアンテナを有するＳＴＤ—Ａ（スタンダードＡ局）の建設、引渡しまでの現地責任者（ＳＭ：サイトマネージャー）として、現地土木工事、通信電源、通信工事、現調を完了させ、お客様への引渡しまでが主な任務となっていた。初めの頃の出張とは、責任範囲も大きく変わってきていた。

【図表25　ペルーのSTD-A局の現場にて】

現場は、ペルーの首都リマから東に３００㎞ほど離れたフニン県ウアンカヨ市のシカヤ村に建設中の、ペルーで2局目となる衛星通信用のＳＴＤ—Ａ局での作業であった。

現地へは、車で移動すべく、リマから向かったが、雨季の時期でもあったためか、途中で川が増水し渡れなくなったので、途中で引き返し、後日、鉄道での移動に切り替えた。３００㎞ほどの距離と思うだろうが、ティクリオという4，８００mの峠を越えていく必要があるため、12時間ほどかかるとのことであった。

鉄道での移動には、後から来たアンテナ現調担当の新人で、初めての海外出張の鈴木君も同行することになり、２人で朝7時過ぎの鉄道で移動を開始した。南米ペルーの高山鉄道で、途中当時世界一高い鉄道の駅、ティクリオを通過するとのことで楽しみにしていた。

スイッチバックやループを繰り返して標高を上げていくため、結構時間もかかり、退屈な時間が過ぎていく。

車窓はというと、ペルー沿岸地域は、フンボルト海流（寒流）の影響で、南半球低緯度にもかかわらず気温は高くない。また、砂漠性気候のため、海岸地域でも草木は少なく、標高１０００mくらいからは、低層の雲を抜けて少し温帯性に変わって、気候もよく、リゾートのような気候となってくる。３０００mくらいからは岩場が増え、落石の危険も出てきてとても危険だとの印象を受けた。

加えて、標高が高くなるにつれ、高山病のリスクも高くなる。４０００mを超えると、われわれは経験したことのない高度で、危険高度となってくる。案の定４５００mくらいで鈴木君が気分が悪いと、トイレに立ちながら顔色も悪く倒れてしまった。

私は、すぐに車掌を呼ぶと、車掌は皮の袋に入った酸素を持ち歩いており、酸素吸引をしてもら

う と顔色に赤みが戻り、少し元気になった。ここでは事なきを得たが、これから先が思いやられる状況だった。ティクリオ駅は4800mほどで、5000m以上の山々には雪が積もっているところを車窓から見ることができた。

また、ティクリオの近くでは、氷河も見ることができたが、近年は地球温暖化の影響で、氷河が消滅してしまったと聞いている。

ティクリオを過ぎると下りで、途中、人間が定住する限界高度の4200mほどのところに鉱山で働く人の町があった。

【図表26　ティクリオ駅にて】

4000mくらいのところでは、オロヤという鉱山の町を通過し、ウアンカヨには夕方6時過ぎに着いたと記憶している。ここでも標高は3200mほどで、順応するのには少し時間を要したのを記憶している。

宿泊先は、日系人の経営するHOTEL・KIYAで、日本人の工事現調スタッフには大変よくしていただいた。

また、ここウアンカヨには、日系移住者の80家族ほどがいるとも教えてもらった。

シカヤ衛星地球局

体調を整え、現場のＳＩＣＡＹＡ村（標高３３４０ｍ）に行くと、アンテナ・エレクション（組立）はほぼ終了し、電源（１５０ＫＶＡエンジンと60ＫＶＡのＵＰＳ）が調整中であった。

その後の日本からの技術者は、鉄道の運行も不定期となり、局から1時間ほどのところにハウハ（ＪＡＵＪＡ）空港があるので、セスナ機ほどの飛行機だが、空路で来てもらうことにした。ほとんどの人が高度順応のため1日は休んでもらうことにして、その後作業に加わってもらった。

仕事は、ＳＴＤ―Ａ局で規模も大きいので、32ｍアンテナ・エレクション、ＣＩＶＩＬ、電源工事、アンテナ調整、機器現調、アプローチマイクロ等があり、スタッフも多く、10数名の日本人に加えて、現地スタッフにも協力いただいた。工期も、終了までは6か月以上要するのが普通であった。受注額も、正確ではないが、当時20億円前後と記憶している。

ＳＴＤ―Ａ局は、前述のようにアンテナサイズも32ｍ（直径）と大きく、ＳＴＤ―Ｂ局のアンテナサイズである11ｍ～13ｍとは規模も大きく違う。そして、地球局の性能を評価するのにＧ／Ｔ（Ｇａｉｎ　ｔｏ　Ｎｏｉｓｅ　Ｒａｔｉｏ）という数値を使うが、Ｂ局ではオフセット法、Ａ局ではラジオスターを使って測定する。このときは、カシオペアのラジオスターを使ったが、毎日の測定に天文学の知識を生かすことができた。

また、エアコンのセンサーに、高地特有の気圧による設定値相違の障害が発生したのは、初めての経験だった。

そのシステム設計を担当された山田さんは、ＮＥＣ定年後、当社からＮＥＣへ出向し、71歳まで働いていただき、２０１９年3月に引退された。

現地での作業には、資金も必要で、現地保有金という名で、現場では私が管理していた。リマに常駐していたＰＭ（プロジェクトマネージャー）の富村さんが資金を運んでくれていたが、段ボール箱にお札を入れ、車を飛ばして持参してくれていたことを思い出す。当時、ペルーは、年率７００％くらいのインフレであったとも記憶している。

その他、機器障害は、アンテナ、ＵＰＳ、燃料タンク、漏電、アスファルト道路、送信機、通信機器、伝送機器等々で多少なりとも発生したが、詳細は割愛する。

ソフト面では、日本人のメンバーの体調不良や、工事チームの小松さんの手術の通訳兼立会など、様々な問題を解決し、お客様に引き渡すことができた。

【図表27　ペルーの地図】

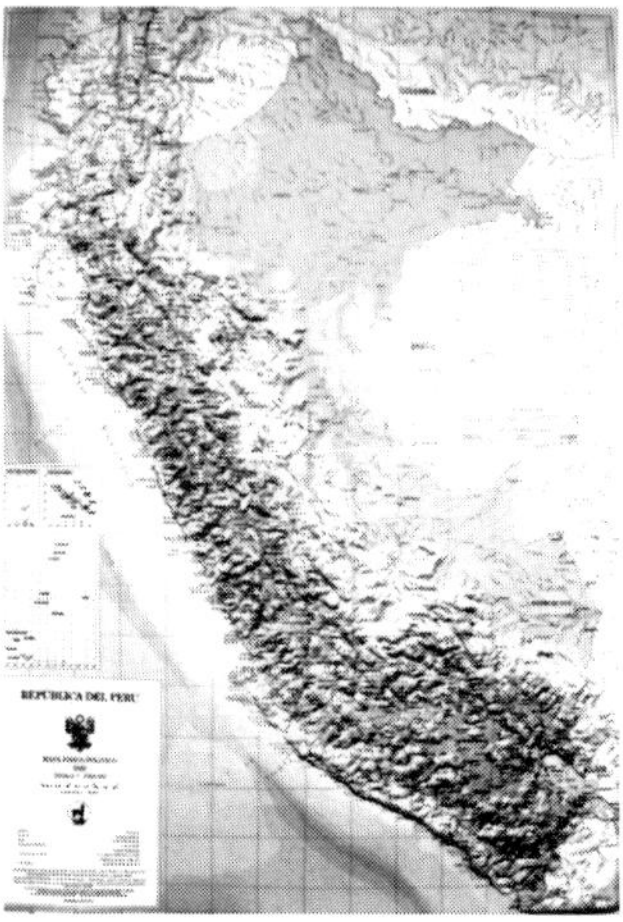

成長を実感できる仕事

この衛星通信の仕事は、出張回数を重ねるごとに経験を積み、難易度も上がってくることになる。最初は同行出張、２回目は１人での長期滞在、３回目は１人での出張、その後は同行者を連れての出張、そして責任者の立場での出張と難易度が上がってくるが、それと共に自分の成長も実感できた仕事で、人生の分岐点で間違った判断をしなくて、この仕事を続けてよかったと今でも思っている。

衛星地球局の近くには、ペルー国立地球物理学研究所の太陽観測所があり、京都大学から来られていた石塚睦さんご夫妻が長年住んでおられたので、ご挨拶に伺い、日本茶をいただいたと記憶している。この石塚さんの息子のホセ・石塚さんとは、20年ほど後に、NEC横浜工場でお会いすることになるとは予想もしていなかった。

そして、今から5、6年前にホセ・石塚氏が別件で来社された折り、TV番組の「何故こんな所に日本人」に出演することになったと教えていただいた。その機会に、35年ほど前にお会いしたホセ・石塚さんのお父上の石塚睦さんご夫妻のお元気な姿もTVを通じて拝見することができたのだった。

話を元に戻すと、現地での言葉はスペイン語で、エンジニアの客先は英語を話せるが、一般の人は話せないのが普通で、スペイン語は業務遂行には重要な要素だった。幸い私は、最初の出張がコロンビアでスペイン語圏だったことと、北アフリカのリビアにSTD—A局2局と、DOMSATのマスター局の保守業務で1年勤務したが、時間を持て余し、スペイン語を当時の教科書リガホーンを使って勉強していた。

リビア滞在中に休暇でスペインに行ったときに、ホテルの人にお世辞でもスペイン語を褒められ、自分でもそれなりのレベルになっていると感じた。そのため、ペルーでの業務に、私のスペイン語はとても役立ったと思っている。今では、妻の日本語レベルが高く、スペイン語もあまり使わないため、とても流暢とは言い難い状況になってしまっているのが残念ではある。

2　35億分の1の出会いと同じ誕生日

運命の出会い

妻と最初に会ったのは、仕事でペルー入りして半月ほど後の1984年の2月14日、バレンタインの日のことだった。

市内のインカという喫茶店のような所で、電源の工事で来ていた人と付合いのある女性からの紹介で出会った。そこに来たのは、妻と妻の姉で、後日談だが、自宅近くの知人に「どうしても来て欲しいと言われて、仕方なく来た」と話していた。

もちろん、この紹介がなければ、妻と出会うことはなく、この紹介と出会いが私の人生の最大の分岐点だったということができるだろう。だが、この時点では、全くそうとは思わないし、その欠片も感じることはなかった。それは妻も同様であった。

妻は、大学生になったばかりで、妻の姉は既に大学院を卒業し、実家のスーパーマーケットを手伝っていたと記憶している。

【図表 28　大学１年頃の将来の妻と】

一緒に行った私と山崎さんは、仕事が佳境に入るところで、やるべき仕事が山積み状態で余裕もなかったので、紹介を受けるのみと心得ていた。もちろん、妻と妻の姉も同様で、どこの馬の骨ともわからぬ私たちと付き合う気持ちなど全くなかった。

その後、別の友人も紹介されたが、全く興味を持てず、仕事も忙しく、数回会っただけで終わった。

そんな中、妻との２度目の出会いは、仕事の帰りにたまたま町で見かけて声をかけて話したのがきっかけで、そのとき少しだけ距離感が縮まった感じがした。

次に会ったのは、いつかは記憶にないが、ホテルの前でインディオの人がアルパカの手編みのセータを売っていて、そのセータを買いたくて値引交渉を手伝ってもらった。その頃から、親近感を覚えるようになり、食事に行ったりして、お互いの話をするようになったと思う。

また、われわれは、長期出張のときは、出張前に歯医者に行き、治療をして、出張に出かけていた。しかし、高地では、気圧のためか、激務で体重が減るためか、歯の詰め物が外れることが今までにもあった。そのときも、妻に歯科医師を紹介してもらい、事なきを得ることができた。

そんな状況の中で、仕事をしながらも会う機会をつくり、ウアンカヨでの生活のアドバイスも受けながら、多少なりとも距離感は縮まっていったと思う。

また、ウアンカヨでは、当時でも旅行雑誌に載っているほどの300年以上前から行われている有名な日曜市があるが、ここにも連れて行ってもらい、歴史と文化を感じることができた。

同じ誕生日

彼女の父上は、弁護士で、われわれが滞在していたホテルの近くに事務所を構えていて、付近をうろついているわれわれ日本人の存在を知っていたとのことだった。

彼女の兄弟は、6人。長女と次女は、小学校と中学校の先生、長男は建築士、3女は化学の修士、次男は鉱山技師とのことだった。そして、彼女は4女の末っ子で、ペルー国立中央大学の経済学部の学生であった。

親戚には日系人がいて、沖縄出身の仲村渠（なかんだり）氏と結婚している人がいると聞かされた。また、母方のご先祖は、スペインのマラガの出身で、祖父は目が青かったとも言っていた。そして、親戚は、カナダ、スペイン、フロリダ（米国）にいるとのことで、われわれよりよほど国際的でもあった。

そんな中、誕生日を聞いたときは、偶然とはいえ、今まで誕生日が一緒の人に会ったことがなかったので、偶然以上のものを感じた。大げさに言うと、地球の裏側での出会いでもあり、35億分の1の出会いかもしれないと、どこかで感じていたかもしれない。

3　古きよき日本人の姿の娘

脳裏をかすめた国際結婚

最初の出会いから多少距離感も縮まり、仕事面ではSTD―A局のVerification―Testも無事終了し、徹夜仕事も終了し、仕事も峠を越え、時間も多少は融通が利くようになってきた。

日本人の現地工事担当者や現調者でも、担当機器が終わると帰国の途に就くことになるが、1人、また1人と見送ると、仕事の終了も見えてくる時期になってくる。そんなときに、現地リマ在住の日本人で、本プロジェクトの現地サポートをしてくれていた元NEC（NECエンジニアリング）に在籍していたことのある中尾さんと彼女と私の3人で、休日を利用し、ニジマスの養殖場があるインヘニョというところに出かけたことがある。

中尾さんは、ペルーのリマにある1局目の衛星地球局（ルリン局）のアンテナ担当の現調者としてペルーに来て、現地の人と結婚し、ペルーに移住している人で、日系人ではなく、生粋の日本人だった。

インヘニョでは、ニジマス料理を食べながら、様々な話をしたと思うが、彼女の考え方や行いに接し、女性としてとても優しく、清楚で、頭の回転もよく、真面目で常識のある人であることがわかった。そして、彼女の姿が、当時も今も日本では失われてしまった、古きよき時代の日本人の姿に見えたのがとても印象的だった。また、その横顔は、何となく桜田淳子によく似ていたことも印象に残っている。

自分は、「もしかして、偶然にも誕生日の同じこの人と国際結婚することになるかも知れない」と言う思いが脳裏を過ぎったことは、今でも鮮明に覚えている。

紹介された妻の母上

インヘニョでは、ニジマスを買って、家族へのお土産にと彼女に渡したが、後日、そのお礼に自宅に呼んでいただき、母上に紹介され、とても緊張しながら昼食を御馳走になった。

お母さんもとても気さくな方で、われわれの仕事を労っていただいた。そして、この母親を見て、娘の性格にも納得させられた。

その後も、仕事が佳境を超えて、残業も減り、担当者も帰国を始めると、時間的余裕もできてきた。そのため、彼女に、レストランなどを教えてもらい、ペルーならではの料理を教えてもらった。

ここウアンカヨの地名のついた、ジャガイモを使ったパパ・ラ・ウアンカイーナ、焼きそばによく似ているタジャリン、国民的料理のロモサルタード、食用モルモット料理のクイ・チャクタード、心臓の串焼きのアンティクーチョ・デ・コラソン、ポージョラアブラサという鳥の丸焼きは、町の

【図表29　セビッチェが表紙のペルーの料理本】

至るところにあって、1羽、1／2羽、1／4羽で注文でき、フライドポテトがついてくる。マスタードをつけて食べるとても美味しく、ペルーのどこにでもある国民食と感じた。

有名なセビッチェは、海鮮料理でとても美味しいが、山岳地帯では鮮度に問題がありおすすめはできない等、教えてもらった。

また、私が市場に行くのが好きだったので付き合ってもらったりもして、空いた時間を有意義に過ごすことができた。

そんな楽しいときを過ごしたのも束の間、別れのときも近づいて来ていた。

4　別れのとき

現地作業終了

約5か月に及ぶアンテナエレクション、現地工事、調整、VERI・TEST、引渡し立会試験、回線開設、そしてお客様から承認をいただき、仕事は完結することになるが、仕事も終盤になって来ると、時間的にも余裕ができてくる。

そのため、彼女と会える時間も多少は増えていったと思う。ただ、彼女は、大学生で勉強も忙しく、また、家業のスーパマーケットも手伝っていたので、そんなに頻繁に会うことはできなかった。

衛星地球局の建設スタッフも、それぞれの業務が終了すると、飛行機かバスのいずれかでリマまでの移動の手配をして送り出した。

最後は私1人となり、お客様からの承認を受けて、帰路に着くことになった。ただ、私は、現地で車を運転しており、その車をリマまで運ぶ任務もあった。

リマまでといっても、標高差5000m、距離は300㎞以上で、走ったことのない道で不安もあり、せめて車の整備をと前日に依頼しておいたが、かえって車の調子が悪くなって帰って来てしまった。さりとて、帰らないわけにはいかず、車が動かないわけでもないので、関連部署に挨拶をして帰路に就くことにした。

究極の考えは、5000mの山から0m地帯まで下って行くので、何とかなるとの安易な考えもなかったわけでもない。

彼女には、車でリマまで行くことを伝えると、リマには何度も行ったことがあり、親戚もいるのでよく知っているとのことで、同行してくれることになっていた。もちろん、2人きりではなく、一番上の姉さんも一緒である。心強い同行者を得て、多少は安堵した。

リマへの帰路

リマまでのルートは、標高３２００ｍのウアンカヨ（Ｈｕａｎｃａｙｏ）から地球局のあるシカヤ村（ＳＩＣＡＹＡ）を経由し、オロヤ（ＯＲＯＹＡ）までが約70㎞、ここの標高は約３９００ｍ、そこからティクリオ（ＴＩＣＲＩＯ）・標高４８３０ｍの峠を越えると、残り約２００㎞の下りでリマに着くことになる。

【図表30　リマへの帰途、シエテ・コローレスの前にて】

リマへ向けての出発は、１９８４年６月24日（日）朝９時頃だったと思うが、３人で出発、完成した衛星地球局を左手に眺めながら、順調に走行して行った。

オロヤの町の手前では、オロヤが銅の鉱山のため、ボタ山ならぬ砕石した残土の山があり、その山が７色に見えることから、シエテ・コローレス（７色）と呼ばれているところで、３人で写真を撮ったりしながら、順調に行程を進めて行った。

そして、最高標高点のティクリオを超えて下りに入った頃から、車の調子が悪くなってきた。さりとて後は下るのみとの思いから、車を走らせたが、リマまであと１００㎞を切った頃から、エンジンルームから煙が出始めたのだった。

エンジンとは別の問題で、５０００ｍ級の高地と０メートル地域とを往復する場合、低地から高地へ行く途中には、気圧低下によるタイヤの空気圧の上昇を避けるため、タイヤの空気を抜く処置をするのが一般的で、タイヤがパンクするのを防ぐために取られる処置であった。今回は、高地から低地への移動のため、途中でタイヤに空気を充填しなければタイヤの空気圧が落ちてしまい、走行に支障があるはずだったが、エンジンからの煙のために全く失念してしまっていた。

緊張しながらの運転で、同乗者もいることから心配ではあったが、エンジン温度が高くなっているわけでもないので、休みながら何とかリマ市内に入り、シェラトンホテルまで辿り着くことができた。

そこからＰＭの富村さんに連絡を取り、事務所まで誘導してもらい、何とか３人無事にリマに辿り着くことができ、責任も果たせてほっとした記憶がある。その後、事務手続や、車の修理手配や帰国便の手配などをしていたと思う。

煙を出した車は、今回のプロジェクト用に購入した車で、修理して現地スタッフの中尾さんに譲ることになったので、中尾さんが全力で修理手配をしていた。

別れと帰国

翌日の夕食は、富村さんを含め、彼女と彼女の姉さんと私の４人で日本食レストランに行き、無事に仕事も終わったことを祝うことができた。

もちろん、彼女と姉さんは、本格的な日本食を食べたことはなかったと思うので仕方ないが、茶わん蒸しを見た目と色が似ているプリンと間違えていきなり口に運び、火傷まではいかないにしても、その熱さにびっくりしたのが印象的だった。

彼女との別れは、このレストランでの食事の後だった。１９８４年6月25日、帰国の２日前で、名残惜しさはあるものの仕方のない状況ではあった。

彼女を見送っていると、小走りに後ろも見ずに走っていたが、突然転んでしまった。そのときの姿は、今もよく覚えている。

このときの状況は、35年後、本書の原稿を書いているときに妻に確認したところ、目に涙が一杯で、前がよく見えなくなったため転んでしまったとのことだった。いつの時代も、別れは辛いものだと、今改めて思う。

帰国は、６月28日深夜0時50分発のＡＲ―３８４便（アルゼンチンエアー）で、私が現場責任者として最後の出国だったためか、旅行会社の金城トラベルが、気を利かせてくれて、ファーストクラスに変更してくれていた。おかげさまでペルーから乗継ぎのメキシコまでは、快適な旅をすることができた。そして、メキシコからは、ＪＬ０１１便で6月29日（金）無事に帰国した。

このとき、３年後に彼女を迎えに再度ペルーを訪れるとは、正直思ってはいなかった。だが、この人と国際結婚するかもしれないと思った、あのインヘーニョのレストランでの思いが、現実のものとなっていくことになる。

5　結婚までの2年9か月と水晶発振器の功績

手紙と電話で途切れなかった2年9か月

マルレーネと出会った1984年2月14日から、国際結婚のためペルーに迎えに行く1986年11月30日までには、2年9か月ほどの月日を要した。

約5か月のペルー出張を無事に終えて帰国すると、フィリピンの出張時、お客様に個人的に提案しておいた送信周波数を変更するために必要な準備をしたりしながら、職種的には、通信機器の現地調整からシステム本部で、プロジェクトマネージメントの仕事に移って行った。

【図表31　将来の妻との文通】

彼女とのやり取りは、もっぱら手紙が多く、地球の裏側まで郵送するため、当時は手紙の紛失の可能性があったので、手紙に通し番号を付けて送っていた。

彼女は、私の手紙には必ず返信をくれていた。そして、その返信には、手紙№Xを受け取ったと書かれていて、手紙の最後には、綺麗なバラの花を書き添えて送ってくれていた。

私は、その返信を当時住んでいた新横浜のアパート小原荘のポストを見ながら、心待ちにしていた。そのうち疎遠になったら諦めもつくかと思いながら文通を続けていたが、半年、1年、2年と文通は続いていった。

水晶発振子の功績

その間にも、海外出張は続いており、1984年9月には、フィリピンのお客様から依頼を受けていた水晶発振子を製作して、テストを兼ねて2泊3日で個人的というよりも、起業したばかりの国際通信企画（株）として出張した。

【図表32　社業貢献の水晶発振子】

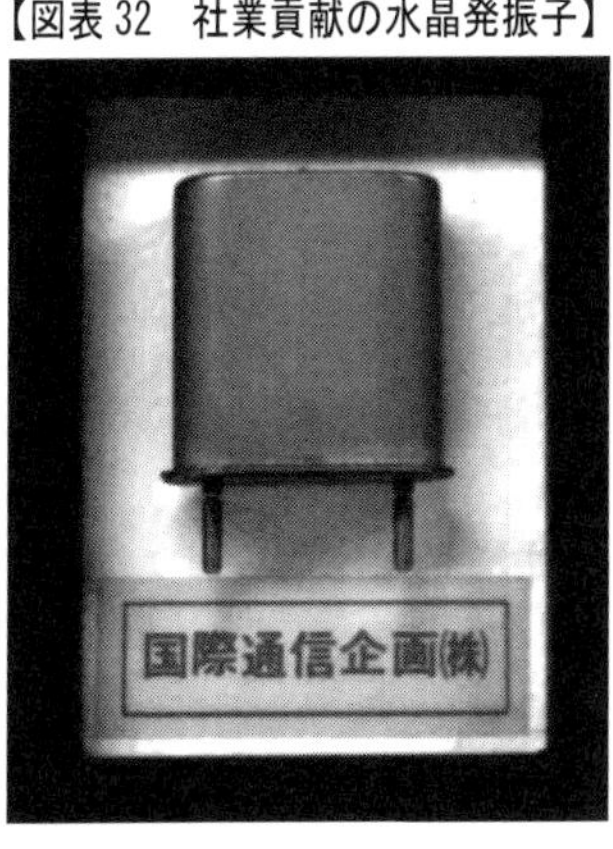

結果は、非常に上手くいき、全数を納品することができた。お客様からは、大幅な経費節約になったため、この水晶発振子を破格の値段で買っていただき、お互いの会社と私のWin―Win―Win（お客様―企業―個人）の関係が成立することになる。

そして、この〝Win―Win―Win〟は、当社グループの理念となっていくのである。

われわれにとっても、この水晶発振子のお陰で、アパートの事務所からオフィスビルに移転することができた。

当時、事務所を借りるのに６００万円ほどの敷金が必要だったが、金融機関からは起業間もないことから貸してはもらえなかった。そんな折に、フィリピンからお客様が来日した際、東京のホテルオオクラの1室で、水晶発振子の代金をドルの現金で受け取り、事務所を借りる敷金のほぼ全額とすることができたのだった。

このような出来事により、その後、お客様から絶大な信用を受けて、様々な依頼を受けるようになっていった。

例えば、送信偏波の変更についての相談には、手順書を書いて送ったが、すべての局で上手くいったと連絡があり、大変喜んでいただいた。

また、在留米軍の基地内ＴＶ放送を受信するためのアンテナを調達してくれとの依頼もあった。この件は、最高素子数のアンテナを秋葉原で購入し、その他の依頼部品と共に3回目のフィリピン出張に行ったが、入管以前の荷物受取りの回転テーブルのところまで出迎えの方が来ており、一般の入管手続ではなく、どこかほかのところで手続をして、ベンツで送っていただいた。

また、帰国時には、空港まで送ってもらったが、私がカメの剥製を2体持っていると言うと、輸出禁止品目だからとのことで、手荷物検査場もフリーパスで、機内の手荷物棚まで運んでくれたのだった。そのカメの剥製の1体は高校の同級生の岩崎君の新築祝いに、もう1体は未だわが家に保管している。

また、丸紅のお客様が、フィリピンから来日された折に、丸紅に連絡があり、「国際通信企画（株）の堀口さんに秋葉原に付き合って貰いたいとのリクエストがあった」とのことで、黒塗りの車で、丸紅の当時若手の飯野(めしの)さんが私のアパート小原荘まで迎えに来てくださったこともあった。

その後にも、日本の代理店をしてくれないかとの依頼もあったが、起業間もない状況で、われわれの体制が未整備だったこともあり、お断りをするしかなかった。

カリフォルニア湾でのトローリング

１９８５年10月～12月までは、メキシコシティーとマザトランに三技協の大島君と出張した。仕事の合間の休日には、２人でトローリングに行き、８時間でブルーマリン、ハンマーシャーク、カツオの３匹を釣り上げることができた。

【図表33　マザトランでの釣果】

釣果は、持ち帰るわけにもいかず、トローリングのスタッフから、「恵まれない子供の施設に寄付してもよいか」と言われ、承諾した。その話を、現地のスタッフに伝えると、「５万ペソで売れる」と言うので、港に行ってくれたが、時すでに遅しで、ブルーマリンの姿は港にはなかった。

前述のスバルバードには、国際結婚までの２年９か月の間で、１９８６年８月～９月にかけて出張した。スバルバードには、局舎に簡単な国際交換台設備があったので、ペルーには頻繁に電話をかけることができた。

そんな環境の中、彼女には、ペルーから帰国後、手紙は40通くらい出し、電話も何回もした。彼女も実家のスーパーマーケットの仕事の手伝いで得たなけなしのお小遣を叩いて、国際電話をかけてくれていた。この期間のやり取りから、国際結婚への決意が固まっていくことになった。

6　30分4万円の国際電話

高過ぎた電話代の効能

遠距離恋愛中の通信手段は、手紙と電話しかなかった。海外出張時は、仕事柄、国際電話をすることが多く、気にはならなかったが、いざ日本から国際電話をかけるとなると、当時は、秒単位で課金され、ものすごく高くついた。

国際電話は、ＫＤＤ（国際電信電話）の1社独占で、競争相手もなく、地球の裏側となれば、距離も遠く、高額になることが多かった。

通話方法には、ダイヤル即時通話と、オペレータに繋いでもらう指名通話があった。もちろん、ダイヤル通話が料金は安いが、誰が出るかはわからない。一方、指名通話は、マルレーネさんを指名して、いなければ通話が成立せず、料金はかからないシステムであった。

彼女は、大学生だったので、頻繁に電話をかけることはできないので、私からかけることが多かった。１回の通話は、料金のこともあり短く抑えていたが、あるとき指名通話で30分ほど話し込んだことがあった。後日、来た請求書に吃驚、４万円の電話代を支払うことになったのである。

このとき、「もう早く国際結婚したほうがよいかも」と思ったことを覚えている。

律儀な女性

彼女には、数十回国際電話をしたと思うが、彼女が不在だったのは2回だけで、大学に通っているとき以外は、何時も家業のスーパマーケットの手伝いや家事の手伝いをしている、とても真面目な人だった。とりわけ、私との遠距離恋愛とは言え、お付合いをしているがために、他の人からの誘いは一切断っていたとも話してくれた。

彼女は、このようにとても律儀な性格で、益々心を惹かれることになっていった。

7　決意（カセットテープに込めた思い）

ご両親を説得

いつ録音したかは記憶にないが、国際結婚をお互いに決意して、結婚の意思を固めたことから、

【図表34　妻の両親に送ったカセットテープ】

いきなりペルーに行って、ご両親に娘さんをくださいと言うわけにはいかない。さりとて、簡単に行ける場所でもないので、カセットテープに自分の気持ちを録音し、ご両親に伝えることにした。

録音は、小原荘でした記憶はあるが、録音内容は今は覚えていない。ご両親が大切な娘さんを異国の地に嫁に出すことを考えると、私が娘さんを全身全霊で大切にし、必ず幸せにしますと言う気持ちが伝えられるように、カセットに気持ちを込めて録音したと思う。また、少しでもソフトな感じを出すために、バックグランドミュージックも流しながら録音した。

その後、録音したカセットテープ（図表34）を郵送し、ご両親に聞いていただいた後に電話で了解を求めたが、大反対で、最初は厳しい対応だった。

当然のことである。父親としては、会ったこともない、どこの馬の骨ともわからない男、それも外国人に、大事な末娘をカセットテープに録音しただけの結婚の申込みで、賛同できるはずもなかっただろう。

それにも増して、地球の裏側の日本に連れて行かれることになれば、今度はいつ帰って来るかもわからない状況を推測されていたのだろう。

逆の立場で、私が、現在、当時のご両親と同じ年頃となり、娘を持つ立場になってみると、状況から、当然のことながら反対であっただろう。

しかし、妻から根気強くご両親への説得も続いたと聞いている。その後暫くして、妻のご両親から手紙をいただくことができた。

そこには、妻のご両親のサイン入りで、私に対し娘との結婚を許可する旨の記述と、娘をよろしく頼む旨の文言が記されてあった（図表35）。

そのときの嬉しさは、生涯忘れることができない瞬間でもあったが、国際結婚に対する覚悟と、一抹の不安もあったことは言うまでもない。

【図表35　妻の両親からの結婚承諾書】

これらの手紙やカセットテープは、今でも妻が大切にすべて保管しているとのことだが、結婚後、私は1度も見たり聞いたりしていないので、この回顧録を契機に、２人で改めて聞いてみたいと思う。

そうすることで、お互いが、改めて互いをより大切にするきっかけになると確信している。

妻を迎える準備

ご両親の了解を得ることができる前から、いつでも妻を迎えられるように、住居の購入を検討していた。

地球の裏側から、遥々私だけのために、自分の人生を掛けて来ることになる妻を、できる限りよい環境に住まわせてあげたいとの思いから、マンションの購入を検討していた。ちょうどその頃、大京観光の営業マンがしつこく小原荘を訪問してきていた。

いくつかの物件を見たりしていたが、私には、マーフィーの黄金律を読んで心に誓った、〝海の見える家〟というのが条件でもあり、目標であった。そんなときに、建設中の現場を見に行くと、高台のその物件は、1階部分からでも横浜湾が見える環境にあった。

当時、横浜ベイブリッジも翼橋もなく、南東の角からは横浜の港がよく見え、日当たりと眺望もとてもよかった。そのため、南東の角部屋で、2階か3階であれば購入したいと申し出、2階の南東の角部屋を購入することができた。これで妻を受け入れる住まいは、確保できたことになる。そして、海の見える家も手に入れることができた。

〝マーフィーの黄金律〟、そして潜在能力、恐るべしである。

マンションを購入契約したのは、1984年9月のことで、引っ越しが1985年7月頃だったと思うが、妻が来日する1年5か月前のことだった。

マンションの契約時には、妻が南米の人で、音楽が好きなことから、各部屋の天井にスピーカーを埋め込んでもらうように依頼した。

第5章　国際結婚

1　国際結婚

ペルーでの結婚式

ご両親の了解も得ることができて、やっと妻を迎えに行くことができたのは、１９８６年11月30日。日本の成田を出発し、カナダのトロント経由でリマには12月1日（月）朝に着くことができた。マルレーネとその兄弟が出迎えてくれていたが、２年半ぶりの再会となるマルレーネの容姿、そして心の美しさは、その優しい顔立ちに表れていた。加えて、聡明さにも改めて惚れ直すことができた。リマに着いてからは強行軍で、その日の内に車でウアンカヨへ移動した。その日の夜は、妻の2番目の姉さんの自宅に泊めていただいた。

ペルーの結婚式は、手続上の式である。マテリモニオ・シビルとマテリモニオ・レリヒオッソに分かれて行われる。12月2日（火）の午前11時頃からマテリモニオ・シビル、夕方から教会での結婚式、マテリモニオ・レリヒオッソ、そして夜からの披露宴（パーティー）へと続いていく。

私たちの場合、時間がないので同日に行ったが、通常は別々に日に行うとのことだった。マテリモニオ・シビルは、役所に行って、結婚書類にお互いがサインをすることで、結婚証明書も発行していただくことになる。

【図表36　ペルーでの結婚式】

マテリモニオ・レリヒオッソは、神前での結婚式となるので、教会で行われる。このとき、印象的だったのは、聖歌隊の歌声で、その美しさには感動した。まるでウィーン少年合唱団を思わせるほどの美声であった。結婚指輪の交換もここで行われる。

また、裏話ではあるが、カソリックの結婚では、異教徒との結婚については、バチカンの許可が必要で、一般的には許可に時間がかかるとのことであった。しかし、寄付をすることで時間の短縮が可能で、今回は、その手続が取られたとのことだった。

その日の夜から、結婚披露パーティーが開催されたが、妻は最初の部分のみ出席し、翌日出発するための荷づくりで、一番上の姉さんと中座せざるを得なかった。

もちろん、私も翌日はリマに移動しなければならず、早めに帰してもらった。妻の実家で寝ていると、妻の父上や兄弟たちは、翌朝の4時頃帰宅したと記憶している。

家族との別れ

首都リマへの移動は、結婚式の翌日の12月3日（水）の朝で、車で移動した。リマに着いて直ぐに日本大使館に行き、結婚証明書と共にビザの申請を行った。このとき、ペルー出張時にお世話になった中尾さんの知人の方が大使館で働いており、便宜を諮っていただいた。

というのも、ビザの発行には時間がかかるが、明日は日本に向けて出発せねばならず、何とかお願いし、翌日に妻の3か月の入国ビザを取得することができた。

リマに来た帰国前日は、リマに住んでいる妻の母上の妹さん（叔母さん）の家に泊めていただいた。翌12月4日（木）は、大使館でビザを受領できたが、もしビザが間に合わなかったらどうしようかと不安に苛まれていた。

【図表37　出発の朝】

【図表38　リマの空港にて】

【図表39　日本のVISA】

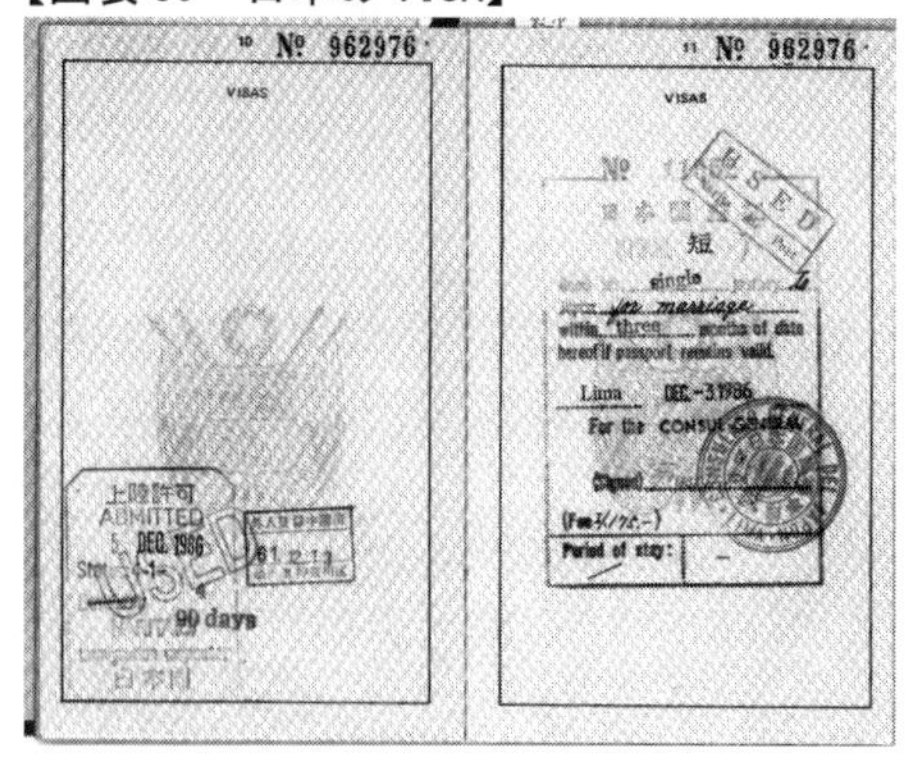

何とか出発の準備も整い、夕方にはリマのホルヘチャベス空港に辿り着くことができた。空港では、母上の弟で、空港に勤めておられる伯父さんも来ていただいた。この伯父さんは、現在アメリカのフロリダ在住である。

妻にとっては、次にいつペルーに帰って来られるかわからない状況で出発するのだが、不思議とその目に涙はなかった。そのとき私は、「この人は、私に対し全幅の信頼を寄せているのだ」と感じ、ご両親やご家族に対してもそうだが、「妻を責任持って幸せにしなければならない」と、心に誓った。

これからの長い人生、２人で苦楽を共に歩むことになる旅路を、リマを離陸したカナディアンエアーの機内の窓から、眼下に広がるリマの町を脳裏に刻みながら、２人で新たな歩を進めることになった。このときの私は33歳、妻22歳だった。

そして、ここでもう１つの目標であった、国際結婚が実現した。同時に30歳まで結婚しないという目標も達成していた。

2　結婚指輪の秘密

無礼者

前述のごとく、結婚式は、１９８６年12月２日であるが、指輪に刻まれた文字は、「M．S．H

【図表40　結婚指輪の日付】

4―11―86」（図表40）となっている。本来は、１９８６年11月４日が予定された結婚式の日程だった。しかし、実際は、指輪の表記とは違っている。これは、偏に私の決断力のなさに起因する。妻とその家族と綿密な事前打合せをしながら、11月４日を結婚式の日程に決めたのだが、往復１週間の休暇を取るための努力不足が招いた結果だった。確かに仕事が立て込んでおり、休みを取り辛い状況ではあったが、もっと努力をすべきであったことは間違いない。

この日程変更で、妻と妻の家族には、大変な恥をかかせてしまった。結婚式の招待状もできていて、配付済みだった。

妻は、親戚から「騙されているのではないか」と揶揄されたりして、恥ずかしくて、暫くリマに身を潜めようと思ったとのことだった。

そんな状況とも知らず、私は結婚式の日程を遅らせてしまった。しかし、１か月遅れとなってしまった結婚式について、妻も家族も親戚も誰ひとりとして、私の無礼を責める人はいなかった。何と心の広い人たちだろうと、後日感じた。

妻の家族に感謝

それだけではなく、結婚式の準備・段取り、費用は、すべて妻の家族が支払ってくれていた。日程変更でも、多大な時間と手間がかかったと推察できるにもかかわらずである。

加えて、指輪の製作も、妻のご両親がやってくださっていた。さもなければ、教会での指輪の交換もできなかっただろう。感謝感謝である。その反面、自分の不甲斐なさと、常識のなさに、憤りすら覚えた。

ところが、これだけではなく、妻が日本へ旅立つ航空券まで、ご両親が準備してくださっていたことには、自分の不甲斐なさを通り越し、感謝しかなかった。

そんな男に、娘を託す親の気持ちは、心配以外の何物でもなかったかも知れない。

3　来日

２人の門出

12月４日の夜にリマを発ち、カナダのトロント経由で日本に向かった。

妻は、隣国チリには行ったことはあったが、国際線に乗るのは初めてだった。トロントまでの間は、よっぽど疲れたのだろう、トイレにも行かず寝ていたが、いつも手を握っていてくれた。

なぜカナダのトロント経由かというと、アメリカ経由ではビザの問題があり、面倒なことになると思ったからである。また、同じカナディアンエアーで乗り継ぐことができたことにも起因している。

トロントから成田への機内では、役所に提出しなければならない婚姻証明書の翻訳をして過ごした。

成田に着いたのは、１９８６年(昭和61年)12月５日(金)。妻にとっては、飛行機に20時間以上乗って着いた国である。妻を地球の反対側の国に、連れて来てしまった責任を感じながら、無事成田空港に着くことができた。時は12月で、妻の故郷のウアンカヨの夜と、気候は変わらない晩秋といった気候だったろう。

成田で飛行機から降りてからしばらくして、妻が、「日本は、何か匂いがある」と言ったが、特に気にもしなかった。われわれには感じられない何かを感じていたのだろう。その匂いは、その後の日々の暮らしでわかってきた。妻曰く、「あの日空港で感じた匂いは、お醤油の匂いだとわかった」と。われわれも異国で独特の匂いを感じることがあるが、日本ではわれわれが鈍感になっている醤油の匂いがするとの認識を改めて持つことができた。

成田からバスとタクシーでやっと自宅に辿り着いた。

妻は、私が、「家はマンション」と言っていたので、マンションの建物全部かと思ったそうである。スペイン語や英語では、マンションは豪邸で、われわれが言うマンションはアパートで、意味合いが大分違っていた。それでもがっかりもせずに、２人で暮らすにはちょうどよい４ＤＫのマンションで、一緒に暮らすことになった。

【図表41　来日直後の妻―1】

来日早々

来日した翌日には、区役所に婚姻届と第3種社会保険の手続をして、将来の年金に備えることとした。そして、土曜、日曜で必要なものを買い揃えていった。1週間の休みを埋めるべく残業の連続で、妻には寂しい思いをさせることになってしまった。

言葉の問題もあり、頼りになる人もいないので、職場の同僚で、日系ペルー人と結婚していた佐分さんにお願いし、奥さんに非常時には力になっていただけるようお願いしておいた。佐分さんは、ペルーの中尾さん同様、1局目のペルーSTD―A局のプロジェクトで、現地にHPA（高出力送信機）担当として出張し、現地の日系ペルー人（沖縄出身）の方と結婚して、現地に暫く住んでいて、その後帰国された方だった。

また、ペルーに一緒に出張に行った人たちは、みんな妻のことは知っていたので、事あるごとに紹介して、少しでも知人がいることで、寂しくならないように心掛けた。

テレビで覚えた日本語

それでも、日中は特にすることもないので、テレビを見て過ごすことが多かったと思う。そんな中、妻の楽しみは、当時のＴＶ番組で、堀ちえみ主演のスチワーデス物語だった。そして、帰宅すると、番組の中で覚えた日本語を嬉しそうに度々披露してくれた。その姿が、とても愛おしく思えた。

また、あるときは、帰って来た私に、「飯食ったか?」と、やはりテレビで覚えた言葉を投げかけ、大笑いして言葉の使い方を少しずつ改善していった。

日々の生活についても、1つずつ教えていった。言葉、お金の価値、スーパでの買い方、交通ルール、電車の乗り方、家電の使い方、緊急時の対応法、電話のかけ方等々、教えることはたくさんあったが、それぞれ努力して理解していってくれる妻の姿に、尊敬さえ覚えた。

美容室

そんな来日直後の日々の暮らしの中で、妻に申し訳ないと思ったことがある。それは、私自身が美容室に行ったことがなく、女性はどんな美容室に行くかも全く知らなかったため、来日後10か月間ほど、妻を美容室に連れて行けなかったことだった。そのため、妻の来日直後の写真―2（図表42）でもわかるように、髪が伸びすぎてしまう結果となってしまった。

妻は、ペルーにいるときには頻繁に美容室にも行っていたが、3番目の姉が髪を切るのが好きで、とても上手だったので髪形を整えてもらっていたとのことだった。

私も、現地滞在中、妻の髪形はとても好きで、どうしているのかと聞いたときに、お姉さんに整えてもらっていると聞いたことがあった。

【図表42　来日直後の妻―２】

そんな来日直後の生活の中で、髪は伸び続けて限界に近くとなり、やっと近くの美容室に連れて行くことになった。ところが、妻にとっては言葉の問題もあり、美容室で何と言ってよいかが私自身もわからず、残念ながら満足のいく結果とはならなかった。ましてや当の美容室は、家の近くの小さな店で、美容技術にも一抹の不安を感じたほどでだった。

その後、妻は、友人に聞いたりして、様々な美容室を試しながら、自分に合うところを探した。

そして、これから必要となる日本語は、当時、横浜のＹＭＣＡに日本語学校があり、４月からの受講が可能だったので、入学の手続をして、日本語習得に備えた。

4　妻との結婚をとても喜んでくれた両親

両親の上京と妻の涙

妻が来日してすぐ、私の両親が上京して会いに来てくれた。その手にスペイン語の辞書が握られていたのを見たときは、両親に感謝の気持ちで一杯になった。初めて会う地球の裏側から来た息子の妻と、少しでも意思疎通をしたいという意思の表れだったのだろう。そのときは、妻が辞書を繰り、両親と単語での会話だったが、意外と互いの思いを伝えられたような気がした。

妻に初めて会った両親も、妻の優しい顔立ちと、その優しい性格に安心したのか、とても喜んでくれた。妻も、どんな両親かと不安に思っていたが、両親の歓迎ぶりに、少しほっとした様子だったのをよく覚えている。

そして、ペルーの両親は遠く離れてはいるが、日本に新しい両親ができたと、妻も本当に喜んでいた。

【図表43　初対面の妻と私の両親】

しかし、その気持ちとは裏腹に、妻は、自分の両親に会える機会が国際結婚したことにより、今後、非常に少なくなることを悟っていたのか、うれし涙とは別の涙も流していたと思う。

そのとき、私の両親も、妻の思いを察したのか、母親も妻を抱いて涙を流していたのを鮮明に記憶している。

そして、妻にとっては、ここからが、遠い異国の地での、夢から現実、さらには苦労と苦悩の始まりだったのかも知れない。

今やっとわかった親の気持ち

当時、私の父が62歳、母が58歳であった。しかし、ペルーのご両親が娘を異国に嫁がせる気持ちと、異国から来た息子の嫁を受け入れる両親の気持ちは、私は十分に理解することができなかった。今思うと、私は、当時の両親の年齢を超えており、経験はないが、少しは理解できるような気がする。

両親もそれから4、5日滞在し、短い期間だったが日常生活を共にして、妻との距離も少し縮まったと思った。妻にとっては、ますますわからない言葉、熊本弁に苦労した様子だったが、日本での両親と言ってとても頼りにしていた。

両親は、今度は実家の八代で結婚式を挙げるようにと言って、安心した様子で熊本へ帰っていた。

5　来日当初の妻の苦労と苦悩

夢と現実

結婚33年目になるが、妻は1度も「日本に来なければよかった。国際結婚しなければよかった」と言ったことがない。妻にとっては、口では言い表せないほどの寂しさ、苦労、心配、苦悩、悔しさ、歯がゆさ等があったはずなのにである。

妻の来日は、最愛の家族と自国ペルーから暫く離れることになるリマの空港で涙を流さなかったことからもわかるように、若さのためもあったのだろうが、夢と希望に満ち溢れていたと思う。

しかし、来日して日が経つにつれて、言葉、習慣、生活、社交辞令、食べ物、気候、仕事、宗教等々に馴染まなければならず、口には出さずとも、ペルーに帰りたいと何十回、何百回と思ったことだろう。

ましてやペルーでは、何不自由ない生活と、お手伝いさんがいたので、日本での生活のギャップは大きかったと思われる。あるとき、「なぜお手伝いさんがいないのか」と問われたことからもそれがうかがえる。

国際結婚の場合、どちらかの生活環境が大きく変わるので、どちらかが苦労をしなければならない。私の場合は、自分の国での生活で苦労はないが、妻にはこれらを克服していくための努力、エネルギーが相当必要で、簡単なことではなかったはずである。

まず妻が直面したのは、言葉の壁だったであろう。日本でのスペイン語は、英語ほどの流通性はなく、話せる人も極端に少ないことから、日本語を学んでいくしかなく、ＹＭＣＡで努力したことは、後述のとおりである。

習慣では、妻の実家には湯船も温水シャワーもあったが、お風呂に入ることはほとんどなく、シャワーそれも水を浴びていたそうである。そのため、風邪も引いたことがないほどの健康体だった。日本ではお風呂に入るのが一般的なのですすめると、水圧を感じて苦しいと言っていたが、すぐに慣れて、今ではお風呂や温泉は大好きになってしまった。

生活面では、日々使う家電製品に慣れることも重要だった。新婚当時、妻は、ご飯を鍋で炊いてくれた。それはそれでとても美味しかったが、炊飯器のほうが手間もかからず便利であることを学ぶと、鍋を使うことはなくなった。

洗濯もそうで、当時は2層式の洗濯機だったが、洗濯機が信用できないと言って、手で洗っていたが、便利さを実感するとすぐに洗濯機を使うようになった。妻の実家に洗濯機がないわけではなく、お手伝いさんが手で洗っていたことに起因していると思われる。

その他、掃除機、電話、ＦＡＸ、鍵管理、買い物等も直ぐに覚えてくれた。また、デパートで値切り交渉をして負けてもらったのにはびっくりだった。

１度、私の行きつけの床屋さんに一緒に行きたいと言ってついて来て、様子を見学したことがあった。そして、「次回は私が髪を切ってあげる」と言ってくれ、切ってもらうと、虎刈りまではいかなくとも、今一だったので、以後は丁重にお断りした。妻自身は、姉に髪を切ってもらっていたので、節約のためとチャレンジしてくれたのだった。

また、妻は、日本の社交辞令にも翻弄された。同じマンションに住む人が、選挙協力でお願いに来られ知り合った。そして、「困ったときにはいつでも来て」と言われていたので、体調が悪くて助けを求めに行くと、迷惑そうな顔をされて、全く助けにならなかった。その出来事から、妻は、社交辞令と言う言葉を学び、その人たちには一切頼らなくなった。妻の純粋な心に、人を見る目が１つ厳しくなってしまった出来事だった。

体と心の順応

食べ物では、ペルーはジャガイモの原産地で、２００種類以上のジャガイモがあり、首都リマには世界ポテトセンターがあるほどである。

妻もジャガイモ料理は上手で、私も国際結婚しなければ、ジャガイモを食べる機会はそんなにはなかったと思う。

また、パクチー（香草）などは、当時一般的ではなく、横浜中華街まで買いに行っていたが、上手に料理に活用してくれていた。

今でこそ有名になったが、ペルー料理は非常に美味しい料理である。ロコト（ピーマンに似た唐辛子のような物）は、肉料理などのソースとしては最高である。

逆に、妻が、「日本料理は柔らかすぎて、もっと歯ごたえのある固いものが食べたい」と言っていたが、日本食にも慣れてきてくれて、ご飯、納豆、梅干し、味噌、醤油、豆腐等々、何でも嫌いなものはない。ただ、肉食が多かったせいか、魚の卵系は、今でも苦手のようである。

気候的には、妻の生まれ故郷は、３２００ｍの高地で、昼は日本の初夏、夜は晩秋といった感じで、雨季と乾季があるが日本のような四季はない。一番大きな違いは、その標高の差で、高地は酸素の濃度が低いため、彼女たちの体は高地順応して、肺活量がわれわれよりかなり大きく、酸素を取り入れやすくなっている。それは、後日健康診断でも明らかになった。

そのため、海抜０ｍに近い横浜では、妻にとって酸素濃度が高く、過換気症候群になりやすい環境で、来日当初３度救急車で運ばれたことがあった。症状は、手足のしびれ、呼吸困難、動悸などで、最初はわからず動転したが、対処法を習得し、近年は発症することはなくなった。

初仕事

仕事といっても、まだ言葉が不自由であり、十分にはできないが、起業4年目の事務所では、1987年1月に3代目の事務員として小島さん（住友生命の当社担当の娘さん）が入社し、1人で事務所を守っていた。社員がまだ15、16人の頃で、妻に気晴らしと日本語に慣れる意味からも、小島さんと一緒に事務を手伝ってもらうことにして、事務所に出社してもらうことにした。そして、少しでも企業が行う仕事にも慣れてもらうようにしていった。

それによって、少しはメリハリのある1日を過ごすことにもなっていった。今思うと、私の次に社歴の長いのは、妻になっている。

【図表44　設立初期の会社事務所】

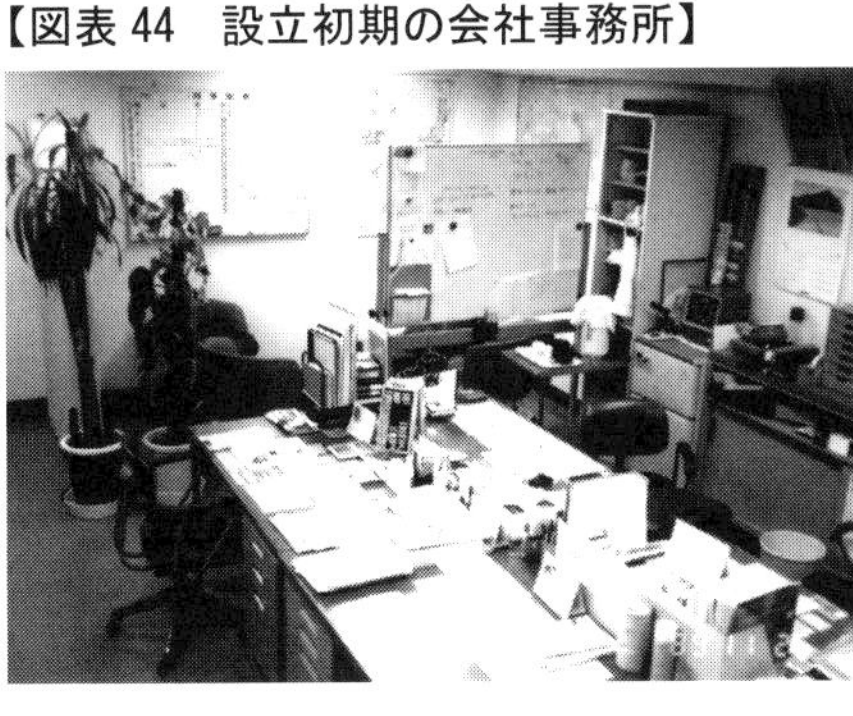

宗教的には、妻はカトリックだったため、日本でも教会に行きたいというので、探して、鎌倉の教会へ連れて行った。

妻は、日本に1人ぼっちで、やはり精神面でのケアも必要だったのだろう。私たちのような苦しいときの神頼み的な信仰ではなく、真面目な信仰心を持っていた。帰りに十字架とマリア様の像を買ってきて、部屋に飾って心の支えとしていた様子だった。それから半年くらい経過した頃と思うが、その十字架とマリア像がゴミ箱に捨ててあった。その理由は、この後説明する。

6　エホバの証人との出会い

日本で初めて会ったペルー人

妻はもともとカトリックで、小中高と学校もカトリック系の学校だった。そのため、聖書の知識も元来持ち合わせていた。

妻が来日してしばらくして、自宅にいると、インターホーン越しに、奉仕活動中のエホバの証人から訪問があったが、妻はカトリックであることを伝えてお断りしたが、外国人であることから国籍を尋ねられた。そのときは、ペルー人であるとだけ伝えて終わった。

後日、再度訪問してくれたのは、前回訪問してくれた人と同じエホバの証人で、近所に住むペルー人の女性だった。妻は、同郷の人でスペイン語も話せるので、自宅に招き入れて、話をすることができたとのことだった。

そのペルー人の人は、名前をエンペラッツリスと言い、私たちの家から徒歩10分くらいの所に住んでおり、日本人のご主人と2人の子供がおり、ペルー北部のピウラの出身の人だった。その人から、近くに住むコスタリカ人やチリ人、他にもいるペルー人などのスペイン語圏の人たちの話を聞いて、妻も少し安心したかも知れない。

もう1人の女性は、斉藤さんで、前回訪問して、妻がペルー人であることがわかって、同じ会衆のペルー人のエンペラツリスさんを同行して、訪ねてくれたのだった。

このときが、日本でのエホバの証人の人との初めての出会いだった。このエホバの証人の方々との出会いが、妻のその後の人生で、友人を増やし、精神的な支え、苦難のときの支えなど、実り豊かな人生に変えていくことになろうとは、そのときは想像すらできかなかった。

聖書研究

エホバの証人の人たちの活動は、イエス・キリストの伝道活動に倣い、王国のよい知らせを述べ伝える活動をしており、神の教えである聖書を研究し、聖書の教えに倣った生き方をしている。したがって、妻にとっては、カトリック系と同じ心情があり、仏教よりは遥かに受け入れやすい宗教でもあった。しばらくすると、聖書研究をペルー人のエンペラツリスさんと日本人の斉藤さんやほかの方々も参加して行うようになっていた。

私自身、宗教心は薄いほうで、妻が聖書研究することに対し反対はしなかったが、私には勧めないでくれと釘を刺しておいた。

研究が進んでいくと知識も増していき、王国会館で行われる集会や書籍研究にも参加するようになっていった。近くの王国会館は、東横線の白楽駅の近くにあり、日曜日には、参加することも多くなっていった。

エホバの証人の人たちは、一般のキリスト教徒とは違い、教会のような立派な建物での崇拝行為は行わない。彼らは、王国会館という場所で、聖書研究、書籍研究や公開講演等を行って知識を高め、神からの書物である聖書を学んでいる。教会などなく、偶像崇拝も行わないので、後述する内村鑑三と同じ無教会主義でもあるかも知れない。

ホームシックと献身的助け

妻は、来日からの半年は、緊張の連続と、日本での習慣に慣れたり、日本での結婚式等、そしてその後は、日本語学校での勉強の日々で緊張の連続だったが、日本語学校を卒業して、緊張の糸が切れたのか、ホームシックにかかってしまった。

このとき献身的に助けてくれたのが、お互いを兄弟姉妹と呼び合うエホバの証人の方々で、前述の斉藤姉妹とその娘さんたちも、よく自宅に来て妻の話し相手をしてくださった。

また、他の多くの兄弟姉妹たちにも助けられた。夜は、私の仕事が忙しく遅くなるため、寂しさのあまり、エンペラツリス姉妹の家に毎日夜10時頃までお邪魔している妻を、迎えに行くのが日課だった。いくら同郷とはいえ、エンペラツリス家のご家族には大へん迷惑をかけ、かつ助けていただいた。そんな不安定な時期にエホバの証人の方々に助けていただき、ホームシックもだんだんと回復していった。

そして、聖書研究も進んでいき、聖書の教えで、偶像崇拝を神は認めていないことを学んだようであった。しかし、自分の学んだカトリックの中では、偶像が崇められていたことから、脱却するのに時間がかかったようであったが、偶像に神は宿らないと確信したのか、鎌倉で大枚を叩いて買った十字架とマリア像が、ゴミ箱行となったのであった。

【図表 45　結婚式の朝家族で】

7　日本での結婚式

コンドルは飛んでゆく

日本での結婚式は、１９８７年（昭和62年）５月３日、熊本県八代市の平安閣で、妻の記念にもなるので、日本式で行った。

このときは、ペルーとは逆で、妻の親族は誰もいなかったが、妻の知合いは、私と共にペルー出張に行って、妻の事を知っている人にも来ていただいた。

【図表46　結婚式場で】

祝辞は、共同経営者で社長の広保さんにお願いした。また、学生時代から大変お世話になっていたが既に故人となっていた大野勝史さんに代わって、大野さんの母上に来ていただいた。もちろん、地元の同級生にも出席いただき、高校の同級生の岩崎君にも祝辞を述べていただいた。

妻がペルー出身ということから、結婚式場の粋な計らいで、新郎新婦の入場曲には、ペルーの有名な曲「コンドルは飛んでゆく」をかけていただき、妻もとても感動していた。また、国際結婚ということもあり、従業員の方達が、地元の八代音頭を披露してくださったりもして、盛り上げていただいた。

新婚旅行は後回し

妻は、雛壇に座って、日本での結婚式を楽しんでいる様子で、終始笑顔を絶やさなかった。また、たくさんの料理を目にして、こんなに食べられないと心配していたのが印象的で、昨日のように思い出される。

一方の私は、もちろん、結婚式は初めてで緊張もするが、これだけの人の前で結婚式を挙げ、「私のためだけに地球の裏側から日本に来てくれた妻を絶対に幸せにしなければならない」と決心していた。

また、起業して4年ほどの会社も、起業すれば上手くいくという保証もなく、この先の不安とも戦いながらも、企業発展の目標を定めていた。

結婚式の後は新婚旅行が定番のコースだが、私の仕事のこともあり、新婚旅行は後回しになってしまった。

結婚式も無事終了し、自宅での二次会で親戚との話をしている妻の日本語が、思いのほか上達していることに気づいた。親戚縁者に囲まれて、覚えたての少ない単語や語句を駆使して、会話をしている妻の姿に感動さえ覚えたことを鮮明に覚えている。

この頃、妻は、来日して半年ほど経過し、4月から日本語学校にも通い始めたばかりだったので、片言の日本語が話せるようになっていたのだろう。

そして、妻もこの頃までは、来日して間もないため変化に富んだ、緊張した日々を送っていた。日本語学校が終わる9月頃には、日本語レベルも努力の甲斐あって相当上達し、日常会話に不自由はないほどにまでなっていた。しかし、そこで緊張の糸が途切れたのか、ホームシックに掛かってしまった。その後も妊娠、出産、里帰り、両親の来日、私の2度の病気入院等々で、私たちの新婚旅行は、時間の経過と共に様々なイベントで、後回しになり、忘れ去られてしまい、この後、20年後にやっと実現することになるのだった。

年に２度の結婚記念日

私達の結婚記念日は、ペルーのウアンカヨで挙げた１９８６年12月２日であるが、前述のごとく私の実家の熊本でも挙げた、１９８７年５月３日も、お互い結婚記念日として認識している。

その理由は、ペルーでの結婚式には、新郎側では新郎の私のみの出席で、私の家族は出席していない。また、日本での結婚式には、新婦側には、新婦の妻のみの出席で、妻の家族は誰も出席してはいなかった。もちろん、ペルーや日本で妻のことを知ってくれている人にも、日本での結婚式には出席いただいたが、新婦の親族は誰もいない状況に変わりはなかった。

当時の私たちの状況からは、自分達だけでも地球の裏側に行ったり来たるすること自体が大変な状況の中で、家族を招待することは、招待したくてもできないという、経済的な理由が一番大きかったと思う。そのことは、お互い事情を納得していた。このような事情から、毎年のこの２回の結婚記念日には、家族でささやかながらお祝いをして、当時を偲んでいる。

そして、もう１日、幻となった結婚記念日がある。それは、私たちの結婚指輪に刻まれた、１９８６年11月４日である。したがって、正確には、年に３度の結婚記念日があることになるが、妻とご家族に対し約束の日を延長してしまい、守れなかった11月４日は、現在でも毎年妻にひたすら詫びる懺悔の日となっている。

そのため、私たちの結婚記念日は、２回ではなく幻の結婚記念日を入れると、11月４日、12月２日そして、５月３日の年に３回ということになるのかも知れない。

第6章　娘の誕生

1　日本語学校での妻の努力

日本語学校入学

妻が日本語学校に通い始めたのは、日本での結婚式直前の1987年4月からである。横浜駅西口近くにあったＹＭＣＡで、講座が開講されていた。ＹＭＣＡの日本語コースは、日本語の全くわからない人向けのベーシックコース、多少はわかる人向けのインターミディエートコース、そして漢字コースの3コースがあった。

【図表47　一生懸命学んだ日本語教材】

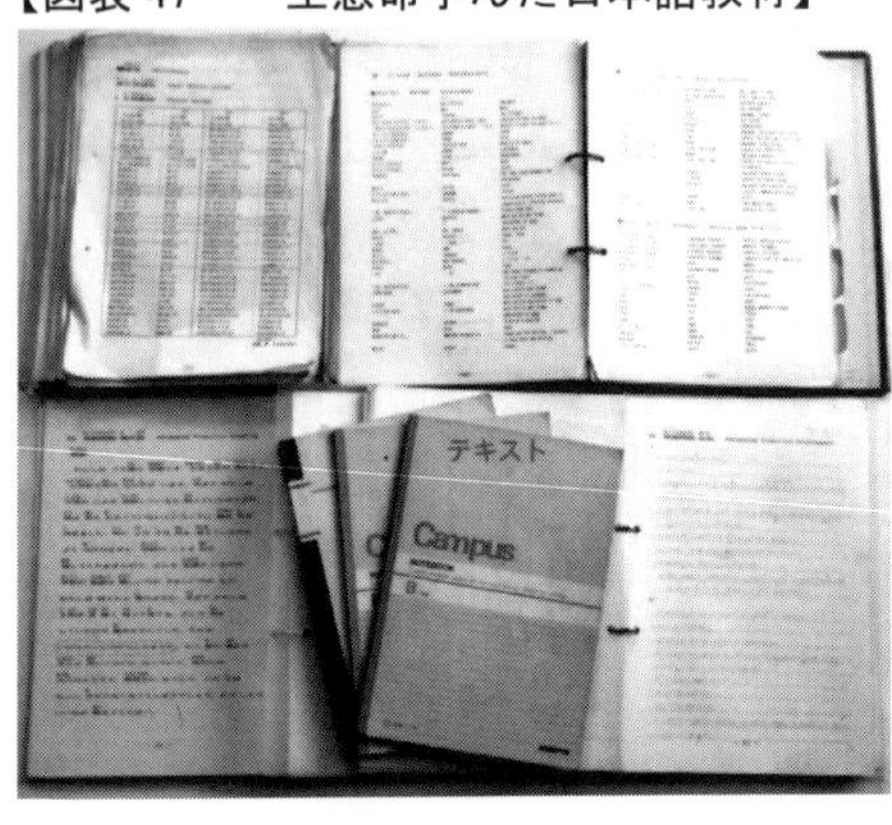

妻には、学習期間が4月から9月までと一番長い、インターミディエートコースに入学してもらった。その講座の参加者は、確か妻を含め13人だったと思うが、他の人は、多少なりとも日本語に接している韓国人や中国人たちで、スペイン語圏から来た人は妻1人で、最下位からのスタートだった。

案の定、開講から1か月後くらいに、ＹＭＣＡの先生から私に、「奥さんは、ベーシックコースから始めたほうがよいのでは」との打診があった。
しかし、妻は努力家で、記憶力もとてもよい人なので、このままのコースでいかせてもらうようお願いし、継続することになった。

懸命の努力

その後の妻の努力は大変なもので、トイレに座ると目の前に、台所にも立った場所から見えるところに、動詞の変化表が貼ってあった。単語帳もつくって常に勉強に励んでいった。あるときは、通学電車で勉強していたら駅を乗り過ごしてしまったと言っていた。そんな妻の努力する姿を見て、とても頼もしくも思えた。

そんな学業生活の中で、アクシデントもあった。通学途中に足首を強く捻挫し、骨折には至らなかったが、ギブスに松葉杖状態になってしまったときがあった。それでも妻は、学校を休むことはなかった。

学校からの宿題も多く、夜中の1時～2時くらいまで勉強していたときもあったほどだった。その甲斐あって、日増しに妻の日本語レベルは上達

【図表48 日本語コース修了書】

第8747号

修了証書

堀口マルレーネ殿　年　月　日生

あなたは本学院日本語科を修了したことを証します

昭和62年10月2日

専門学校　横浜YMCA学院

校長　吉村恭二

していき、最下位から脱し、順調に順位を上げていった。

そして、最終的に卒業できたのは、妻を含む3人のみで、貴重な卒業証書を手にすることができたのだった。

インターミディエートコースが終了したら、翌年の4月から漢字コースも予定していたが、残念ながら開講されなかった。

2 妊娠

不安な日々

来日から1年ほどが経過した頃、日本語学校も無事終了し、YMCAの漢字コースの前に、次は日本料理の学校に行く予定にしていたが、おめでたいことに妻の妊娠がわかった。

妻が、好きなフライドポテトが嫌いになったり、お腹の調子が悪いと度々言うようになり、胃腸薬のパンシロンを飲んでも一向によくならないので、やっと妊娠かも知れないと思い、近くのコシ産婦人科に連れて行くと、おめでたとのことだった。2人でとても喜んだが、胃腸薬を妻に飲ませてよかったのか、心配になり2人で悔やんだりもした。

妻の体調についても、お互い初めての経験であり、近くにはお互いの両親もいないため、この妊

【図表49　産科先生からのコメントノート】

娠期間と出産後には、妻にとっては大変な苦労と心配があった。どちらかの両親が近くにいれば、いろいろ相談することもできるが、われわれにはそれができなかった。

ここは国際結婚の苦労の部分かも知れないが、２人で問題を解決しながら努力する事ことによって、互いの絆はより太くなっていったと思う。そして、より厳しい環境だからこそ、互いを労わる気持ちがより必要であることを、事象を経験しながら理解していくことになった。

しかしながら、体のことは何とかしなければならず、頼るのは医者しかいないのだが、毎日行くわけにもいかなかった。

もっとも、言葉の面で医学用語は理解しづらいと思いきや、英語とスペイン語は非常に似ており、先生が英語の単語を混ぜて言ってくれると妻も理解できていた。私も最初は同行していたが、妻が1人で行けるようになり大変助かった。

ただ、妻にとって、日本語はまだまだ不自由のため、先生からはその日の検診の状況やアドバイスをノートに書き込んでもらい、私が帰宅後、妻に細かく伝えるなどしながら、妊娠期間の不安や問題を共有していった。

問題の多かった妊娠期間

妊娠期間が順調であったわけではなく、妊娠初期のつわりのときは、妻はマンションで1人不安な日々を過ごしていた。その証拠に、私が仕事から帰るなり、トイレに駆け込み嘔吐していたのは、1人の緊張から解放されたためだったのだろう。

そのときの姿から、妻の妊娠初期の不安と、頼る人もいない寂しさに、何とも言えない申し訳なさを感じた。

しかし、妻は、それ以上に体調の変化の大きいこの時期を、気丈にも耐え忍んでくれていたことに感謝するしかなかった。

妊娠中期には、貧血が酷く、毎日肉屋にレバー肉を買いに行き、好きでもないレバーを貧血改善のために毎日のように料理して食べていた姿は、可哀そうでもあった。加えて病院では、鉄剤注射も受けて、貧血の改善に努めていった。

妊娠後期には、逆子の問題も発生し、1988年4月から5月後半までは、逆子の状態だった。そのため、教えられた逆子の体操を毎日行っていたところ、5月25日の診察では逆子は正常に戻っていた。その後には、胎盤が低くなり、切迫流産の可能性が出てきて、急遽1週間ほど入院した時期もあった。

妊娠から出産までの期間、妻にとっては、様々な問題を克服しながら、不安と体調不良を乗り越えて、待望の出産の日を迎えることになる。

3　娘の誕生

３回投与された陣痛促進剤

出産は、１９８８年7月23日（土）の午後に予定されており、その日の午前中は退院後のことも考えて、寝室のエアコンの取付けを行っていた。そのとき、妻からは早めに病院に来るよう連絡があり、取付け後すぐに病院に向かった。

先生の予定や私の仕事のことも考えて、出産予定日を7月23日にしていたのだろうが、そのために妻の体には大きな負担がかかっていることを知る由もなかった。

妻には、23日に産ませるために、陣痛促進剤を投与されていて、病院に行くと妻がベットで苦しんでいる姿が目に入った。

痛みからか、私に向かって「もうダメさよなら」と言ってきたのでびっくりして、妻の手を握ったが、妻には、痛みに耐えて、頑張ってくれと言うことしかできなかった。

この場に妻の母親がいてくれたら妻はどんなにか安心できたかと思うと、経済的な問題もあるが、自分の力量不足を恥じながら、地球の裏側から来てくれた妻を、大事にしていかねばならないと、改めて決意した。

聞くと、妻には、陣痛促進剤は３回投与されたとのことで、大変辛い思いをしていた様子だった。妻には耐えてもらうしかなく、異国の地で、両親もいない環境で、さぞ心細かったことだろう。その姿を見て互いに涙した。

この出産の時期は、妻は地球の裏側から、私は九州から上京しているので、身内は近くにおらず、本当に心細い思いをしたが、逆に様々な問題を２人で協力し、乗り越えることによって、より絆は深まっていったと思う。

友人知人の助け

もちろん、友人や知人の助けを借りる場面もあり、助けてもらったことも多かったが、当時近くに住んでいて、知合いになっていた斉藤家には、そのとき学生だった娘さんたちや母上が、度々訪れて話し相手をしてくださっていた。

そのような支援のお蔭で、妻は精神的にも不安定な時期を乗り越えることができたとのだと思う。その後、斉藤家は、御父上の仕事の関係でアメリカに転勤されたが、20数年ぶりに帰国され、私たちも2度の引っ越しをしていたにもかかわらず、本当に偶然にも私たちの近くに引っ越してこられ、再会することができたのだった。

それは、４、５年前の日曜日の集会での出来事だった。私たちは後方に座っていて、前方を見るとどこかで見覚えのある後頭部が目に入った。妻に「あの人は斉藤さんではないか」と言うと、「まさか、アメリカから帰って来られたのかしら」と、半信半疑であった。

しかし妻が集会で注解（質問に答える）すると、それは確信に変わった。妻の注解に斉藤家が後ろを振り向き、お互いに驚きと共に確認が取れたのだった。

偶然とは素晴らしいものだ。妻が来日して間もない時期を知り、大変お世話になった斉藤家の方々と再びお会いでき、この素晴らしい再会に妻と共に心より感謝した。

その後は、同じ信仰を持つ仲間としても、旧知の友としても、度々ワインを傾けながら互いに集まり合っている。

このように産前産後の時期にも、斉藤家をはじめ様々な方々の助けもあり、妻は少しずつ日本の生活に馴染んでいくことができたのだった。

出産立会い

話を戻すと、病院からは、出産に立ち会うこともできると言われていたので、もちろん立ち会うことにした。

分娩室に入って最初は、予行演習のように呼吸を整えていたが、本番行きますという産婆さんの掛け声と共に、産婆さんが妻のお腹に馬乗りになって、1、2、3の掛け声と共に妻のお腹を押していった。そして、医師は、産道を広げるためにか、挟みを入れたときの「ジョリ」という音が今でも耳に残っている。

そして、午後３時５分、無事に産声と共に２８２０ｇ、52㎝の女の子が生まれた。

私は、まず、どういうわけか手足の指の数を数えて、無事にあることを確認した。そして、目の色が少し青いと感じたが、その後は段々と薄くなったのか、目が青いと感じることはなかった。

無事に出産を終えて病室に帰った妻が、７月にもかかわらず寒さに震えている様子だったので、先生に聞くと、「赤ちゃんを出産し、体から大きな湯たんぽがなくなったようなもので、暫くすると治まる」と言われたことが印象的だった。

【図表50　娘の誕生証明】

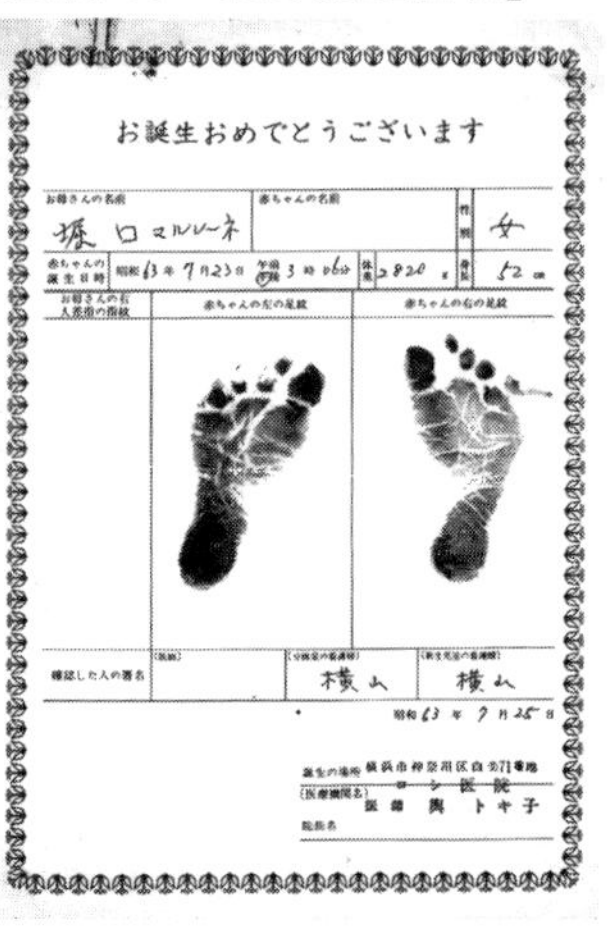

妊娠中の様々な問題を乗り越えて出産、そして自分の赤ちゃんを見た妻の満ち足りた表情は、忘れることができない。

娘の名前は、妻の母ＪＵＬＩＡと私の母の名前ミツエを合わせて「ゆりえ」とした。漢字は、私の両親に考えてもらい「由里恵」とした。

余談になるが、数年後、この陣痛促進剤の過剰投与で死亡事故が発生し話題になったことがあるが、当時のことを思い出し、２人でぞっとした覚えがある。そして、そのとき無事に生まれて来てくれたことに改めて感謝した。

4　出産後の苦労

嬉しさと辛さの交錯する日々

　産後の肥立ちという言葉を御存じだろうか。産婦が元の体に回復することを意味する。産後の肥立ちがよいといった表現をするが、妻の場合、出産後1週間ほど入院させてもらったが、少しでも産後の肥立ちをよくしたいとの思いからだった。というのも、私たちには、出産間もない妻を介護してくれる人がいなかったからだ。

　通常であれば、ジジ、ババが喜んで来て手伝ってくれるだろうが、私たちの場合、私の母が体調不良を押して来ていたが、とても辛そうで、多くを求めることはできなかった。妻の両親が一番よいのだが、地球の裏側からは無理な相談である。

　そのため、私の母も精一杯やってはくれたが、それによって病気が悪化しては元も子もない。したがって、私自身が、できるだけ早く帰って、食事の準備などをして、妻に負担にならないようにしたかったたが、十分に妻の体を休めさせてあげることはできなかったかもしれない。

　現在のように子育て休暇が取れればよいが、当時、制度があったとしても、起業したばかりの企業経営者としては、一瞬の気も抜けない状況であったことも確かであった。

それだけに、この時期は、妻と私の2人の人生の中でも、辛かった時期の1つかもしれない。

これらは、国際結婚に起因することかも知れないが、日本人同士でも同じような苦労をされた方も多くいると思う。このような試練や苦労を乗り切っていくことにより、互いの絆は一縒り一縒り強くなっていったと思う。

そんな状況でも、可愛いわが子の誕生は、妻と共に大いに喜ばしいことで、諸手を挙げて喜んだ。血筋的には、地球の裏側のラテンとの混血のため美人になるかも等、国際結婚のプラスの部分を密かに期待していた。また、体調不良であった母も、父と、混血（ハーフ）の孫を見て、私たちの結婚以上に、娘の誕生を喜んでくれた。

【図表51　初めて自宅で娘を抱く】

妻と娘を連れて病院から帰宅し、自宅で初めて娘を抱いたときの喜びは忘れられない。そして、この子を育て上げられるだろうかという不安も、頭をよぎった。それは、起業して間もない企業を、子供の成長と同じように、成長させられるだろうかとの思いと重なっていたからだった。

右がご飯、左はおかず

子育ての中で妻に感謝しなければならないのは、母乳での子育てだった。そのため、どこへ行くにも余分な荷物もなく、大変助かった。

また、私の母が、妻に対してとても上手い表現をしたことがあった。それは、母乳を与えるとき、「右がご飯、左はおかず」と言って、バランスよく母乳を与える方法だった。とても上手い表現で、母親のユーモアと知恵に感心した出来事だった。

産後の手伝いで来てくれていた母も帰って、子育ては、私も妻も初めての経験で、楽しみと共に苦労も多くあった。ただ、昔から一姫二太郎と言って、最初の子供は女の子で、次に男の子が生まれるのが、理想的との意味だが、女の子のほうが丈夫で育てやすいことから来ている。その点では、女の子でよかったかもしれない。

娘が誕生し、大変だが、家族で楽しい日々を過ごしていたとはいえ、私の仕事は多忙を極め、体調を崩すこともあったり、次々と私たち家族に試練が襲いかかってくることになっていく。

5　土日も不在の多忙な日々と試練

人の3倍は働いた日々

待望の娘も生まれ、起業して未だ5年ほどの会社も育て上げていかねばならないと、自分的にはかなりの無理をしていたのだろう。徐々に体調に変化が出て来ていた。

この頃の仕事は、衛星システム本部で、プロジェクト管理の仕事に移っていた。多数のプロジェクト管理を行っており、エンドレスの仕事であった。それに加えて自社の業務も多く、土日もなく働いていた。独身の気楽さとはお別れして、家族への重責と会社の発展のために、寝食を忘れて社業に打ち込んだ時期で、人の3倍くらいは働いたと自負できる時期でもあった。

また、時期は前後するが、そんなとき、悲しい出来事も発生した。当社の経営理念に共感し、1986年4月に入社してくれた松本俊氏が、3度目の海外出張先シリアで、仕事の帰りに立ち寄ったパルミラ遺跡を見学中に転落事故で亡くなってしまったのだ。1988年1月13日の出来事だった。未だ32歳の同僚の死は、様々な教訓を残してくれた。あれから31年、改めて松本氏のご冥福を祈りたい。

仕事と社業が忙しく、「入院でもすれば楽だな」と思う気持ちが心の中にあったと記憶している。そんなマイナスの目標と希望から、以前からたまに痛みがあった胆石のせいで、背中に疝痛が出たりするようになって来ていた。

胆石は、多分、タンザニアでの食生活が原因だと思うが、ホテルの生野菜でも虫がついていたりするので、敬遠していた。また、仕事は、送迎付きだったので、運動不足、食事は昼抜きで不規則等々が原因で、胆石を発症していたのかもしれない。

その後の出張でも、時々痛みが出ていたこともあった。そのため、帰国後検診を受けてみると、胆石の存在が確認できたのだった。

近年のニュースで悪名高い横浜の大口にある病院で、胆石溶解剤なる薬を処方され、１年以上飲んだが、胆石が消えることはなかった。

病と試練の連続

前述の松本君の海外での事故に始まり、葬儀、そして、発注元の海外労災事故と認めないことに起因する裁判。そして、ペルーでは、妻の甥のイバンの15歳という若過ぎる死は、妻に大きな衝撃を与えた。

その他にも、社員の起こした業務とは全く関係ないバイク事故で、親の代わりに被害者へのお詫び、自分自身の２度の入院もあった。とくに、２度目の入院では、死を覚悟するほどだった。

【図表52　ペルーの結婚式での甥のイバン】

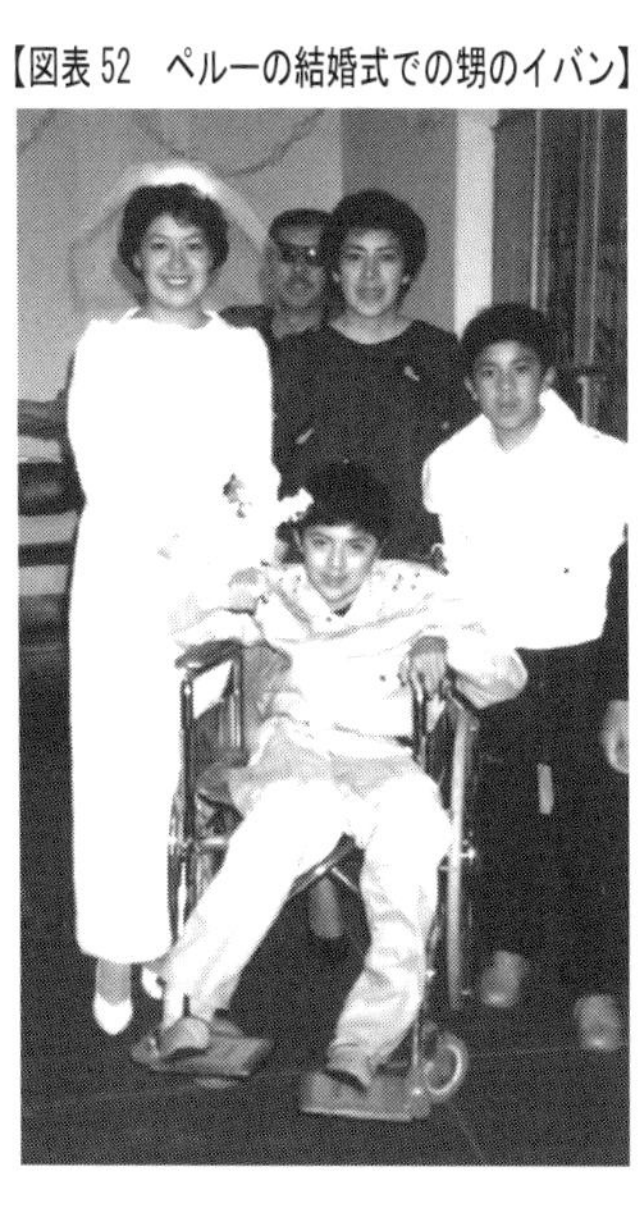

また、２度目の手術後退院間もなく養生すべきところを、家族が来れないという社員の手術の立会いと、看病に岩手まで行ったときは、非常に辛い思いをした。

社員が無許可で会社の車を持ち帰り、美容室にハイエースで突っ込んで５，０００万円の賠償金を要求された夜中の事故、被害妄想の女子社員とそれをかばう親とのもめ事、夜中に主人が帰宅しないと電話をかけて来る社員の妻等々。これらの問題では、妻の協力なしには解決できなかったことも多かった。

業務上の失態も多く、客先に謝罪したことも多々あった。最もダメージが大きかったのは、2007年5月に発生した事故で、社員が泥酔して、鞄と共にお客様資料を紛失し、捜索コスト、罰金、発注停止等を含めると数千万円の損失を被った。

別会社では、1997年7月、パクリ屋に騙されて1，500万円の損失を被ったこともあったが、その後の教訓になったことは間違いない。

最近では、2017年に、隣の契約駐車場から車が盗難にあったが、防犯カメラに映像が残っているにもかかわらず、見つからなかった。事件性のある案件は、もちろん警察に届け捜査依頼をしているのだが、経過報告もなければ、解決した案件は全くないのが現状だ。

それどころか、パクリ屋の事件では、数年後、告訴センターより告訴状を取り下げるように言われ、結果取り下げたが、未解決事件にならないようにするための警察の対応だった。このようにパクリ屋は、世の中に放置されているので、以後気をつけるようになった。

これらの負の経験を積み重ねていくうちに、企業の危機管理体制や安全対策等も整っていった。

山歩き

これらのことの対応に加えて、営業活動として、お客様との土日の活動もあった。自分でも、多

【図表 54　白馬大雪渓で】

【図表 53　白馬大雪渓登山口付近で】

【図表 55　苗場スキー場で】

少は気に入っていたので仕方ないが、山登りを頻繁にしていた。深田久弥の日本１００名山を踏破することを目標に続けていたが、時間的制限や、資金もかかるため、確か27名山くらいで止めてしまい、近隣の山歩きに変えていった。

この頃は、妻と娘も一緒に、金時山や箱根近郊、大山等の近場の山歩きをして楽しんだと思っているが、妻や子供にとっては迷惑だったかも知れない。

そんなとき、いつの頃かは忘れてしまったが、せめてもの罪滅ぼしにと、妻も娘も行ったことのないスキーに苗場に行ったことがあった。日々忙しく働いて、家族を顧みることが少なかったため、よい思い出になった。妻と娘の楽しそうな姿は、そのとき無理してでも行ってよかったと思わせてくれた。

その他にも、ゴルフや魚釣りなどもあって、土日を潰すことが多かった。もちろん、仕事で土日に出社することも数多く、妻と娘には、大へんな苦労をかけたことは間違いない。

そして、目的を達成するための、数多くの時間や家族等への犠牲も払っていった。

6　涙で滲む妻の後ろ姿

入院

多忙を極める日々を送っており、体への負担は徐々に増していった。特に胆石は、以前から痛みを伴っていたので、通院し、胆石溶解剤なる薬を飲んでいたのは、前述のとおりである。しかし、投薬の効能空しく、背中の痛みは増してきて、休日にマッサージに通うようになっていた。にもかかわらず、その激痛のときは意外と早く訪れた。

最初の入院は、１９８９年1月9日（月）の午前2時30分。自分で車を運転して病院へ行き、そのまま入院となった。平成元年になって2日目のことだった。その頃、仕事は、ＮＥＣの衛星システム本部でプロジェクト管理をしており、加えて自社の業務もあり、多忙を極めていた。

入院でもすれば少しは楽になるかなという思いが潜在意識に訴えたのか、体が反応して、胆石の激痛へと繋がっていった。マーフィーの黄金律でも、願えば思いは叶うと書かれているが、自分にとってよいことばかりが叶うわけではなく、このように入院したいという思いは現実のものとなり、悪い結果を及ぼすことにもなることを実際に体験し学んだ。

妻に強いてしまった不安な日々

この頃は、娘が誕生して6か月ほどで、妻と家族が増えたことによる喜びに満ちた日々のはずが、一転して夫の入院ということになり、妻にとってはあまりに厳しい試練になってしまった。まだまだ言葉も習慣も不自由な上に、乳呑児を抱えて、夫不在の心細さと、夫の看病も加わることになり、妻には大へんな苦労を強いてしまったことになる。

私の入院当日、妻は、朝方まで病院にいて、朝一番のバスで帰宅の途に就いたが、幼い娘を抱いて始発バスに向かう妻の姿は不憫でならず、涙で霞むその後ろ姿は一生忘れることはできない。その後ろ姿は気丈にも見えたが、心の中は不安で一杯であっただろう。私が健康であったなら、妻にこんな心配をかけることもなかっただろうと悔やんでも悔やみきれなかった。

入院直後には手術が行える状況ではなく、胆嚢が化膿しているとのことで、落ち着くのを数日待っていた。その間、痛み止めにモルヒネが使われており、病室の天井の模様が、羊の行列に見えたことははっきりと覚えている。

その後、1月12日16時から手術が行われることになるが、担当医は経験の浅そうな女医さんで、胆石の手術は4番目にやさしい手術と言われたことを覚えている。

体に残った手術痕

現在であれば、腹腔鏡手術で行われるのが一般的だと思うが、当時は普及しておらず、開腹手術で行われた。体への負担も大きく、手術跡は、腹部に鳩尾から臍の横の少し下まで約20㎝と、ドレインを刺していた傷跡が残った。

毎日、娘と共に見舞いに来てくれる妻に感謝しつつ、抜糸は1週間ほどで完了した。入院手術を含め24日間の入院で、１９８９年2月1日に無事退院することができた。そして、退院から2日後には、痛むお腹を押さえて、仕事に復帰していた。

この胆石という病気は、結婚前から持っていたもので、安易に考えていたが、結構厳しい状態であった。これが国際結婚でなければ、対応しやすかったと思うが、妻は気丈にも不安な日々を乗り越えてくれたのだった。

しかし、この1年半後には、死を覚悟するような、2度目の入院を余儀なくされることになる。

第7章　初めての帰国

1　結婚後3年で初めての帰国

初めての帰国までの出来事

結婚したときに、4年に1回くらいしかペルーに帰省させてあげられないと伝えていた。それは、経済的、時間的なことを考慮すると仕方のないことであった。そのため、妻は我慢し、最初の帰国を心待ちにしていたと思う。当然のことである。

そして、結婚して3年弱、１９８６年12月〜１９９０年1月の初めての里帰りまでの間には、次のような様々な出来事があった。

- １９８６年12月　妻来日
- １９８７年4月　妻の日本語学校入学
- １９８７年5月　私の故郷八代市での結婚式
- １９８７年9月　妻の日本語学校卒業
- １９８８年1月　社員松本君の海外での事故
- １９８８年6月　妻の甥ＩＶＡＮ（イバン）の早過ぎる他界
- １９８８年7月　娘の誕生

・１９８９年１月　私の最初の入院、手術
・１９８９年４月　２つ目の会社、（株）インテリジェントシステムズ創業
・１９８９年12月　帰国予定がカナダのビザの関係で帰国できず
・１９９０年１月　ペルーへの最初の帰省

妻にとって来日から３年の間に様々な出来事があったが、やっと里帰りのときを迎えることができたと思いきや、ちょっとしたアクシデントがあり、里帰りが少し伸びることになってしまった。

成田での帰国中断

１９８９年12月１日、やっとの思いで初の里帰りの準備が整い、来日とは逆の経路で、カナダのトロント経由の航空券を手配していた。航空券は、以前から懇意にしていた旅行会社Ｙトラベルに依頼していた。

そして、会社での業務引継ぎもして、万全の態勢で成田空港に向かった。航空会社のカウンターで手荷物を預け、搭乗手続をしていると、妻のカナダ経由のビザが必要なことが判明し、渡航できないと言われてしまった。ただ、確か5，０００ＵＳドルを支払えば、空港でビザ発給が可能と言われたが、大金の持合せもなく、出国を断念するしかなかった。

旅行代理店に連絡すると、確認不足とのことで、平謝りだったが、如何ともしがたい状況で出直すこととなった。

そのときの妻の寂しさは、計り知れなかった。約3年ぶりの帰省があと1歩のところで延期になってしまった。預けてしまった手荷物は、出発ロビーから到着ロビーに取りに行くように言われ、1階の到着ロビーでスーツケースを受け取り、期待と喜びに満ちてやって来た成田への道を、悲しみに打ちひしがれて帰ることになるとは思ってもいなかった。帰りのバスの中で、車窓から恨めしそうに飛び立つ飛行機を見る妻の目には、涙が溢れていた。

それでも、いつまでも悲しんでいても仕方ないので、帰省プランを再度練り直すことにした。

初めての里帰り

今度は、カナダ経由を止めて、妻のアメリカビザも1989年11月に取得していたので、ロスアンジェルス経由とし、帰省するようにした。幸い航空券も前回分をキャンセルでき、今回の費用に充ててもらうことができた。

仕切り直し後、改めての帰省プランは、大韓航空でロスアンジェルスまで行き、そこからメキシコ経由ペルーのリマまでのプランにした。1990年1月28日、予定よりも2か月ほど遅れての出発になった。

飛行機の席は、エコノミー2席のみ。娘は未だ1歳半になったばかりだったが、いくら小さいとはいえ、私と妻の膝の上に横にして、狭い機内でリマまでの20時間以上を耐えてくれた。しかし、帰省の喜びからか、若かったためか、当時そんなに苦痛は感じなかったような気がする。

ペルーのリマに着いたのは、夜中の12時過ぎで、１９９０年1月31日になっていた。深夜にもかかわらず、妻の姉夫婦が迎えに来てくれていた、妻の家族との再会は、涙と感激で一杯だった。その日は、市内のシェラトンホテルに滞在したと記憶している。

翌日、午後から義理の兄・パティーの運転で、妻の生まれ故郷のウアンカヨへ向かうことになった。妻にとっては、３年ぶりの故郷の風景を懐かしみながら、増えた家族と共に帰る道程は、感慨無量であったことだろう。

また、当時、ペルー国内は、テロ事件が多く、破壊的行為も多かったため、道路の整備もよくなく、道路事情も悪かった。加えて、標高２５００ｍを超えてくると、砂漠性の気候から、山間部には樹木が少なくなり、道路への落石の危険も伴ってきて、途中に落石痕も見られた。

そんな中、娘にとって最大の難関は、ティクリオ峠で、標高は４８３０ｍ、６年前同僚の鈴木君が列車内で酸欠を起こして倒れた場所の近くでもあった。幸い娘は、ティクリオ峠前後を、寝て過ごし、問題なく通過して行った。妻の娘であることから、若干の高度順応能力が生まれながらに備わっていたのかも知れない。そして、峠からは、少しずつ高度を落としつつ、オロヤ、ハウハを経由して、３年ぶりの故郷への走りを進めて行った。

故郷への一本道

生まれ故郷のウアンカヨの手前の町、コンセプションから続く一本道は、思い出深い道でもあった。右手遠くには、私の仕事場であった衛星地球局の32mパラボラアンテナも見ることができた。ウアンカヨの町に入ると直ぐ、右手には妻の出身大学のペルー国立中央大学の広大なキャンパスが続いている。

また、1歳半の幼い娘には、狭苦しい飛行機での、20時間を超える長旅に加え、リマから妻の故郷へは車で7時間ほどかかり、高度差も5，000mほどあるので、かなり辛いことだったと思われる。しかし、まだ喋ることができず、苦痛を訴えることができなかった。

【図表56　初めての里帰りで家族と】

妻は、3年2か月ぶりに故郷の実家に帰って来ることができ、両親との再会は涙なくしては語れない。

ご両親は、末娘を何でそんな遠い国に嫁に行かしてしまったのだろうと、悔やんでいたかもしれない。そして、兄弟姉妹、親戚とも再会をすることができて、その日は夜遅くまで話が続いた。

翌日からは、兄弟姉妹や親戚にお土産を渡したり、積もる話をしたり、故郷の料理に舌鼓を打ちながら、楽しい時を過ごしていた。

初めての里帰りであり、妻には少しでも故郷の空気を吸って貰うために、娘の滞在ビザの期限の3か月くらいは滞在しても

【図表57　シカヤ衛星地球局で】

らう予定でいた。

私は、仕事のこともあり、ペルーを3月2日に出発する、約1か月の滞在予定にしていた。とはいうものの、滞在の残り期間はどんどん短くなっていく。

6年前に仕事をさせていただいた衛星地球局にも足を運んでみた。

重要な通信設備のため、簡単には入局できないが、理由を説明するとぜひ来てくれと言われ、妻の両親と家族も同行し、普段見ることもできない設備を見学させていただいた。6年経過しているにもかかわらず、きちんとメンテナンスがされており、運用されていて安心した。

悪夢の前兆

私の滞在期間の1か月は、あっと言う間過ぎていった。妻とて同じで、娘のビザの関係で、3か月の予定とはいえ、ご両親のパスポートや日本のビザのこともあり、準備しなければならないことが沢山あったからだった。

そんな中、私の帰国も近づいて来た頃、私の体調に変化があった。妻の実家でチーズを食べた後に、激しい腹痛に見舞われたのである。

それは、あの胆石を髣髴させる激痛に近かった。救急車を呼ぼうとも思ったが、妻の両親が、看護婦を自宅まで呼んでくれて、鎮痛剤の注射を受けた。幸い入院等の事態にはならず、2日間ほどで痛みも引いていった。

私自身は、胆石の手術で既に胆嚢摘出しており、原因に心当たりはなかった。また症状として、激痛の後の尿はコールタールのような色で、とても不安になったが、そのときは痛みも引いてしまったので、不安ではあったが、妻と娘より一足先の3月2日現地を出発し、3月4日には帰国し、仕事に復帰して、ペルーでの体調不良のことは、帰国後は忘れてしまっていた。

しかし、これが、10か月後に、命をも脅かすことになる病気の前兆だったのかも知れない。

2　妻の両親の来日

願いが叶った両親の来日

今回の里帰りの大きな目的は、ペルーの両親を妻の帰国時に、日本に連れて来ることでもあった。そのため、私が一足先に帰国後、妻は実家滞在中に、ご両親のパスポートの準備、日本大使館でのビザ取得、切符の手配等でかなり忙しかったと思われる。幸いすべて上手くいき、両親の来日の予定が決まった。

　妻と娘の帰国予定と同じ便で予約が取れて、１９９０年4月24日、妻の引率でロスアンジェルス経由、妻のご両親の来日が実現した。そのときの義父と義母は、共に66歳と、今の私と変わらない年齢で、初めての海外旅行であった。

　季節的には、桜の時期を過ぎてはいたが、気候的には寒くもなく、暑くもない、梅雨前の湿気も少ない、よい時期だったかも知れない。

　まず、妻のご両親には、末娘が異国でどのような暮らしをしているのか、私の両親と初対面、日本とはどんなところなのか、困っていることはないのか等々、確認してもらい、多少なりとも安心していただきたかった。

　来日翌日からは、妻にとって遠い日本で、両親と一緒にいられる喜びは大きかったと思う。ただ、経済的には、初めての帰国に当たり、３年間の貯金をすべて叩いてしまったので、金銭的かつ時間的余裕もなかった。

　そのため、両親を日本国内観光で連れて行きたかったが、近隣で我慢していただいた。例えば、東京都内ははとバスツアーで浅草等に、新幹線はスピードを体感してもらうのに熱海まで乗ってみるといった具合であった。しかし、関東にも多くの観光地があるので、不自由はなかった。

　印象深かったのは、義母が、「日本は階段が多くて大変」との感想を漏らしたことだった。高い建物が少ないペルーのウアンカヨ市と比べ、土地の狭い日本には高い建物が多いと感じたのだろう。

また、ペルーでは車での移動が多いが、66歳の義母にとっては、日本の階段は辛かったのだろう。

われわれにはあまり気にならないが、年齢に加え、視点が違うとそう思えるかもしれない。

両親の日本滞在中には、近くに住むエホバの証人でペルー人のエンペラッツリスさんやベティーさん、コスタリカ人のベロニカさん等々の、スペイン語圏の人たちとも会うことができて、多少は安心してくれたかもしれない。

【図表58　来日した妻の両親と私の両親】

上京してきた私の両親とも会っていただき、言葉は通じないが心は通っていた。私たちの通訳で、ほんの暫くの間だったが、互いの両親4人と私たち3人の7名で暮らせたことは幸いだった。この7名が、次に顔を合わせる機会はなく、最初で最後となってしまった。

時が過ぎるのは早く、私の両親が帰省した後は、5人で暮らしていたが、義父は、弁護士の仕事を続けていた関係上、早めに帰りたかった様子だった。しかし、娘の手前中々言えずにいた。

ただ、滞在期間も3か月のため、あっという間に時は過ぎていってしまった。

妻安堵の6か月

妻にとって、ペルーで約3か月、そしてご両親の来日で3か月と、約6か月をご両親と過ごすことができ、精神的にもとても安定した時期を過ごせ、私も多少の罪滅ぼしができたと思った。もっとも、妻にとっては、今度いつ両親に会えるかを考えると、ご両親の帰国には複雑な思いが交錯していただろう。

妻の両親の帰国は、３か月の在留期限が切れる１９９０年7月20日頃と記憶しているが、またも訪れた別れの時は辛い。

妻は、成田空港まで同行したが、初めての海外旅行の両親がロスアンジェルスでの乗換えを上手くこなしてペルー行の飛行機に乗れるかも心配でたまらなかっただろう。後日談ではあるが、同じ便に同乗していた人が親切な人で、両親のロスでの乗換案内を助けていただいて、事なきを得たとのことだった。

国際結婚の場合、互いの国が遠ければ遠いほど会える頻度は少なくなり、別れのときはより辛くなってくる。当然のことであるが、だからこそ、妻や夫のために、お互いがよりよい暮らしや、よい環境を手に入れるために、そして国際結婚の悲哀を感じないためにも、日本人同士結婚したご夫婦よりも努力しようという意気込みも出てくるのではないだろうか。

実際、私の場合も、妻に寂しい思いや惨めな思いをさせないために、そして、妻を何よりも幸せにするために、他の人よりも努力したと自負している。これで私が日本人と結婚していたなら、多少の甘えと、責任感の欠落は、必ずあったと思う。

また、このような再会や別れの感動や寂しさを、よきにつけ悪しきにつけ味わうことはできなかったであろう。

ペルーの義父母の思い

ペルーのご両親の来日も叶い、妻としては、精神的にも安定した日々を送ることができた。そして、これまでの緊張の連続から、両親と共にペルー滞在も含め、短い期間ではあったが、多少なりとも親に甘えることもできたと思う。

ご両親にとっても、末娘の海外での暮らしぶりと、子育ての日々を目の当たりにして、娘も成長したと感じてくれたのではないだろうか。

ただ、その気持ちとは裏腹に、ご両親としての思いは、地球の裏側で1人悪戦苦闘している末娘を、不憫に思ったことは間違いないだろう。そして、なぜこんな苦労をさせてしまったのだろうかと、口には出さずとも、心の中で思われていたのではないだろうか。

今、私たちもペルーのご両親と同じ年代になり、同じ娘を持つ親として、同じ立場に立たされるとなると、気持ちは複雑である。果して、私たちは、娘を海外に嫁にやることができるだろうか。ましてや、私たちの両親が顔を合わせることができたのは、義父母が来日していた期間の内の1週間ほどで、その後に2人の両親が顔を合わせる機会はなかったのである。

現在は、当時より多少は移動環境等も改善されているとは思うものの、国際結婚の厳しい現実かも知れない。

第8章　死の病床

1　妻との別れ（死）を覚悟した病床

悪夢

１９９０年７月、妻の両親が無事に帰国され、８月からはまた家族３人での暮らしが始まってい
た。その頃の私の仕事は、ＮＥＣでのプロジェクト業務では、約束のメキシコ、コロンビアの業務
を2年かけて終わらせ、１９８９年10月には、やっと本社に帰り、外部からの仕事を受注し、本社
で稼働するために奔走していた。１９９０年８月頃の社員数は、２社合わせて40名ほどだったと思
う。

一大イベントでもあった初めての妻の帰省、そしてご両親の来日も無事終わって、新たな気持ち
で業務を始めていたとき、またもや不幸が襲いかかってきた。

１９９０年12月25日、激しい腹部の痛みから、前回手術をした病院に再入院することになった。
症状的には胆石の痛みに似ているが、妻の実家に帰省しているときに発症した痛みと同類のもの
だった。

原因究明のため、様々な検査が行われたが、明確な原因は不明だった。胆嚢は、前回の手術で摘
出していることから、肝臓内結石や総胆管結石などが疑われたが、総胆管造影は当時高度な技術が

必要で、専門医に診てもらう必要があった。

そんな検査尽くめの入院をしていた１９９１年1月1日には、正月早々、極度の激痛により、血圧が低下し、一時意識不明となってしまった。医療スタッフの正月返上での尽力により、そのときは何とか復活することができた。

その後も入院検査が続き、専門医の来るまでの約1か月間は、食事制限で体重は65㎏から60㎏に減少していた。そして、やっと総胆管造影が行われ、総胆管にゼリー状のものがあり、これを取り除く必要があるとのことだった。

それまでに胃カメラの経験はあったが、総胆管造影は胃カメラのお化けのような内視鏡を口から挿入することになる。そのため先生に、「こんな大きな胃カメラを入れるんですか」と聞いたほどだった。また、検査の辛さについて医師に聞くと、上手い表現で、「相撲のランクでいくと小結ぐらい」と言われたのを覚えている。

具体的には、口から挿入した総胆管造影用の内視鏡は、胃を通り抜け十二指腸まで行き、そこにファータ乳頭というところがあるが、そこまで行くことになる。このファータ乳頭は、肝臓から総胆管となって十二指腸に繋がっている出口で、総胆管の奥側に胆嚢、手前には膵管と共に膵臓が繋がっている。ファータ乳頭は、括約筋でできていて、必要なときに十二指腸に胆汁を流す調整弁と、十二指腸からの細菌の侵入を阻止する逆止弁の役目も担っているとのことだった。

十二指腸まで届いた内視鏡からファータ乳頭に針を刺し、そこから造影剤を注入し、総胆管の状態を確認するのが総胆管造影ということになる。

総胆管造影検査の日の夜には、検査のために炎症を起こして発熱、抗生剤の点滴を受けることになってしまった。

検査結果は、前述のごとく総胆管に結石ではなくゼリー状のものがあり、これを取り除く必要があるとのことだった。原因がはっきりしたので、手術を行うことになり、1991年1月30日、総胆管切開手術を再度開腹手術で行うことになった。

手術は、2年越し2回目なり、担当医師は若手の男性だったが、上司の医長は同じ先生だったので、今度は先生が直々に執刀していただくようにお願いし、了承された。

2度目の開腹手術

開腹手術が2回目であることから、腹部の癒着が酷く、癒着を剥がすのに1時間ほどかかったとのことだったが、総胆管を切開し、Tチューブを挿入、外部に一時的に胆汁を流す処置がとられ、手術は3時間ほどで終了した。

余談ではあるが、開腹手術をして、臓器が空気に触れると癒着は必ず発生するが、よい癒着をさせるために、手術後なるべく早い時期に歩くことをすすめられる。これは、歩くことで臓器が安定した位置に戻り癒着すれば、臓器の機能を阻害することが少ない。逆に、術後に動かずにいると臓器が不安定な位置で癒着を起こしてしまい、腸閉塞などを誘発するとのことだった。

私の手術は、無事に終了したが、体には、
①　鼻チューブ（溜まった胃液を抜くためのもの）
②　点滴（最低限のカロリーと薬を静脈に入れるためのもの）
③　尿管（尿を排出するためのもの）
④　Ｔチューブ（総胆管切開し挿入されて、胆汁を体外に流すためのもの）
⑤　ドレイン（体の空間に溜まった血液等を外部に流すためのもの）
⑥　輸液（１日分の１５００キロカロリーを補給するためのもの）
⑦　酸素用カニューレ（呼吸改善のためのもの）
⑧　抗生剤点滴
の８本ものチューブが繋がれていた。

手術後は、１週間ほどで食事がとれるようになるのだが、私の場合2度目の手術であったことも原因し、懸命に歩いては見たが腸閉そくを併発し、胃液が腸に流れていかず、毎日のように自分で鼻チューブに注射器を繋いで、１リットルほどの胃液を吸い上げていた。胃液を吸い上げないと胃がむかむかしてとても気持ちが悪かったのである。

そのとき、隣の病床には、交通事故で両足骨折、ハンドルで腹部を強打して十二指腸を切断した人がおり、お互いに胃液の吸上げをしながら、どちらが先に閉塞が解消するか競争していた。

腸閉塞があることから、生きるためのカロリーを食事からとるのが難しくなるので、首元の頸静脈に点滴を繋ぐ処置がベッド上でレントゲンを使って行われた。これは、大きな血管でないと1日最低限の必要カロリー1500キロカロリーが摂取できないことから行われた施術だった。

このとき医師からは、輸液で2年ぐらいは生きられると言われ、そんな状況に自分があることに絶望感すら抱いた。そして、回復しない自分の体を恨んだ。

死の淵

妻には、初めて「もう駄目かもしれない」と伝えたことを忘れられない。その言葉は、妻にどれだけの不安を与えてしまったか、計り知れないが、言わなければよかったと今でも後悔している。ただ、そのときには、妻には強い信仰心があり、友人と共に私のために毎日祈ってくれていた。そして、毎日のように見舞いに来てくれる妻と娘に逆に慰められて、病と闘う気力を取り戻していった。

娘は、1回目の入院時には生後半年ほどで、歩くこともできず、言葉も出なかったが、2回目の入院では、2歳半になっており、院内を元気よく歩く姿が看護婦さんにも人気で、この娘のために生きなければと、強く心に誓ったことを覚えている。

その後、妻と娘の祈りと、献身的な介護のお蔭で、日が経つにつれて、胃液を吸い上げる量も減っていき、体内に流れていくようになっていった。

そして、手術から21日後、初めて食事をとることができるようになった。最初に口にしたスプーン1杯の水の美味さは、忘れられない。

【図表59　成長する娘に励まされた日々】

ここまでで、すでに入院は２か月近く経過していた。この頃の体重は、入院時に比べると11kgほど落ちて、54kgになってしまっていた。風貌も変わり、げっそりとした自分の姿を見て、落胆するよりも、今後も家族を守っていけるだろうかとの不安のほうが大きかった。

肝機能が正常に戻らず、ＧＰＴは正常値35くらいに対し常に７００くらいの値を示していたため、肝臓に負担のある入浴さえできなかった。

そんなとき、主任の看護婦さんが、「足を洗おうか」と言って、バケツにお湯を汲んで来て、膝下くらいから温めて洗ってくれた。それがとても気持ちよくて、患者の気持ちがよくわかっていると感心したほどだった。

逆に、ショックだったこともある。それは、入院が長引き、看護婦さんの控室の一角で、出張床屋さんに髪を切ってもらったことだった。入院が長引いているとの自覚と共に、病院での２回目の床屋は絶対に避けたいと思った。

回復の兆し

肝機能の数値（ＧＰＴ，ＧＯＴ）が全くよくならず、医師にも今までにあまり例がないとも言われていて、私自身も心配になり、民間療法も試したりしていた。

ＧＰＴが改善しないことは、院内でも少し話題になっていたようだったが、院長からの「胆汁を少しずつ体に戻して見ては」との指示を受け、翌日から体外に出していた胆汁をバルブを使い少しずつ体内に戻し始めると、肝機能は少しずつ改善の兆しが見え始めてきた。

そして、肝機能も正常値になり、安定したのを見計らって、最後に残ったTチューブを引き抜くと、体に繋がっていたすべてのチューブから解放された。それは、何とも言えないほどの開放感であった。体から、１本ずつチューブが外れるごとに、喜びと開放感はあったが、最後の1本は感無量だった。

そして、献身的な妻の介護のお蔭もあり、１９９１年3月27日、桜の咲く大安の日に93日の入院生活に終止符を打つことができたのだった。

退院後は、前回の入院で得た教訓として、直ぐには仕事に復帰せず、体を休めることにした。それは、同じように胆石で入院経験のあったＮＥＣの秋永さんに、入院期間と同じ日数だけのんびりして体を回復させた経験を聞かされたからであった。結果として、仕事に復帰するまでは、２か月ほど時間をかけた。

そして､短い旅行などをしながら､復帰に向けて準備をし､体調を整えていった。また、マーフィーの黄金律の教えに従い、今度は、２度と入院しないというポジティブな目標を設定し、潜在能力を通じ、体に訴えかけていくことにしたのだった。

2　体調不良の日々

手術の爪痕

退院後は、体を休めながら体力の回復を図っていった。また、家族にも多大な心配をかけたため、家族と共にいる時間を大切にした。１度〝死〟を覚悟したことで考え方も少し変化が出てきたのかもしれない。

仕事への復帰は、５月末頃からだったと記憶しているが、２度目の手術と長い入院生活で痛めつけた肝臓や体には、相当な無理がかかっていたのであろう。入院中に投与された大量の抗生物質などの影響もあるのだろうが、その後の体調は優れず、エンジンのアクセルが吹かせないような日々を過ごした。

そして、腹部を見ると、生々しい手術跡が鳩尾から臍の横までと、もう１本は鳩尾から臍を避けてさらに下に10㎝くらいの２本の手術痕と縫い跡が残っており、プールや温泉に行くのも憚られる気持ちになっていたことが、今一つ元気の出ない原因だったかも知れない。

当社の社員は、生命、障害、医療と手厚く保険に加入していたが、代表者の私だけは、前回の手術もあり、加入できていなかった。そのため、経済的には、個人の保険給付金と、政府からの傷病手当を3か月受給し、生活の糧とした。会社としては、給与は止めて、負担減少に努めた。

そのときに保険給付金で60万円を受け取ったが、これは何か健康のために使おうと思い、新聞広告に載っていたクロレラを1年分購入して飲むことにした。このクロレラの成果は、1年飲みきったときに、長年悩まされていた痔がよくなっていたことに気づき、安堵した。

1989年1月の最初の入院・手術から、1990年12月の2回目の入院・手術までの間は、意外と安易に考えていた節もあり、手術前のようにがむしゃらに仕事をしていたのかもしれない。しかし、あるべき臓器を取り去ることによる影響は少なからずあったと思う。

例えば、胆嚢がないことにより胆汁の濃縮が行われないため、毎日1リットルくらい出る胆汁がそのまま総胆管経由十二指腸に排出され、水分の吸収は大腸に委ねられることになる。大腸は、今まで胆嚢が担っていた胆汁の水分吸収を追加の仕事として行わねばならず、吸収できない部分もあったため軟便や下痢が以前より多くなったとも考えられる。

本社機能の増強

2回目の手術以降は、ハッキリと体調不良を実感していた。2度あることは3度あるという諺もあるが、2度の開腹手術によるメンタル面での影響も否定できなかったかも知れない。ただ、この頃は、本社内の勤務になっており、本社機能の増強には貢献できたと思っている。

2回の手術による体調不良はあったが、起業した会社の機能整備をするには十分な時間ができた。

それにより、例えば次のような規定等のソフト面の充実を図ることができたのである。

・１９８９年２月　広保氏と共同代表制に変更
・１９８９年４月　関連会社（株）インテリジェントシステムズの設立
・１９８９年５月　第１回社内会議開催
・１９８９年６月　国際通信企画（株）資本金１，０００万円に増資
・１９８９年11月　一般建設業許可（電気通信工事業）最短５年９か月で取得
・同　第１回社員旅行（群馬）（以後、毎年実施）
・１９９０年５月　一般建設業許可（電気工事業）
・１９９０年10月　国際通信企画（株）資本金２，０００万円に増資
・１９９１年９月　会社案内初版発行
・１９９１年11月　第３回社員旅行はグアムへの海外旅行
・１９９２年６月　社内報ミラクルロード（夏号）発刊

これらは、その後の会社としての更なる発展に、繋げていく地盤ができたと思う。

退院した頃には、娘も2歳8か月となっており、妻的には次の子供が欲しいと思っていた様子だったが、私としては、入院時に痛めつけた体にはまだまだ抗生物質等の影響がたくさん残っているような気がしていた。加えて体調も今一つ優れないので、素人考えではあるが1年ぐらいの時を置いたほうがよいとの思いが、正直なところだった。

3　すれ違った人の会話

負の連鎖

2回目の手術後は、本社で管理業務と現場工事などの作業を請け負って社業発展のために努力をしていたが、体調は本調子ではなかった。そんなとき、会社からの帰り道に2人の男性とすれ違った。その2人の会話が偶然耳に入ったのだが、その内容は、話の前後はわからないが、職場の同僚のことなのか、「子供を残して死んでしまって、奥さんも大変」と言うところだけが聞こえた。その言葉は、私にとって衝撃的で、2回目の手術では死を覚悟したこともあり、術後間もない時期でもあったため、様々なことを一瞬のうちに考えさせられた。

もし、私に3回目の入院があるとしたら、もし、自分の身に不幸があったら、妻と子供はどうなるのだろうか、もし、2人目が生まれて、妻を残して自分が死んだなら、遠く地球の裏側から来ている妻はいかにして生きていけるだろうか等々と、もしやもしやが頭を駆け巡った。

偶然の怖さ

すれ違った人の会話が、自分にとって衝撃的であるという偶然性と同時に、できれば聞きたくもなかった会話の胆の部分を、すれ違い様のほんの1、2秒で聞いてしまったという現実が、とても不思議に思えたのだった。

すれ違った人の会話の前後は全くわからないが、すれ違い様のこの会話が、私に対する何かの暗示かも知れないと勘ぐってしまうほどだった。

そのことがあってから、2人目の子供に対する情熱が少し遠のいていったのかもしれない。その時点の健康上の不安を拭いきれない状況が、自分自身の自信をもなくさせる方向に働いていたのだろう。

やはり、ネガティブな思いは、よい結果をもたらさない。そのことは、マーフィーの黄金律で学んでいたが、中々常にポジティブに思いを向けていくのは、難しいことも学ばせられた。

その結果、ネガティブの思いが打ち勝ったのか、妻の思いも空しく、その後の妻の子宮外妊娠や流産に繋がっていくことになるのだった。

4　2度目の帰国と運転免許

2度目の帰国までの出来事

2度目の帰国は、妻との約束どおり、4年に1回の帰国を果たすことができた。初めての帰国が

１９９０年１月だったので、２度目の帰国は１９９３年12月であり、３年10か月とぎりぎり約束を守れたのだった。

この２度目の帰国までにも、次のような様々な出来事があった。

・１９９０年４月　妻のご両親の来日
・１９９０年５月　私の両親との初めての顔合せ
・１９９０年７月　妻の両親の帰国
・１９９０年12月　私の２度目の入院
・１９９１年１月　２度目の手術
・１９９１年３月　３か月の入院から退院
・１９９１年５月　仕事復帰するも体調不良の日々
・１９９１年10月　国際通信企画（株）資本金２，０００万円に増資
・１９９３年２月　国際通信企画（株）創立10周年
・１９９３年12月　２度目の帰国へ

この４年間で最大出来事は、私の死を覚悟した2度目の入院で、３か月の入院からやっとの思いで復帰できたのは、前述のごとく１９９１年３月27日だった。

退院は果たしたものの、体調不良の日々が続いていたが、退院から足掛け3年を経て、体調も少しずつよくなってきた。そんな中、娘も幼稚園に行くようになっており、小学校に行くようになれ

ば、妻の帰国のための長期の休みも取り辛いので、２度目の帰国をすることにした。

社内業務を引き継ぎ、１９９３年12月15日は休暇を取り帰国準備。12月16日、記憶にはないが、おそらくＫＥ００２便で出発。ロスアンジェルス経由リマには、夜中の1時過ぎの到着で、シェラトンホテルには、午前5時ごろチェックインしたと記録にある。

そのまま6時に朝食を取り、休んで、夕食には迎えに来てくれた妻の姉イビイ家族と新鮮な海鮮料理を食べに行ったと記憶している。翌日、リマ在住の妻の伯父ヒラルド宅を訪問し、１９９３年12月18日15時頃に妻の故郷に向け出発した。

運転免許取得と世界遺産

今回の主な目的は、妻の運転免許取得、そしてマチュピチュとナスカに行くことで、それ以外では比較的のんびりと過ごす予定だった。

妻の免許取得申請は、まずはメディカルチェックで、従兄弟の外科医カルロスのところで12月30日に済ませ、その後、実地・学科試験を終了した。免許の種類は、通常の免許より上位のプロフェッショナルの免許で、３月頃に取得できたとのことだった。

そして、取得した免許から国際免許を発行して貰い、日本で運転するには90日以上の現地滞在が必要なため、娘の滞在ビザを延長して、妻と娘は１９９４年4月まで１１０日のペルー滞在となった。

また、折角ペルーに来て世界遺産を回れないのも残念なので、私の帰国予定の1月18日までに妻と2人で旅行をする計画を立てた。娘は、妻の両親と、一番上の姉さんが面倒を見てくれることになり、久々の開放感を味わうことができた。

やはり実家の両親や姉がいるということは、あらゆる局面で助けになる。われわれのような国際結婚で、お互いの両親から離れて助けのないところで暮らすのは、大変なことで、妻はよく我慢してくれていることが改めてわかった。これらの部分は、国際結婚の影の部分かも知れない。ただし、互いに助け合っていくことで、絆はより強まっていくのも間違いないだろう。

旅行の計画は、クスコ、マチュピチュ、ナスカの地上絵は最低限行きたいところで、その他に妻がペルー北部のトルヒーヨにも行きたいと言うので、日程計画を立ててみたが、時間的制約もあり、次回に見送りとした。旅行会社は、私が現地で仕事をしていた、1984年頃にお願いしていた旅行会社が、ウアンカヨに有ったので、そこに依頼してアレンジしてもらった。

5　マチュピチュとナスカの地上絵

次回はワイナピチュへ

旅行に行くには、まずリマに移動しなければならない。ウアンカヨからリマへは、1994年1

月8日に移動し、シェラトンホテルに宿泊し、1月10日から1月12日の日程でクスコとマチュピチュへと旅行した。

クスコへは飛行機で移動するが、クスコは標高が３５００ｍと高く、高山病になる人も少なくない。そのため、マテ茶や高山病の薬なども売られていた。

クスコでは、有名なインカ帝国時代の石垣、その中でも12角の石積みは有名で、どうやって組んだのか、剃刀の刃も隙間に入らないと言われていたが、実際に目の前で見て納得した。

【図表60　クスコの12角の石の前で】

【図表61　マチュピチュにて】

翌日早朝6時頃だったと思うが、クスコ駅から列車（ハイラム・ビンガム号）でマチュピチュに向かった。時間は3時間ほどかかったと思うが、クスコから、標高１８００ｍくらいのアグアスカリエンテ駅まで下って行き、そこからバスでイ

ロハ坂のような坂道を登って行くと、マチュピチュの入口近くの標高2500mほどのところに着いた。なお、列車が朝早いのは、午前中が霧も少なく、マチュピチュ全景がよく見えるためとの解説だった。

現在では、日本人が行って見たい世界遺産第1位がマチュピチュだが、百聞は一見に如かず、時間と余裕があれば、ぜひ行って見ていただきたい。私たちの場合、時間的余裕がなかったので、マチュピチュの奥にある小さな峰、ワイナピチュに登れなかったのが残念だったが、次回はぜひ登りたいと思っている。

マリア・ライへさん

次のナスカの地上絵へは、いったんリマに帰り、1月13日から15日までは帰国に向けた買い物をして、1月16日に小型飛行機で移動した。

日帰りツアーの中では、地上絵を研究しているドイツ人の学者マリア・ライへさんが高齢から入院されていたが、その病室まで案内してくれた。日本では考えられないことでびっくりした。残念ながらマリアさんはその8年後、1998年95歳で亡くなったが、私たちは、数少ない生前のマリアさんを知る人物となった。

ナスカの地上絵は、さらに小型のセスナ機で見学するが、乗客は私たち2人と、日本の東北から来ていた男性の学校の先生の3人のみだった。

というのも、この頃ペルー国内では、センドロルミノッソというテロ組織が活発に活動しており、海外からの観光客が極端に減少していたからだった。そのため、ペルー各地の観光地は、意外と空いており、私たちにとっては観光しやすかった。ただし、危険とは裏腹だったかも知れない。

ナスカの地上絵は、かなりの広範囲に分散しており、セスナ機での観察はかなりの動きを伴っているため、同乗の学校の先生は離陸して暫くすると飛行機酔になってしまい、地上絵を見る余裕もなくなってしまっていた。私たちは、何とか大丈夫だったが、私が撮ったビデオを帰国後友人に見せると、酔ってしまいそうとも言っていたので、行かれるときは酔い止め持参がよいかも知れない。

【図表64　ナスカの地上絵遊覧用セスナ機】

同乗の先生は、セスナ機から降りても具合が悪そうだったので、妻がレモン入りのお茶をすすめると、楽になったと感謝してくれた。

いずれにしても、世界的に有名な世界遺産を巡る機会を得ることができたのも、国際結婚、私の場合はペルーであったが、メリットの１つかも知れない。

現在、地上絵に関しては、日本の山形大学人文社会学部の山形大学ナスカ研究所（Httr://www-h.yamagata-u.ac.jp/oters/nazuca.html）があり、日本の研究機関がナスカの地上絵の解明に協力している。

マチュピチュとナスカからの旅行から帰り、私の帰国予定が1月18日のため、17日は帰国フライト等の確認などを行った。

私は、仕事のこともあり、妻の実家には帰らず、日本へは一足先に帰ることにしていた。

1994年1月18日　妻と娘はペルーに残し、1人でペルーを出発、成田には、ロスアンジェルス経由、KE001便にて、帰国した。

6　妻と娘の帰国と妻の姉サリーの来日

一時日本語を忘れた娘

妻と娘の帰国は、1994年4月6日で、妻の一番上の姉のサリー（図表63）も一緒に来日してくれた。

サリーは、小学校の校長先生をしていたが、定年後間もなくで時間もあるので、一緒に来日してくれたのである。妻にとっては、一番信頼している姉の来日は、両親の来日に続いてとても嬉しいことでもあった。そのパスポートや来日のための日本のビザ申請なども、運転免許取得の勉強の傍らで進めていたとのことだった。

妻たちの帰国時には、成田に迎えに行ったが、娘の変わり様にびっくりした記憶がある。とい

【図表63　姉サリーの和服姿】

うのは、帰国時日本語を全く話さず、スペイン語だけで話をしていたからだった。たった4か月弱の滞在でこんなにも変わるものかとびっくりすると共に、幼児の頭の順応性と柔軟性にも驚かされた出来事だった。

それからすぐ再度幼稚園に通い出して、その初日に帰宅したとき「スペイン語でＢｕｅｎｏｓ・Ｄｉａｓ（おはようございます）は、日本語で何と言うのか忘れてしまった」と言っていたのがとても印象的だった。もちろん、直ぐに日本語は思い出して、不自由することはなかった。

妻の運転デビュー

一方、妻は、運転免許を取得し、国際免許も持参したので、５月５日の休みを利用し、サリーにも富士山を近くで見せてあげたいとの思いから、ドライブがてら富士山の五合目まで行くことにした。

もちろん、ほとんどの運転は私がしたのだが、富士山の登山道、富士スバルラインでは、交通量の少ない区間を妻に運転してもらった。日本での運転は初めてで、ハンドルも左右逆で、とても心配だった。そのため、サリーには後ろから車が来たら直ぐ知らせるようにと後方に目を凝らしてもらいながら、私は妻の運転をサイドブレーキを握ったままで見守った。妻の姉サリーと共に過ごした、楽しい思い出の1コマである。

こうして日本で初めての妻の運転デビューを、富士スバルラインで果たすことができた。富士山五合目で一時を過ごし、その日は、山中湖に一泊し5月6日に帰宅した。

サリーは、とても洋裁が上手な人で、自宅のソファーのカバーや妻の服の修正等をよくやってくれた。そのため、妻と蒲田のユザワヤによく出かけて行ったと記憶している。

【図表64　姉サリーの沖縄旅行】

サリーがいてくれるおかげで妻も安心している様子で、私も中々行けなかった海外出張にも行くことができた。

それは、5月22日から28日までのアメリカ出張で、フロリダ、アトランタ、ニューヨーク等を回れたのも、サリーのおかげだった。

そんな楽しい時間もあっという間に過ぎ去り、サリーとの別れのときがやって来た。

どんな別れも辛いが、サリーの場合も滞在ビザのぎりぎりの、1994年7月4日まで滞在し、機上の人となった。

その後サリーは、６年後２回目の訪日もしてくれた。それは、２０００年11月30日から２００１年５月29日まで、６か月間滞在してくれ妻や私たちの精神的支えとなってくれた。その間には、沖縄や近隣各地にも家族で旅行に行って、サリーにも日本を堪能してもらった楽しい思い出での時間であった。

妻のアルバイト

１９９４年７月にサリーが帰国してからは寂しい日々が続いたが、妻の日本語レベルも上達し、たまたま横浜の当時の東京三菱銀行で出会った人にスペイン語を教えることになった。

その人は、上智大学のスペイン語学科を卒業し、東京三菱銀行に勤務している女性で、銀行内でスペインの銀行に派遣される試験を受けるために、スペイン語を勉強したいと言っていた。そこで、妻と相談し、週２回自宅に来ていただき、妻とスペイン語の勉強を２年近く続けた。

結果、無事に試験に合格し、スペインの銀行に３年間派遣されることが決定し、妻にはとても感謝していた。また、妻の知人がその話を聞いて、息子さんのスペイン語の指導を依頼された。この人も、スペイン語能力が向上し、スペインで芸術家として認められる成果を収めることができた。いずれも妻の語学の指導力に大変感謝してくれた２つの事例でもある。

そんな順調な日々が続いていた中、妻も２人目の子供が欲しいという希望を持っていたが、今度は妻にも試練のときが待っていた。

7　子宮外妊娠と流産

妻への試練

　複数の子供が欲しかった妻にも、厳しい試練のときが無情にもやって来た。それは、激しい腹痛と共にやって来た、子宮外妊娠だった。１９９７年３月６日、妻はたまたま朝食を取っていなかったことが、その後の対応でよい方向に動いていくことになる。

　妻は、朝からクリスチャンの奉仕活動に出て帰宅した後、激しい腹痛に見舞われ、私に電話をくれたので、直ぐ帰宅し、近くの病院へ連れて行ったが、診療時間外のため、若い女性の医師が対応してくれた。

　しかし、その女医さんでは、病名を確定することもできず、点滴で安静にとの指示で入院することになった。その病室は暗く、窓を開けると隣の壁で、入院してもよくなる気がしない環境だった。医師に、妻はエホバの証人で輸血はできないが、もし手術となった場合はと、輸血について問うと、輸血は行う旨の回答だったので、直ぐに妻の会衆で長老の野口兄弟に連絡し、組織の医療委員会に連絡を取ってもらった。

　しばらくして回答があり、無輸血に協力的な横浜の桜木町にある警友病院を紹介していただいた。

直ぐに転院することにして、私が車で、小学校低学年だった娘も伴いみなとみらい地区にある新しくできたばかりの警友病院に連れて行った。

夕方の5時前頃だったと記憶している。担当してくれたのは、産婦人科の雨宮副院長で、的確な診断をしてくださった。腹部超音波で、子宮外妊娠による腹部出血が認められるとのことで、エコーを見ながら出血部位から注射で血を抜き、出血の確証を見せてくださった。

無輸血手術

先生は、明日の手術でも間に合うかも知れないとの見解だったが、妻の立場を理解してくださり、次の大出血があるかもしれないので、輸血をしないなら、一刻も早く手術したほうがよいと判断された。

本人と共に手術に同意すると、妻は直ぐに車いすでの移動となり、看護婦さんが呼ばれて、最低限の検査が行われた。そして、妻が朝から食事をしていなかったことも幸いし、直ぐに手術の準備が行われ、妻は手術室へと消えて行った。

先生からは、輸血が必要な状況になった場合、同意を求めるので、手術室の前で待つように言われ、娘と一緒に不安なときを過ごした。

その後、輸血の打診を受けることなく、夜8時頃には無事手術が終了した。雨宮先生からは、卵管に詰まっていた着床物を見せていただいた。そして、他の先生なら、卵管を切ってしまうところだが、着床場所も卵巣の近くで場所もよかったので卵管は元の位置に戻せたとのことだった。

これは重要なことで、女性の生理は月1回だが、卵巣に繋がる卵管を片方切ってしまうと生理が2か月に1回となってしまうと聞いたような気がするが、妻の場合、術後も正常な体に戻るとのことだった。

妻の助けられた命に感謝

夕方5時くらいに緊急で来院し、当日3月6日夜8時の3時間後には、子宮外妊娠の手術は完璧に終了していた。これも担当してくださった雨宮先生の適切な判断と医療技術のお蔭。そして、エホバの証人の組織で、医療委員会の適切なアドバイスのお蔭であったと深く感謝している。

もし大口の病院に入院していたら、病名もわからず、子宮外妊娠による次の大出血で命を落としていたかも知れないと思うと、エホバの証人医療委員会の的確な指示での転院は、妻の人生の大きな分岐点であったことは間違いない。それ以降、一番近い病院ではあったが、大口の病院には、生涯行かないと決めた。

妻の入院は、開腹手術であったため、１９９７年3月6日から3月15日までの10日間入院していたが、警友病院は１９９６年1月に移転してきた新しい病院でもあり、病室からは横浜の港が一望でき、環境もよく、術後の回復も早くなるような気がした。どこかの病院とは雲泥の差だった。

妻の入院中には、熊本の両親も見舞いに来てくれ、妻を慰めてくれた。

流産

娘が小学生低学年の頃には、２人目への焦りもあり、妻は不妊治療に行くことになるが、子宮外妊娠の手術後ということもあり、慎重になっていたのは事実だった。

その後、不妊治療の甲斐もあってか、意外と早い時期に２人目の妊娠が発覚したが、喜んだのも束の間、産婦人科の通院途中から赤ちゃんの心音が聞こえなくなってしまい、流産を経験し、寂しさを味わった。産科の先生からは、「なぜこのような事態が起きるのかは、理由はわからず、神のみぞ知る」と言われたのが印象的だった。

以降も、妻は２人目を望んでいたが、子宮外妊娠や流産を経験したことから、多少ネガティブな思いもあったせいか、結果は出ず、いつの日か諦めてしまった。

やはり、マーフィーの黄金律の書籍でも述べていたように、潜在意識に訴えた願いは叶うとあったが、常に自分にとってよいことだけが叶うとは限らない。逆も真なりで、意識の中にネガティブな思いがあると、潜在意識はそのマイナスの意識を叶えようとするのである。

私の最初の入院もそんなネガティブな思いから実現してしまった。この妻の流産に至る経緯からも、ネガティブな思いは、体や精神にも影響を及ぼし、悪い結果を招いてしまうのを実感した。そして、ネガティプナ思いは、ポジティブな思いよりも力関係では強いような気がするので、今後は常に前向き、プラス思考で考え、マイナス思考は忘れて、目標を明確にするのが大事と、改めて考えるようになった出来事でもあった。

夫婦を襲った死の病床

思い起こせば、私たち夫婦にとって人生最大の試練であったのは、私の2度目の入院・手術と、妻の子宮外妊娠による入院・手術だったかも知れない。

私の2度目の入院では、自分の死を予感し妻に「もう駄目かもしれない」と伝えたことがあったが、妻の献身的な看護と、成長する娘の姿に励まされて、93日の入院の後復活することができた。

妻の場合は、子宮外妊娠で、病名も判別できない最初の病院に入院していれば、2度目の大出血で死の可能性すらあったとのこと。

しかし、クリスチャンの医療委員会の適切な指示と、警友病院の雨宮先生には、夕方に病院に行き、そのまま緊急手術という適切な判断と医療技術で大事に至らずに済んだことは、私たちの夫婦にとって人生の最大の試練でもあったが、その結果は、最良の出来事だったと思っている。

私たちは、国際結婚という日常生活に関しても、言葉や習慣などの様々なハンディキャップのある人生を選択して、それを克服するために努力をしてきたつもりである。しかし、人生は不公平だと感じたことも数多くある。

ボヤキになるかも知れないが、人生順風満帆で過ごす人もいれば、われわれのようにお互いが死の瀬戸際まで追い込まれる人生を経験する人も少なくない。

これも互いの愛情を深めるための試練と受け止めてはいるが、今思うと、そんな試練を通し、命をながらえさせいただいていることには、とても感謝している。

第9章　軌道に乗り始めた事業と妻の支援

1　軌道に乗り始めた事業

電気通信事業法改正

われわれの事業は、衛星通信を基本として起業していたが、１９８７年頃から１９９１年頃までは、様々な試練や不幸に見舞われた時期で、業績は伸びつつあるものの、短い低迷期であったのかも知れない。

そんなとき、１９８８年に電気通信事業法が大幅に改正され、ＮＴＴやＫＤＤに独占されていた国内通信や国際通信が一般にも開放され、通信事情が一変していくことになった。この電気通信事業法の改正が、われわれの事業を後押しし、短い低迷期を脱し、１９９１年頃からは当社の事業も成長期に入っていったのである。

そして、この頃、国際通信では、ＩＴＪ（日本国際通信企画）、ＩＤＣ（国際デジタル通信企画）が、ＫＤＤ（国際電信電話）に対抗して設立された。

一方、国内では、ＮＴＴに対し、第二電電、日本テレコム、日本高速通信などが設立され、通信コストは下がっていった。

ニューメディアの時代の幕開けとともに、放送衛星（ＢＳ）や通信衛星（ＣＳ）を活用した放送や通信が行われるようになった。その時代の潮流としっかり同期していたのがわれわれの事業であり、もともと海外の大型の衛星通信設備の工事、機器調整を行っていたので、国内での小型の衛星通信設備（０・４５ｍ～４・５ｍのアンテナ）についてはとても取り組いやすい技術であり、工事でもあった。

ＢＳ放送では、Ｓｔ，ＧＩＧＡ（音楽専用チャンネル）の代理店として、全国で2番目に登録。ＣＳ放送では、スカパーの音楽放送を美容室等に導入することで、熊本支店の大川さんの活躍もあり、契約件数日本一になるなど、素晴らしい成績を残すことができた。

また、現在も健在であるＷＯＷＯＷの代理店業務も依頼され、衛星の小型受信設備工事にも参入していくことになった。

ＣＳ（通信衛星）では、企業内ネットワークを衛星通信で構築する企業が増えていき、当社では全国の工事業者さんを開拓して、北海道から沖縄まで全国レベルで対応できる体制を整えていった。

そして、１９９３年2月には、起業して10周年を迎えることができた。

当時、社員数は2社で40名、売上は3億円ほどであった。

通信工事全国展開へ

最初の全国工事展開は、鹿島建設の企業内ネットワークで、北海道から鹿児島までの約２００局を、１９９３年6月の20日間で完成させることができた。このときのアンテナは、珍しい１・２ｍ

四方の平面アンテナだったが、後にも先にも平面アンテナは、これが最初で最後だった。
またその頃、バブル崩壊後の不況で、ソニー等の電機メーカでは、一時帰休などの対策が取られていたが、ソニーの人事部長が直々に当社に来社され、３人のソニー社員（正確にはソニー子会社の光電子）が当社に出向することが決まった。大企業から中小企業への出向だった。そのとき、「やはりソニーはやることが違う」と感心した。そして、民生品に慣れた彼らの協力もあり、鹿島建設の企業内ネットワークは無事終了した。

【図表65　初の全国工事展開の平面アンテナ】

余談であるが、ソニーで出向の実務を担当していた人事課長（夏目さん？）は、出向等の人員整理が完了した時点で、退職すると言って挨拶に来られた。人事の立場として、自分だけがソニーに残るわけにはいかないとのことだったが、さすがだと思った。その後、再就職先の派遣専門会社から、当社に営業で来社されたこともあったと記憶している。
鹿島建設の企業内ネットワーク工事の完了後も、ＪＳＡＴ、ＮＥＣ、商工ファンド、郵政省、創価学会、Ｓ—ＮＥＴ，パチンコ協会、ミサワホーム、大和証券等々の、衛星を使った数十から数百局規模の企業内ネットワーク

工事をこなしながら、衛星関連工事事業は成長し、多少なりとも知名度は向上していった。

そして、１９９４年８月には、フジテレビ（８ｃｈ）と、ＢＳ・ＲＸ（受信）レベル測定（降雨減衰）を直接契約できた。これは、その後始まる放送衛星での、トランスポンダ獲得への足がかりでもあると聞いていた。

２人の村井じゅん

時代は、インターネットの幕開けへと続いていく。１９９４年８月には、慶応大学藤沢校舎の当時助教授だった村井純先生が主催するＷＩＤＥ研究センターの衛星インターネット用のＶＳＡＴ（超小型衛星地球局）工事、現地調整を皮切りに、ＷＩＤＥという研究機関に協賛し、衛星インターネットの活用実験に協力していった。

慶応大学の村井純先生は、日本のインターネットの草分け的存在で、その後大変有名になられた。われわれも、先生の講演を、衛星経由インターネットで中継をさせてもらったりした。

余談ではあるが、インターネットの草分けであった慶応大学藤沢校舎の村井純先生も、綜合警備保障（ＡＬＳＯＫ）の創業者の村井順氏も、名前の漢字は違うものの読みは同じ「村井じゅん」で、私の人生では、このお２人の村井じゅんに、公私共々大変お世話になったことになる。

ここで使う衛星通信用のＶＳＡＴ機材は、ＪＳＡＴから全国の有名国立・私立大学に、１・８ｍアンテナ、ＯＤＵ、ＩＤＵが衛星通信振興のために寄贈された。

また、ほとんどの大学の設置工事は、NEC経由で当社が請け負って設置させていただいた。その中には母校の東海大学も含まれており、沼津校舎の開発工学科、進士教授のところに設置させていただいた。

この設置時には、先生から、大学OBである私に、「研究室の学生を手伝わせてくれ」と言われ、機材搬入作業等を手伝ってもらった。そんなことをしてくれたのは、東海大学だけだった。

進士先生は、元NTT横須賀通信研究所の所長で、業界ではとても有名な方だった。そのため、NECの幹部からは、「訪問時には、丁重に接するよう」言われていたが、とても気さくな方で、作業も手伝っていただき恐縮した思い出がある。

数多く行った衛星中継

JSATからVSAT機材を提供された民間企業は2社のみで、当社と京都の会社だったと記憶している。そして、双方向実験が可能な2局を提供されたのは、慶応大学の村井研究室と当社国際通信企画（株）のみだった。

当社は、提供された1・2mと0・75mの各セットのパラボラアンテナを使い、2Mbpsの準動画を用いて、坂本龍一のコンサート、歴代総理大臣の沖縄サミット、環太平洋サミットを宮崎とフィージー間等々での中継を数多く行った。

村井先生の大阪講演は、衛星で慶応大学藤沢キャンパス経由アメリカに、インターネット中継等に活用したりした。この時期に活躍してくれたのは、ＮＥＣ派遣から戻って本社勤務をしていた三田君や砂走君そして難波君たちだった。

このＶＳＡＴ局は、１９９６年５月に第二種電気通信事業者届を提出後、衛星地球局「ＪＣＳ」国際通信企画横浜可搬地球１、２局として10月に開局し、現在に至っているが、今は衛星中継の仕事はほとんどなく、教育資材として使っている。

最近は、ＪＳＡＴからの新しい衛星通信サービスとして、全国の医療機関向けに災害医療用ＶＳＡＴの提供を始めている。当社としても、このＶＳＡＴサービスを、営業、工事、調整の両面からサポートさせていただいており、今後の大規模災害時の通信回線としての電話およびインターネット接続確保のための準備としての拡販が期待されている。

当社では、デモ機を設置しており、お客様に実際の通信機能確認等が随時可能なサービスも行っている。

そして、この災害用ＶＳＡＴサービスと、われわれが多少なりとも協力支援している地震予知サービスとを組み合わせることで、よりリアルなサービスが提供できるかも知れないと期待している。

【図表66　災害医療用VSAT】

2 妻なしでは成し得なかった事業

苦しいときの妻の助け

妻は、来日後、前述のように起業間もない当社の事務員として新横浜の事務所を守ってくれていた。もちろん、無償であった。それ以上に妻の持参金も融資してもらい、起業当時の資金繰りに充てていたが、返済することはまだできていない。

妻には、起業してアパートの事務所から、現在のビルの事務所に移転してからの一時期、事務補助として手伝ってもらった。

その後、子供が生まれてからは、私の体調が優れず、2度の入院・手術で、喜びと苦悩の狭間にありながら、子育てをし、家庭を守り、私の体のケア、そして、事業の手伝いもよくしてくれた。この時期の妻の支えがなかったら、事業は大幅に落ち込むか、もしくは事業を諦めてしまっていたかもしれない。妻には、外国人でありながらよくぞここまで支えてくれたと、感謝の気持ちしかない。

私は、立場上、事業のために時間を犠牲にしなければならなかったが、妻は、家での様々な雑務をこなしてくれた。外国人としてのハンディをものともせず支援してくれたその姿には、今でも苦労させて申し訳ないという気持ちと、この妻で本当によかったという思いが交錯する。
われわれは、国際結婚であるがゆえに、お互いに甘えがなかったと思う。そして、妻のためにも何か成し遂げなければならないという思いが、私の心のどこかにあったと思う。

有能な妻

妻は、心、学力、体力、そして家庭環境もとても優秀な人で、地球の裏側から来た以上、普通の人には負けられないというプライドもあったことだろう。
私にも、私のためだけに日本に来てくれた妻を、必ず幸せにしなければならないという強い決意と信念もあった。しかし、その決意が少し揺らいだのは、2度目の手術で死の淵を徘徊した時期だったかも知れない。

【図表67　TVRO中継用1.8mアンテナと娘】

ただし、妻は違っていた。妻のポジティブな思いが、その危機を乗り越える原動力になってくれた。
その後の事業環境は、電気通信事業法の改正等で好転していくことになるが、そんな中、こんなこともあった。
秋田県医師会からの衛星中継の依頼があって、秋田まで中継に行く必要が出てきたが、人手がなかった。

私1人で1・8mアンテナ等の中継機材の荷物の搬入は不可能だった。そこで、妻と娘を連れて、工事車両で秋田市まで行こうと思い、妻にも同意を得て、準備をしていた。

直前になって、入社間もない岩崎君の仕事の調整ができて、妻と娘は秋田に行く必要はなくなった。しかし、妻が夫の仕事をとことん助けて、付き合う気合と気持ちがあったことを垣間見た出来事でもあった。

その後も妻の助けを得ながら、われわれの事業である衛星通信の仕事は多忙になり、順調に業績を伸ばしていった。

夫婦互いの思いの相乗作用で、互いを助け合いながら、国際結婚後も様々な人生の分岐点を通過していくことになり、現在へと続いている。

3　妻の惜しみない支援

妻の取締役就任

妻の支援は、仕事のみならず多岐にわたっている。会社設立間もない時期は、事務所の留守番から、運用資金援助等。初期には、私の体調不良時の業績悪化を食い止めてくれたのは、前述のとおりである。

その後、共同経営者の広保さんが、１９９５年4月に共同代表から退き、１９９９年10月には正式に退職。そして、11月に積年の夢であったマダガスカルに移住した後は、妻にグループ企業の取締役に就任してもらい、事業の責任を分担してもらった。そして、事業に積極的に貢献してもらうことになっていく。

また、広保さんの所有する当社株の引取りのための資金繰りも妻がやってくれ、名実ともに妻が共同経営者兼企業オーナとなって、事業を支えていってくれた。

余談だが、当時、山崎豊子のＪＡＬ１２３便の御巣鷹山墜落事故を描いた「沈まぬ太陽」が人気で、主人公の恩地元が左遷人事で飛ばされた国民航空（ＪＡＬ）のナイロビ支店を見て来て報告してくれと、広保氏を送り出した。

というのも、マダガスカルに行くための航空ルートは、当時ＮＥＣロンドン駐在の共通の友人である宮下さん宅に1泊し、ケニアのナイロビ経由マダガスカルに向かう便であったためだった。

移住後の広保氏は、以前マダガスカル出張時に知り合っていた建築家黒川記章氏の弟が経営している旅行会社に籍を置き、日本から事前に送っていたランドクルーザ2台を活用し、日本人旅行客を案内していた。その後も車の部品などを現地に送るなど、広保氏の事業を支援した。

妻の提案で始まった車事業

車の事業は、妻の兄弟たちが、日本の中古車を輸入してペルーで販売したいとの意向から始まっていた。実は、もっと以前から、ペルーでの中古車販売の話はあったが、私の業務が忙しくて、また本業と違うので本気になれなくていた。

そのうち、南米市場での日本の中古車販売量が急速に伸び、遅ればせながら２０００年８月に、３社目のグループ企業となるＳＨインターナショナルトレーディング（株）を設立し、中古車輸出および中古車販売を手がけるようになった。現在のＩ(愛)グループの基本となった事業でもあった。妻には、ＳＨインターナショナルトレーディング（株）設立と同時に役員に就任してもらい、ペルーへの中古車輸出を開始した。社名のＳＨは、妻の苗字のＳａｎｔａｎａ Ｈｏｓｐｉｎａｌの頭文字から取っている。

その後、ペルーへの中古車輸出は、登録５年以内の規制がかかり、大きく伸びることはなかった。妻の兄弟が言っていた時期に輸出を始めていれば、ビルの１つや２つ建てられていたかもしれない。それくらい利益を上げた業者もいたのも現実であった。中には、現地に中古車専用の港を建設した輸出業者もいたほどだった。

ここでも、人生の分岐点があったかもしれない。早い時期に中古車輸出を妻のアドバイスどおり始めていれば、かなりの利益を上げていたかもしれないのである。

妻の姉夫婦は、早い時期から中古車ビジネスに参入し、現在は、妻の故郷では有名な資産家となっている。また、他の兄弟姉妹たちも、妻が大学生の頃に初めた初期のスーパーマーケットを皮切りに、幼稚園から小、中、高までの学校経営や、貸しビル、中古車販売等で社会貢献を果たしている。

スタート時期が遅くなってしまったが、それでもわれわれの車事業は、中古車販に加え、Ｉグループ内の車両管理、安全対策、レンタルリース、節税対策等で、Ｉグループにはなくてはならない企業として、現在も活躍できている。

すべては、妻の惜しみない支援の賜物で、Ｉグループへの貢献は大である。

4　妻の社会貢献

小・高での国際授業

妻にとって夫の事業を支えるということは、外国人としてかなりの負担となっていたと思う。そんな中、妻は、その他にも様々な地域社会への社会貢献にも尽力してくれていた。

例えば、娘が小学校や高校のときには、学校からの依頼で国際授業と称し教鞭をとる機会があった。母国語のスペイン語を生かす意味では、前述したように東京三菱銀行の人と友人の息子さんにスペイン語を教える機会があり、それぞれの方が大活躍できてとても感謝された。これらは、妻のスペイン語指導能力の高さを認識した出来事でもあった。

また、地域社会では、町内会の副会長を仰せつかり、大変な思いをしながら外国人としてよく頑張ったと思う。その数例をここで紹介しておきたい。

娘が小学校3年のとき、学校からの依頼で子供たちの国際感覚を養うために、社会科の授業をやってくれないかと依頼があった。妻は、自分の拙い日本語でできるか悩んでいたが、受けることにして、様々な準備をし、小学生にもわかるように授業を組み立てていった。

授業は、娘のクラスではなく、高学年のクラスで行れた。そのクラスには当社の社員の息子さんがいて、妻の授業を家族に話したことで父親の社員の耳にも入り、「親子してお世話になっている」と、感謝の気持ちを伝えてくれた出来事もあった。

高校では、海外留学制度のある学校だったので、国際授業としてペルーについて学生に話してもらいたいとのことだった。そのために妻は、ペルーの有名な飲み物チャモラーダをつくって持参し、皆に飲んでもらったり、食生活や生活習慣の違い、教育制度の違い、そしてペルーの有名な観光地、スペイン語が日本語になっている言葉などについて話をして、大変好評だったと後日娘から聞かされた。

町内会副会長

地域社会では、町内会の副会長を仰せつかった。

町内会の役員は、1年ごとに交代する班長の中から、毎年抽選で決められるのだが、残念というか幸運というか、大役の副会長に当選してしまった。外国人での副会長は初めてだったが、班長も兼務のため、班長は私が手伝うことにして、1年間の副会長としての任務が始まった。

月に1回の会合で、会長ともう1人の副会長と共に雛壇に座っている妻の姿は、凛々しくもあり、誇らしくも思えたことを思い出す。もちろん、多少の手伝いはしたが、妻の副会長としての任務は様々で、小学校の卒業式の来賓で出席したこともあった。町内会の業務は1年間のため、この年は帰国できなかったことは言うまでもない。

町内会の仕事を通じて、役員、班長との繋がりもできて、今まではよく知らなかった町内のイベントや、町内会活動について知ることができ、より地域社会と溶け込めたのは、大きな収穫だったと思う。

その他、ご年配の方が道路に座り込んで辛そうにしているところに遭遇し、誰も声をかけないのを見かね、妻が声かけをして荷物を持ってご自宅の近くまで同行して感謝されたとのエピソードも聞いたことがある。また、電車では、年配の方にはよく席を譲っているとも。

さらに、町内会で知り合ったご年配の1人暮らしの方の買い物帰りに遭遇し、車で送ってあげたそうだが、それを近くに住む娘さんからも感謝されていた。

また、こんなこともあった。妻と散歩しているときに、家の近くに路上駐車されている車の近くに財布が落ちていた。来客の方が落としたと思われるが、そのお宅に免許証から持ち主がいるか確認し、落とし主に渡し、とても感謝されていた。

妻は、このように、外国人として、ペルー人として様々な社会貢献を通じて、日本社会に溶け込んでいく努力を現在でもしてくれている。

妻の奉仕活動

妻は、カトリックであったが、来日してクリスチャンに改宗したことは前述のとおりである。そして、クリスチャンとしてのバプテズマ（洗礼）は、1992年8月に受けている。

このクリスチャンとしての活動の中に奉仕活動があるが、それは、イエス・キリストが洗礼を受けた後の伝道活動に倣い、王国のよい便りを述べ伝える活動として全世界で行われている。

その活動は、奉仕時間によって、1か月単位で、全時間奉仕、開拓奉仕、補助開拓奉仕と別れており、妻は、年の内に4～5回くらいの頻度で、日本語およびスペイン語での補助開拓奉仕活動を行っている。

この奉仕活動の目的は、新しいクリスチャンに相応しい人を見出し、神とイエスの知識の源である聖書研究を行い、理解を深めることにある。

ある意味では宗教的な活動ではあるが、温和な人たちを見出す活動と相まって、世界平和にも貢献しているのかも知れない。

妻は、これらの奉仕活動を通し、世界中に仲間を得ている。今は亡き父と行ったハワイのマウイ島やハワイ島でも、仲間のクリスチャンと会うことができ、父も妻の交友の広さにびっくりしていたほどだった。国内でも仲間のクリスチャンとの交友もとても広く、互いに助け合いながら、毎日がとても楽しく、忙しい日々を送っている。

したがって、来日当初の寂しさは、今は全く感じられなくなって来ている。

第10章　国際結婚の光と影

1　国際結婚の光と影（光の部分・優位性）

国際結婚には、様々な問題や苦労も伴うのは、今まで述べてきたとおりである。その光と影の部分、つまりよかった点と苦労したことは、数えきれないほどあると思うが、思いつくままに、箇条書きでわかりやすく書いてみたいと思う。

異論もあると思いますが、私たちの場合のことでご了解いただき、国際結婚の選択と再認識の参考になれば幸いです。

①　遺伝的優位性

遺伝的見地からいうと、血の関係は遠いほうがよいと聞いたことがある。昔、人口が少ないときには、経験的に血の濃い婚姻は避けるように言い伝えられてきたと聞いている。それは、血が濃いと奇形や障害児が生まれる確率が高くなるからであったのだろう。

以前、デンマークに出張したときに、現地の人から、デンマーク領のグリーンランドのエスキモーの中では、血が濃くなるのを回避するために、行きずりの人に妻を差し出し、子孫を増やしていったと聞いたことがある。まさしく少数民族の中での血の交配を避ける知恵であったのだろう。

同様に、視点を大きくすると、われわれ国際結婚では、民族が違い、ましてや地球の裏側ともなるところれ以上の血の乖離はなく、遺伝学的には血が近いのがよくなければ、遠いのはよいことではないだろうか。

そんな観点からは、国際結婚には遺伝的優位性があると思うが、いかがだろうか。

②　モチベーションと深まる絆

国際結婚では、互いに力を合わせて乗り越えていかねばならない様々な問題に直面する。それは、日本人同士であれば他愛のないことかも知れないが、国際結婚では大きな問題である。配偶者が来日直後から直面する、日々の生活の中での言葉、習慣、病気、食生活、役所での手続等々の問題、数えたらきりがないくらいだ。

しかし、これ等の問題を解決しなければ、日常生活に支障を来たしてしまう。そのために夫婦で力を合わせ、解決することで、他の人より努力を積み重ね、時間という犠牲を払いながら、成長していかなければならない。

加えて、国際結婚によって、お互いが努力するのは必然であるが、それ以上のことを2人で力を合わせて成し遂げなければならないというモチベーションをより高めていくことが可能だと思う。

国際結婚して可哀そうにとは言われたくないし、何でこんな遠くの国まで来たのだろう等とも言われたくはない。

同じ国同士の結婚であれば、互いに補えるところは多々あるが、国際結婚は互いの協力、努力、理解等が、目標達成へのモチベーションの原動力になっていくはずである。

そして、これらの努力は、その後お互いの絆という形で帰って来ることになる。互いに苦労した結婚当初の日々を思い出し、努力したことは、掛替えのない宝にもなっていくと私は思っているし、実際私たちはそうなっている。

③ 国際結婚のため覚えてもらいやすい

国際結婚のメリットの1つに、友人知人、取引先等に覚えてもらいやすいことが挙げられる。私の場合、結婚式に始まり、国際結婚であるが故に、仕事などでお会いした方々は、妻のことは忘れることはなく、ついでに私のことも覚えてくださっていることが多い。

社員の結婚式等では、最初は1人で行くことが多かったが、妻からなぜ1人で行くのかと言われ、「習慣」と伝えたが、海外では夫婦で行くのが当たり前と言われ、それ以降は必ず2人で行くようにして来た。そのため、外国人の出席者がいるということで、結婚式の国際化と、妻を覚えていただくことにも多少のメリットがあったかと思う。

また、同窓会や、友人知人の集まり、同業者、法人会等々の集まりにも、妻に一緒に行ってもらうことが多かった。そこでは、妻のお蔭でついでに私のことも覚えていただいたりで、外国人である妻には、その存在感にとても感謝している。

仕事上の集まりでも、妻のお蔭で取引が上手くいったことは数知れずで、妻との国際結婚が人生のエポックとなり、多少なりとも人生をよい方向に導いてくれたことにも感謝している。

④　国際感覚

国際感覚は、日本での生活になくても困らないと思うが、あっても邪魔なものではない。私の場合、国際結婚していなければ、比較的平凡な暮らしをしていたかもしれない。

国際感覚としては、海外出張を繰り返していたため、多少はあったかもしれないが、最近のように海外出張の機会が少なくなると、自ずと国際感覚は鈍ってきて、海外旅行に行くときくらいしか発揮できなかったかもしれない。

しかし、私たちの場合、毎日が国際交流の日々で、特に2国間での国際感覚のズレをお互いに日々修正しながら生活している。これは、悪いことではなく、どんな夫婦でも互いの意見の違いは当然ある。ただ、国際結婚の場合は、個人の意見の違いに加え、互いの国の習慣のズレから生じる問題も加わってくる。

したがって、お互いに国際感覚を研ぎ澄まし、互いの意見を受け入れる寛容さを身につけていかねばならないが、それは日々の訓練から比較的容易に身についていくのかもしれない。

⑤　海外旅行の増加？

海外旅行は誰しも楽しみの1つであるだろう。私たちの場合は、少し違っており、ある意味義務的な旅行となる場合が多い。それは、異国の地からわざわざ日本に来てくれている配偶者に、里帰りの機会を与えなければならないという義務でもある。配偶者は、様々な努力をして、日本での生活を続けてくれているからである。

そのことにに報いるためにも、帰省という海外旅行は必要不可欠である。配偶者にとってみれば、帰省が一番のイベントではあるが、家族としては帰省のついでに通過国や国内旅行もしてみたいと思うことだろう。

私たちの場合も、帰省したときに、ペルーの有名な世界遺産等も行って見た。帰国途中には、アメリカやメキシコにも立ち寄って、旅行を楽しむことができた。また、娘のスペイン留学中には、スペインと、スペイン在住の妻の従姉妹も訪問できた。

国際結婚した場合とそうでない場合は、海外旅行の回数にも差が出てくるのかもしれない。

⑥ 子供（バイリンガル）への期待

当社の場合、私が国際結婚のためか、社員の中にも国際結婚が多い。配偶者の国としては、過去も含め、ペルー、フィィリピン、タイ、ベトナム、カナダ、メキシコ、ベネズエラ、シンガポール等々と多い。

そのため、子供さんには、配偶者の国の言葉を必ず覚えさせるように推奨している。さもなければ、配偶者の国に里帰りしても、孫がジジババと十分なコミュニケーションが取れない事態となってしまう。それは、避けたい現象だからである。

また、バイリンガルであれば、就職にも有利に働くかもしれない。ましてや、英語などのメジャーな言葉も重要だが、第2外国語的言語を話すことにより優遇され、自分の親の出身国にかかわり合いの持てる仕事ができるかもしれない。それは、親としてとてもうれしいことではないだろうか。

私たちの場合も、娘は、母親の話をいつも聞いているので、スペイン語を聞く耳は持っていたが、日本での学年が進むに連れてスペイン語から遠ざかっていった。

そのため、高校はスペイン語圏とのかかわり合いのある学校を選び、高校2年のときには交換留学でメキシコに行くことができた。

メキシコでは、現在の天皇陛下が、皇太子のときに留学先に訪問され、娘から「愛子様お元気ですか」とお聞きすると、陛下からは「はい、元気にしております」とお答えがあり、直接言葉を交わす機会もあったとのことだった。

また、メキシコからの留学生をわが家に受け入れさせてもらった。

娘は、大学でも、1年生のときにスペイン北部のサンタンデールに1か月、3年～4年のときにはサラマンカ大学に交換留学生として1年近く留学させていただいた。その甲斐もあって、全国スペイン語弁論大会で準優勝することができた。

就職は、海外関係の専門商社で、アメリカ、アジア、ヨーロッパと出張させていただく機会を得られたのも、国際結婚の母親の母国語であるスペイン語を、大学での専門知識とは別に、習得すべく努力し学んだからかもしれない。

⑦ 夢や目標を持ちやすい

結婚するときには、誰しも将来の夢を描いていると思う。

特に女性は、結婚と共に自分の人生が変わっていき、素晴らしいものになっていくことを、夫に期待しているのではないだろうか。

国際結婚なら、なおさらのことである。妻の場合も、地球の裏側から、私だけのために、国を離れ、家族を措いて、遥々日本に来てくれたのである。自国にいれば、何不自由なく暮らすことができたにもかかわらずである。

だからこそ、妻が自分の国では成し得なかったであろう夢や目標を達成するために、夫として最善の努力を払うのは当然のことかもしれない。そして、妻が苦労を承知で日本に来てよかったと思ってくれなければ、極端な話、国際結婚した意味もなくなってしまうのかもしれない。

妻は、私の夢や目標の実現のために、自分を犠牲にして大いに尽力してくれたことは間違いない。しかし、私は、妻のために何ができているだろうかという質問に対し、明確な答えを出すことができない気がする。

今さらながら、妻の夢は何か、目標はあるのか、それらを私は承知しているのかと、改めて問い直す必要があるかもしれない。

その上で、妻の夢や目標を再確認して、妻の夢を実現するために、残された人生の時間を精一杯使おうと思っている。

⑧　互いの国の再認識

国際結婚するということは、2つの祖国ができるということでもある。私たちは、日本とペルーの2つの国が、われわれにとっての祖国となる。また、妻の母方のご先祖は、スペイン南部のマラガからの移民とも聞いている。

そのような関係があると、それぞれの国を意識し、愛着が出てくるのも当然である。幸いペルーのマチュピチュは、日本人が行きたい世界遺産第1位となっており、私も妻の祖国を誇らしく思っている。

また、昨年は、妻の従姉妹の家族が日本旅行に来たことがあった。産婦人科と麻酔科の医師夫妻で、経済的にも余裕があるためか、スペイン、中国、アメリカ、ベトナム、中南米等、毎年旅行をしているそうが、その中で日本が一番よかったと感想を述べていた。そして、もう1度来たいとも言っていた。それを聞いた妻が、自分の住む国を評価してくれたことに、喜びと誇りをも感じていた様子だった。

このように、国際結婚は、互いの祖国に愛着を持つことができ、多少の国際関係の潤滑油になれているのかもしれない。

⑨　食生活の多様化

私の場合、元来が田舎者で、食生活は、幼少期からご飯中心に構成されていたと思う。それを身にしみて自覚したのは、大学生のときだったが、ホテルで初めて泊まり勤務の警備のアルバイトをしていて、朝がパン食だったこと。それまで、朝からパン食というモダンな生活はしたことがなかった。食べ慣れないパン食は、憧れでもあったが、1日中胃がムカついて、嫌な思いをした記憶がある。

国際結婚では、互いの国の食習慣があり、主食の違いも大きい。私たち日本人の場合は、米が主食と言われている。妻の国ペルーはというと、コメも食べるが、ジャガイモ類は原産地でもあり、200種類ほどあるといわれていて主食扱いといえる。その他トウモロコシなども大粒で、とても美味しい。

妻が、来日後最初につくってくれたのはニンニクご飯で、電気釜ではなく鍋を使って炊いてつくってくれた。それはとても美味しくて、私の人生の中で、記憶に残る1品でもある。

ペルーでは、牛肉や鶏肉もよく食べる。牛肉は、キロ単位で購入するので、ついている骨を外せとかの交渉を市場ではしていた。

妻が来日時びっくりしたのは、横浜そごうに行ったとき、紙のような牛肉が100gで8,000円の値がついていたこと。「誰がこんな肉を買うのか」と尋ねられたことを覚えている。また、果物でも、ペルーでは1ドルもしないものが、1個3,000円との値段に2度ビックリしたようである。

いずれにしても、妻は、このようにして、日本の物価の高さを自分が知っている商品と比較し認識していった。その後、物の値段にも、高安あることも学んでいった。

私自身も、国際結婚する前は、ジャガイモが主食になるなどとは思いもしなかったが、妻のつくるジャガイモ料理に段々と慣らされていき、現在は、互いの食習慣を認めつつ、よりよい食生活を送っている。

ちなみに、最近、ペルーは美食の国とよく言われている。確かに私は、ペルーに行ったときに、この国のスープはとても美味しいと感じた。また、首都リマで食べたセビッチェは、あまりの美味しさに驚いた記憶に残る1品でもあった。

その他、多種多様の山の幸、海の幸等の料理や飲み物があり、国際結婚したことにより、よりディープなペルーの食生活に触れられたことは、私の人生の中の喜びの1つかもしれない。

⑩　異文化交流の輪

日本人同士での結婚では、国際交流の輪が広がることは少ないかもしれないが、私たちの場合、妻のお蔭もあり、かなり広範囲に及んでいる。

日本国内でも国際結婚した友人などが多くいる。ほとんどは奥様が外国人の場合が多いが、ペルー、メキシコ、コスタリカ、スペイン、チリ、アメリカ等々、スペイン語圏を中心に交友関係はとても広い。

また、娘の場合も異文化交流の場は多い。理由は、混血であることも理由かもしれないが、メキシコやスペインへの留学時に知り合った人たちが中心だろう。先日も、メキシコから結婚式の招待状が届いたり、スペイン留学時に一緒だったイタリア人やメキシコ人が来日したりして、東京を案内していた。

さらに、就職してからも、海外支店営業所の知人も多く、タイ、アメリカ、ミヤンマー、シンガポール、スペイン等々担当地域の友人も多い。

加えて、サッカーの日本代表の監督だったザッケローニ氏も娘の友人で、いまだにメール交換をしているとのことだった。

私の場合は、妻や娘よりも海外経験は多く、30か国ぐらいは出張し、5年ぐらいは海外で生活したが、日本人の性なのか、海外での出会いを重要視しないのか、海外に住む外国人の友人で連絡を取り合うような人はいないのが現状である。

したがって、異文化交流の輪は、私たちの場合、妻と娘のネットワークに頼っているのが実状だが、国際結婚故に多少の異文化交流の輪があるとは思っている。

2　国際結婚の光と影（影の部分・劣位性）

①　親戚縁者の不足→解決できる

遠くの親戚より近くの他人という言葉があるが、正に私たちは、近くの人たちに助けられてきたと思う。

妻の家族は南米ペルー、私の家族は九州熊本で、親戚の助けは期待できなかった。しかし、妻がエホバの証人であることも助けになり、妻の交友関係は私の100倍くらいはあり、現在はとても忙しい日々を送っている。

私の実家の近くには、姉の嫁ぎ先のすぐ近くにも妻の友人がいて、帰省時には妻の友人が空港まで送迎してくださった。もちろん、その友人が上京して来られた折には、わが家に来ていただき、楽しい時間を過ごすこともできた。

日本中、世界中といっても過言ではないほどの妻のネットワークのお蔭で、わが家への来客・訪問も多い。国際結婚初期のほんのわずかの時期は寂しい思いをしたが、親戚縁者よりも近くの他人に助けられ、そして相互に助け合っている。

したがって、一般的に国際結婚では、親戚縁者が不足するが、妻の場合は親戚縁者の不足を補って余りある交友関係があり、楽しく忙しい日々を送っている。

②　語学力→解決できる

妻は、前述のように来日半年後からＹＭＣＡ日本語学校に通っていた。それでも、13人の入学生のうち卒業したのは、妻を含めたった３人だった。通学時は、本当に一生懸命勉強して、日本語を学んでいったのである。

現在の妻の日本語は、日常生活に全く不自由がないレベルで、生活に支障はない。ただ、漢字は、難しい字も数も多く苦労している。日本語学校終了後、ＹＭＣＡで漢字のクラスの開講が予定されていたが実現されず、学ぶ機会をなくしてしまったことが原因かもしれない。

独学での勉強もしたが、多忙な毎日から中々時間を取ることができず今日に至っている。漢字は、日本人でも難しい部分はあるので、仕方がないかもしれない。

逆に、妻の場合、スペイン語が母国語のため、現在は、日本語とのバイリンガル状態である。また、スペイン語は、イタリア語、ポルトガル語、英語にも近く、アルファベットを読むのも早いので、海外旅行では私が楽をさせてもらっている。

これから学ぶ日本語および文化としては、近隣のカルチャースクールなどが充実しているので、習字などを勉強してくれれば、妻にとってもより幅の広い日本語として習得していける可能性があると思う。

③　妻（配偶者）の予想以上の努力が必要

妻は、異国の地で、努力して生活する知識や情報を得なければならない。そのため、来日当初から、相当な努力を重ねてきた。

1例は、ペルーに一時帰国した際に車の免許を取ってきたが、国際免許での運転期間が制限されたため、ある期間が経過すると運転できなくなったこと。

自動車学校に通えば、30万円くらいの費用がかかるため、妻の希望で自動車学校には行かず、二俣川自動車運転試験場での一般試験に臨むことにした。日本でも国際免許で自分の車を運転していた経験もあり、運転も好きだったので簡単だと思っていたが、書類の手間が意外と大変だった。ペルーから書類を取り寄せるために面倒な手続を課せられたが、半年くらいかけてやっとクリアできた。

1回目の試験は、二俣川で学科試験合格後、心の準備もなく、直ぐに実技試験が行われ、300mほど走っただけで不合格。

余談だが、ちょうどそのとき、当社システム建設部の書記の中山さんが、自動車試験場に来ており、自動車学校卒の実技試験免除で学科試験のみの試験を受けて合格し帰っていったとのこと。

妻は、「私は、学校には行かず、自力で合格し、30万円節約する」と言って挑戦した。その後、実技試験のノウハウを勉強し、数回の指導を受けて、2回目の試験に臨んだが、結果は1周したものの不合格。

そして、次の3回目の試験で合格したのは驚きだった。妻と同じような環境の他の外国人や日本人も一般試験に臨んでいたが、ほとんどが10回以上、中には20回近く試験受けている人もいた中、妻の3回での合格は記録的だった。

もちろん、妻のたゆまぬ努力があったためだが、運動神経もよく、頭脳明晰な妻は、私の誇りでもある。

④　親の死に目に会えない可能性

妻の場合、母親、父親、そして長女の姉サリーという家族3人の死に目に会うことができなかった。義母フリアが亡くなったのは、１９９５年６月４日、享年71歳、病名は脳溢血。そのため、倒れた翌々日には亡くなってしまった。

そのときは、娘が小学校1年で、長い休みが取れず、夏休みまで待って帰国した。重苦しい帰国になるため、途中で、気晴らしにメキシコに立ち寄り、カンクーンに２泊３日で旅行した。カンクーンのレストランやホテルでのおもてなしはとてもよく、娘も楽しそうだった。ただ、帰省後は、悲しみに包まれる日々を過ごした。

義父ダリオが亡くなったのは、２０１３年12月13日、享年89歳。後３日で90歳の誕生日を迎えるところだった。義父と最後に話したのは、スカイプを通してだった。前回帰国時とは違い、往年の義父ではなく、衰弱して両脇を支えられた姿は、若いときの屈強な姿とはまるで別人のようだった。

このときは、生前に妻に会わせてあげたいとの思いが強かったが、間に合わなかった。その後、早く帰国をと思ったが、妻の兄弟から無理をするなとのアドバイスもあり、また娘が就職し、仕事が忙しくて休みも取り辛く、帰国を断念した。

長女の姉サリーの他界は、義父から９か月ほど後の２０１４年９月16日。事前に、容体が悪いとの話を聞いていたので、航空券を予約し帰国する予定にしていたが、帰国予定の１週間ほど前に亡くなってしまった。妻には、最愛のご両親に加え、長女の姉のサリーの最後の姿を見せてあげられなかったことを、本当に申し訳ないと思っている。

せめて、生前に妻に合わせてあげられれば、ペルーで末娘を心配していたご両親も安心できたかと思うと本当に辛い。そして、妻に申し訳ない気持ちで一杯である。この埋め合わせは、どこかで必ずしなければならない。

私たちの場合、地球の裏側というハンディがあるが、日本での家族のこと、学校や仕事のこともあり、簡単に帰国することもできなくなっていた。

このように、国際結婚の場合、国が遠ければ遠いほど、また家族の成長と共に親の死に目に会えない可能性が高くなっていくことを、理解しておく必要があると思う。

そして、妻は、もう11年以上も祖国に帰っておらず、気の毒で、寂しい思いをさせてしまっている。

⑤　通信費↓改善されている

第4章のところで、30分4万円の電話代がかかったと書いたが、あれは35年ほど前のことである。時間の経過と共に通信費は安くなり、現在では、スカイプ、ワッツアップ、ライン等様々な通信手段があり、通信コストの低下により、通信費から見た国際結婚のハードルは以前に比べてかなり下がって来ている。

国際電話のコストが下がり始めたのは、電気通信事業法改正以前に、パスポート電話というサービスが出現してからではないだろうか。このパスポート電話の仕組みは、国際電話料金が国によって違うことを利用したもので、取り分けアメリカの国際電話が日本より安かったことを逆手にとった仕組みだった。

方法は、日本からアメリカの国際交換機を呼び出し、ダイヤルトーン（受話器を上げたときに聞こえるツーという音）を送ってもらい、国際電話をかけるというものだった。革命的で、料金も安く、当社でも代理店をして一時期普及に努めたが、5、6年で姿を消したと思う。しかし、国際電話の値崩れの始まりであったことは、間違いないのではないだろうか。

また、私たちの結婚当初は、TV電話など未来の話と思っていたが、FAX機能を使ったTV電話が発売された。2台で10万円ほどだったと記憶しているが、早速購入し、ペルーに帰国時に1台持ち帰り設置した。動画ではなく静止画で、画像伝送中は通話ができなかったが、画面に映る家族の姿は、とても新鮮だった。しかしながら、十分に使うことなく、ペルーで盗まれてしまった。

このように、以前は通信コストが国際結婚の足かせになっていた部分もあるが、現代ではインターネットの普及で、電話料金としてはコストを感じないようになって来ている。

⑥ 帰国費用

航空券は、高額である。私が最初に海外出張したときのコロンビア往復は、エコノミークラスで前述のとおり60数万円だった。妻の故郷のペルーは、それよりも遠い。

初めての帰国時は、友人の旅行会社でできるだけ安く手配してもらったが、それでも2人＋娘（1・

5歳）で60万円くらいはかかったと思う。

また、日本への帰国時に両親を連れてくるときには、それ以上の費用がかかったが、国際結婚でのこの帰国費用は、距離にもよるが負担は大きい。最近は日本でもＬＣＣ（ローコストキャリア）が一般的になってきて、国内海外問わず、航空券代が安くなってきているのは、とても喜ばしいことである。

さらに、マイレージ制度も国際結婚した人たちにとってとても有効で、私たちも、４回目くらいの帰省時には、マイレージを貯めてアップグレードしてもらい、ビジネスクラスで帰ることができた。

現在でも、ペルーまでの航空券は高いが、以前に比べれば、相当安くなってきており、ＬＣＣなどの活用で、国際結婚へのもう１つのハードルも低くなって来ているのではないだろうか。

⑦　生活習慣の違い

生まれも、育ちも違う異国人同士が、同じ屋根の下で暮らすわけだから、習慣の違いや考え方で相容れないところは、私たちの場合がそうであったように、多々あるだろう。

妻の場合は、南米出身、つまりラテンの人で、本来、性格はとても明るく陽気な人であるが、来日当初は、寂しさのあまりホームシックにかかってしまったことがあった。

そのときは、同郷のエンペラツリスさんのお宅にいて、私の帰りを待っていた時期もあったが、時間と共に日本の生活に馴染んでいった。

私も、ラテンの音楽は好きで、出張時に買い集めたレコードは200枚くらいにはなっている。妻は、というよりラテン系の人は、音楽はとても好きで、それに合わせて踊ることもとても上手である。そんな習慣のない日本では、鬱憤晴らしに自宅で音楽を聴いて踊っていたが、最近はインターネットラジオで、ペルーのみならず世界中の音楽が聴けるので、音楽や故郷のニュースに関しても、情報収集については問題はなさそうである。

⑧ 各種書類の整理、整頓

日本人でも、保険、株、不動産、借入金、資産運用、財産、確定申告、相続等々の手続は、難しい問題の1つである。

国際結婚の場合、配偶者に語学力があっても、これ等の処理は、かなり難しくなるため、日本人がしっかりと管理する必要がある。

私たち夫婦の場合でも、これ等の管理は私が行っているが、妻からは、いつどうなるかわからないので、妻にでもわかるようにするよう依頼されている。

そのため、10冊ほどに分けてファイル管理しているが、難解であることに変わりはない。したがって、ファイル管理している資料をお互い確認しながら、配偶者の言語でメモ書き等をして、連絡先等を確認しておくのが得策だろう。とはいっても、煩雑な書類管理は、国際結婚の夫婦には大変である。

私たちにとっても、様々なファイルの再確認は、これからの課題でもあり、終活にもかかわる問題でもある。

⑨　パートナーの死後の問題

妻の友人に徳永さんという84歳のご婦人がいる。この方は、われわれより遥か昔に国際結婚をして、45年間インドネシアで暮らし、10数年前に帰国された、国際結婚の大先輩でもある。

徳永さんは、大学生のとき、インドネシアから日本に国費留学していたご主人と知り合い、大学卒業後しばらくして、ご両親の了解を得た後、ご主人の国インドネシアに渡られたそうである。インドネシアでは、外部からは使用人に囲まれて、何不自由ない暮らしに見えたかもしれないが、話を聞くと多くの苦労もあったとのことだった。

インドネシアといえば、スカルノ大統領夫人のデビ夫人が有名だが、徳永さんよりも後にインドネシアに来られた人で、もちろんデビ夫人とも面識もあるとのことだった。

徳永さんの御主人は、結婚後出世されて、インドネシア国立銀行の総裁まで勤められた方で、王族の家系の方でもあった。徳永さんも、妻同様、言葉の面や様々な習慣で苦労しながら、現地での営みを続けてこられたが、ご主人を病気で亡くして、試行錯誤した後に、日本に帰る決断をしたとのことだった。

徳永さんの場合、現地に残っても問題はなかったが、お子様がいらっしゃらなかったので、母国への帰国を決断したとのことだった。

この徳永さんの生き方は、われわれ国際結婚している夫婦にとってとても参考になるので、お会いする度に、様々なお話を伺っている。

妻の場合、どのような決断を下すかは今のところわからないが、今後は様々な状況を考えて、徳永さんの例も参考にしながら、じっくりと準備することが肝要かもしれない。

⑩ お墓の問題

お墓の問題は、われわれにとっても大きな問題だが、私的には、妻の意向もあるが、分骨し、ペルーと日本に墓地を設けたいと思っている。前述の徳永さんの場合、ご主人のインドネシアの故郷、銀行関連でジャカルタ、そして日本の3か所に分骨したとのことだった。

私と国際結婚し、長い歳月を私と共に日本で暮らしてくれている妻にとって、故郷ペルーウアンカヨの両親、兄弟姉妹、親戚、そして、瞼に浮かぶ街並みへの思いは、常にあると思う。

遠く離れた日本で暮らしながら、言葉に出さないが、妻の望郷の思いに、私なりに思いを馳せると、目に涙が溢れ出てくる。そんな最愛の妻に、そう遠くもない時期に、必ず訪れる別れのときに向けて、そしてお墓をいかにするかは、考えておかねばならないことの1つかもしれない。

そして、私が入るお墓には、妻との国際結婚が人生最良の選択であった旨の石碑と、本書「国際結婚のすすめ」を、共に埋葬していただきたいと思っている。

3　妻と私の両親

私と妻の両親は、すでに他界している。没年は、次のとおりである。

・義母：1995年6月4日　享年71歳　フリア・オスピナル・カリージョ
・母　：1997年9月23日　享年69歳　堀口ミツエ
・義父：2013年12月15日　享年90歳　ルフォ・ダリオ・サンタナ・カルディナス
・父　：2017年2月9日　享年92歳　堀口義人

それぞれの没年を見ると、互いの母親が意外と短命で、父親は2人とも長生きであったことがわかる。そして、互いの両親の年齢を足すと、不思議なことに同じ161歳となる。偶然ではあるが、私たち夫婦の誕生日も同じ等、何か共通点があると意外性を感じることができる。

私の両親

私の母は、祖父：武田季彦、祖母：竹田キクエの、竹田家4男4女の8人兄弟の長女で、比較的裕福な豪農の家庭に生まれた。それは、子供の頃の写真の出で立ちからも推測できる。

竹田家の先祖は、八代市の古文書に頻繁に出てくるが、八代城主の松井家に仕える家臣であった

【図表68　私の両親】

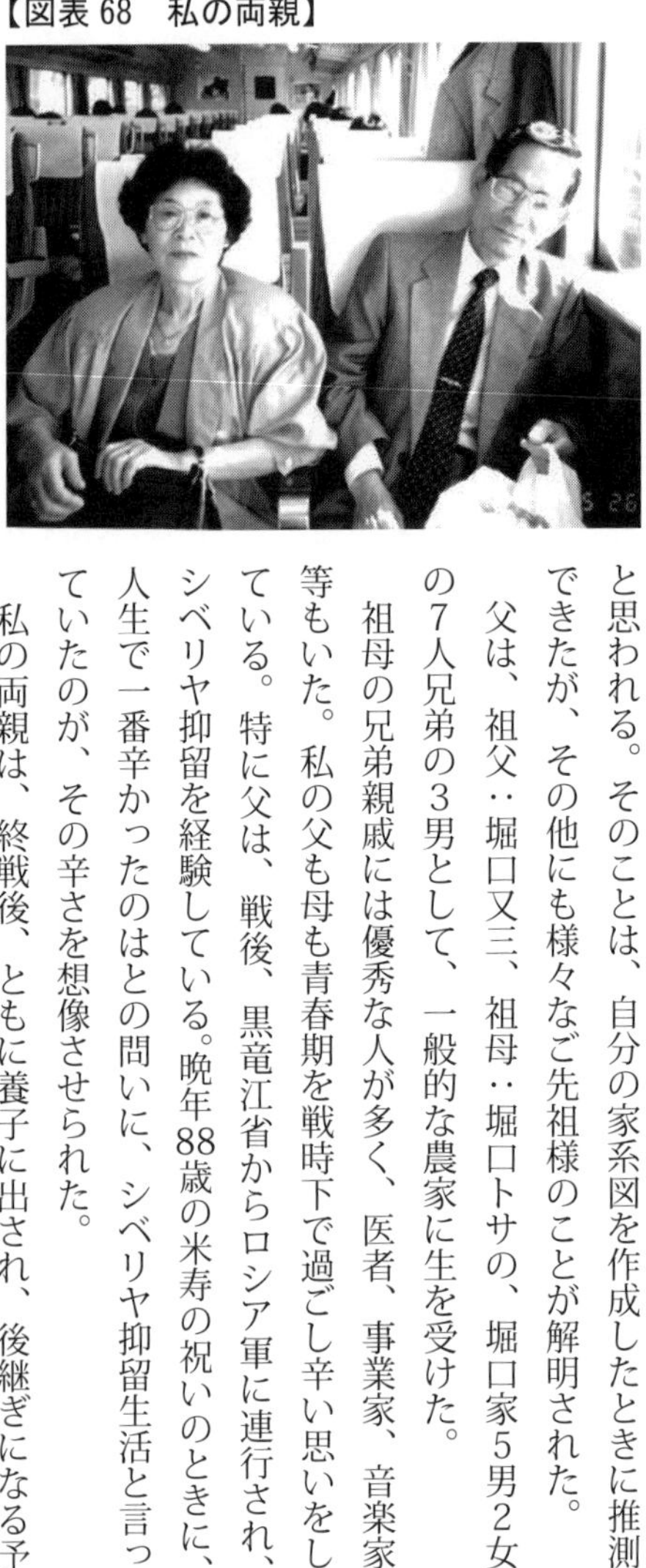

と思われる。そのことは、自分の家系図を作成したときに推測できたが、その他にも様々なご先祖様のことが解明された。

父は、祖父：堀口又三、祖母：堀口トサの、堀口家5男2女の7人兄弟の3男として、一般的な農家に生を受けた。

祖母の兄弟親戚には優秀な人が多く、医者、事業家、音楽家等もいた。私の父も母も青春期を戦時下で過ごし辛い思いをしている。特に父は、戦後、黒竜江省からロシア軍に連行され、シベリヤ抑留を経験している。晩年88歳の米寿の祝いのときに、人生で一番辛かったのはとの問いに、シベリヤ抑留生活と言っていたのが、その辛さを想像させられた。

私の両親は、終戦後、ともに養子に出され、後継ぎになる予定だったが、父の兄の戦死、次男は独立して家を出てしまったので、3男の父が養子縁組を解消し、実家を継ぐために母親と共に実家に帰ってきたと聞いている。

そして、両親の養子先だった吉田家からは、アルゼンチンのブエノスアイレスに移住している家族がいることも家系図作成中に判明した。

また、祖母の親戚には、歌手のヒデとロザンナや小柳ルミコ等の編曲で有名な音楽家の森岡賢一郎がおり、父の弟の同級生で、従兄弟に当たると聞いている。

妻の両親

義母は、祖父：サロモン・オスピナル・コルドバ、祖母：トリビア・カリージョ・ラサルテの、オスピナル家の3男3女の長女で、ペルーのフニン県のコルカの生まれである。

前々回、ペルーに里帰りしたときに、義母の生まれ故郷を尋ねる機会があり、義母の親戚の方にもお会いできた。そのときにお会いした方と、私たちの娘には、血の繋がりがあり、同じDNAを共有していると思うと、国際結婚によるご先祖様と血脈の広がりを感じた。

【図表69　妻の両親】

義母の家庭は裕福だったとのことで、祖父の目の色は青で、曾祖父がスペインのマラガ出身とのことだった。また、義母の兄弟の子供、つまり妻の従兄弟や甥、姪には医者が多くいる。

義父は、祖父：セバスチャン・サンタナ、祖母：レオニナ・カルデナス・ガルバンの、サンタナ家の2人兄弟の長男で、ペルーフニン県のウアンカヨ市の生まれである。

結婚前、妻が、「親戚に日系人がいる」と言っていたが、義父の弟の娘さんが沖縄出身の日系人・仲村渠（なかんだかり）氏と結婚していたのだった。

妻の故郷のフニン県ウアンカヨには、私たちが現地で仕事をしているとき、ホテルキヤのオーナから80家族ほど日系人がいると聞いていたが、勤勉で、成功している人も多いという。

また、巻末の私の家系図からも、戸籍を調べてより様々なことが判明した。同様に妻の家系もご先祖様が、スペイン南部マラガ出身ということがわかっているので、調べてみたいと思っている。

ところで、スペイン南部のアンダルシア地方の都セビリア近くのコリア・デル・リオという町とその近郊にハポン（日本）という姓の人が沢山いることをご存知だろうか。

４００年ほど前に、仙台の伊達正宗がスペインとローマに遣わせた支倉常長を長とする慶長遺欧使節団がいたが、ハポンという姓の人は、業務を遂行し日本への帰路、スペインに残った11人の武士（日本人）の末裔とされている。

妻のご先祖様の出身地マラガは、このセビリアから１５０㎞ほど離れている。決して遠い距離ではない。また、セビリアを流れるグアダルキビル川の12㎞川下に、コリアの町は位置している。

そして、大航海時代に新大陸のメキシコやペルーからの富を満載し、まず寄港したしたのがコリアの町とのことであった。

これらを考察すると、妻のご先祖の様々な可能性も出てくる。支倉常長使節団の末裔との関係や、コリアの町からペルーへの移民船としての可能性など興味深い。

今度、妻の実家に帰ったら、どこまで調べられるかわからないが、妻の家系図をつくるべく、資料を集めてみたいと思っている。

第11章　人生は分岐点の連続

1　事業拡大と妻の支援

起業からの紆余曲折

１９８３年2月2日の起業から、様々な苦労はあったが、妻の協力なくしては、実現しなかった事業も多い。もちろん、事業では、優秀な社員が、共に協力して盛り上げてくれたことが、最大の要因であることは間違いない。

３名の出資と１名の監査役の４名、発起人として協力してくれた３名の、計７名の協力の下、起業することができた。そこから、企業として信用のない時代を必死に仕事をして積み上げてきた。各自、並々ならぬ苦労があった。

そして、アパートの事務所からオフィスビルに移転したのが、１９８５年7月で、やっと会社らしい体裁を整えられたのだった。

そんな時代に、妻との国際結婚を果たしたのが、１９８６年12月で、起業して3年半が経過した頃だった。その頃の社員数は、12、13名くらいだったと記憶している。

余談であるが、弱小企業での求人は、社会的信用もなくとても難しかったが、新入社員第1号は、アパートの事務所にもかかわらず、１９８４年4月、上野君だった。彼が現在でも在籍していてく

【図表70　I（愛）グループ4社の会社案内】

れれば、間違いなく役員に登用していただろう。

妻が来日してから、山下さんや広保さんから、日本に慣れる意味でも事務所に来て手伝ってくれればとの暖かい提案もあり、3代目事務員の小島さんと共に事務所を守ってくれた。また、資金繰りで妻の持参金を活用させてもらったのも、この時期だったと思う。

その後、山下さんの退職、広保さんのマダガスカル移住があり、役員不足を補うために妻に国際通信企画（株）の取締役に就任してもらったのは、1999年9月だが、それまでの期間も、献身的に事業を支えてくれていた。

また、2社目の（株）インテリジェントシステムズでは、設立時の1989年4月に取締役に就任してもらっている。

妻の、国際通信企画（株）の取締役就任時は、グループとしての規模が、社員数80名ほど、売上が10億くらいになっていた。

その後、2000年8月、3社目の（株）SHインターナショナルトレーディング設立、2012年10月、4社目の（株）シルバーエッグス設立に当たっては、それぞれの取締役に就任してもらっている。

設立30周年、その後も最高の売上

社員のみんなの努力と妻の支えがあって、２０１３年、国際通信企画（株）は、設立30周年を迎えることができた。統計的には、企業は設立後30年で５０００分の１に減少するといわれているが、30年もよく続いたと思う。

規模的には、32年目の２０１５年6月の決算で、単体で売上17億３，０００万円、Iグループでは22億５，０００万円、社員数２２０名まで発展させることができた。その後、転職ブームの影響などで、若干の規模縮小を余儀なくされたが、今後も１００年企業を目指していくことに変わりはない。

妻には、現在もIグループ4社の取締役であると共に、（株）インテリジェントシステムズでは、建設業の許可の関係で、代表取締役も兼務してもらっている。

そして、妻より社歴の長い社員や役員は私以外に誰もいないほど、以前からわれわれの事業のために尽力してもらっている。

2　人生の分岐点は２のｎ乗

家系図からわかること

「末は博士か大臣か」という言葉を聞いたことがおありだろうか。昔といっても、昭和中期の私

たちが子供の頃、子供たちの可能性を表した言葉だと思う。ただ、大臣ポストも博士の数もそう多くはないから、すべての人がそうなるわけではない。したがって、努力し、勉強し、運がよければ、なれるかもしれないポストであり、当時の最も望ましい仕事の代名詞であったのだろう。そして、これらのポストにつければ、生涯安泰とも思われていたのかもしれない。

ところで、われわれは、4社目の（株）シルバーエッグスというIグループ企業で、家系図および関連資料の制作を一般から受注している。

ここで作成している家系図は、依頼人を含め7〜10世代くらい遡って確認することができている。つまり、ほとんどの場合、江戸時代後期の1800年代までは、遡ることができているのである。また、1700年代に遡れることもしばしばある。参考までに、巻末の私の家系図を参照いただければイメージが掴めるかもしれない。

その家系図を見ていくと、子供には必ず親がいて、自分の親が2人、両親の親が4人、祖父の親が8人、曾祖父の親が16人、そして5世代前の高祖父の親が32人となる。つまり、2のn乗で、26世代前のご先祖様の数は6710万人、27世代前では1億3421万人という膨大な人数になる。しかし、現在の自分を構成するご先祖様の1人でも欠ける（つまり、27世代前の1億3421万人のうちの1人でも欠ける）と、現在の自分は存在しないことになってしまう。

1世代を25年と想定すると、27世代前は、25年×27世代＝675年前で、西暦2020年―675年＝西暦1345年で、時代は室町時代、元号は貞和元年で、人類の歴史に比べるとそんなに古い話ではない。その時代には、1億の人口もいないが、ご先祖の数は、計算上1億3421万人となってしまう。

ここまでは、ご先祖様の数を求める計算式が2のn乗であることは間違いない。ということは、ご先祖様の数から想定すると、兄弟姉妹はもちろんのこと、友人知人のご先祖様とは、どこかのご先祖様で重複、繋がっていることも十分想定されるのである。

人生の振返り

では、私たちの人生ではどうだろうか。再三にわたって人生の分岐点について述べて来たが、私たちの人生も2者択一の連続である。

物心つくまでは、自分自身の人生に対する選択の意思はなく、親の選択に任されている。当然のことである。しかしながら、少なくとも進学では、高校、専門学校、短大、高専、大学、大学院等、自分の学力に応じた選択を始めるであろう。就職についても、自分のやりたいことや、趣味嗜好に合っているか、能力的に可能か、給与や福利厚生、将来性、勤務地等々の条件から自分で選び、選択し、そして逆に選択されて、人生の方向性が、少しずつ決まって来たのではないだろうか。もっとも、ここら辺までは、自主性があったとしても、親に扶養されている状況で、それほど多くの選択肢はなかったのではないかと思う。

ところが、自分が生活面で独立すると、親に相談する機会も少なくなっていき、自分自身が人生の分岐点で数々の決定をしていかねばならなくなる。ここからが、自分の人生を大きく変えていく分岐点と出会う機会が増えていく。

選択を誤れば、人生はとんでもない方向に行ってしまう。逆に、よい選択を続けていくと、バラ色の人生が待っていることになるだろう。

先に、家系図のところで、ご先祖様の数は、2のｎ乗と伝えたが、これは変えられないない過去の話である。しかし、われわれのこれからの人生は、分岐点での二者択一で、大きく変わっていくことが想定できる。

これからの人生も2のｎ乗で、若い人なら、これからの人生、20〜30回ぐらいは人生の分岐点を迎え、二者択一の決断を迫られる場面に出くわすのではないだろうか。

巷では、人生１００年時代といわれる昨今である。さらに分岐点は増える方向にある。例えば、25回の分岐点での選択肢は、２のｎ乗で、指数を25とした場合、３３５５万通りとなる。

そして、ここですべてよい選択をしたと仮定するなら、３３５５万分の1の最良の人生は、ビルゲイツのような人生が待っているかもしれない。もっとも、ビルゲイツのような生き方を望まない人もいるので、これが最高の選択ともいえない場合もあることを忘れてはいけない。

ただし、これらの選択肢の権限はすべての人に均等に与えられており、自分の人生、誰にでも大きな可能性が秘められていることが想定できるのではないだろうか。

この1人ひとりに均等に与えられたチャンスを生かすも殺すも、二者択一に決定を下すのは自分自身で、自分の将来にある人生のダイナミックさに早く気づいていただきたいと思う。

しかし、すべて最悪の選択をしたならば、３３５５万分の１の最悪の人生で、野たれ死にすることになるかもしれないのである。

だからこそ、人生の分岐点での選択はとても重要で、選択を誤ってはいけないが、すべてでよい決断を下すのはとても難しいことである。しかし、決して不可能ではないのではないだろうか。

自分が下してきた決断

では、いかにすれば最良の選択をしていくことができるのか、そして人生の選択肢にはどんなことが待ち受けていたのかを、私の場合を参考に検証してみたいと思う。

時系列はとても大事なので、時系列でよかった点を＋（プラス）表示、悪かったと思う点を－（マイナス）という二者択一の表示で表し、トータルしてみるとわかりやすいかもしれない。

時代を大学生の頃に遡り、検証してみよう。

①　１９７３年（19歳）綜合警備でのアルバイトの選択　＋
②　１９７３年（19歳）株式投資を始めるという選択　＋
③　１９７４年（20歳）綜合警備創業者　村井順著「ありがとうの心」との出会い　＋
④　１９７６年（22歳）ウシオ電機、ＮＴＴへの就職失敗（失敗だが結果は）　＋
⑤　１９７７年（23歳）マーフィーの黄金律との出会い　＋

⑥　１９７８年（24歳）転職という選択→衛星通信の仕事につく　＋
⑦　１９７８年（24歳）初めての海外出張（他力本願的選択）　＋
⑧　１９７９年（25歳）故郷へ帰らないという選択　＋
⑨　１９８０年（26歳）30歳まで結婚しないという選択　＋
⑩　１９８２年（28歳）転職しないという選択（先輩のアドバイスによる）　＋
⑪　１９８３年（29歳）起業という選択　＋
⑫　１９８５年（31歳）海の見える家（マンション）を購入するという選択　＋
⑬　１９８６年（33歳）国際結婚という選択　**＋**
⑭　１９８７年（34歳）ワンルームマンションを複数個買わないという選択　−
⑮　１９８８年（34歳）娘の誕生　**＋**
⑯　１９８９年（35歳）１回目の入院手術（自己健康管理）　−
⑰　１９９１年（37歳）２回目の入院手術（自己選択外）　−
⑱　１９９２年（39歳）２人目の子供に対する体調不良から来る思いの低下　−
⑲　１９９３年（39歳）全国工事ネットワーク構築への着手という選択　＋
⑳　１９９７年（43歳）中古車を輸出しないという選択　−
㉑　１９９８年（44歳）妻の子宮外妊娠で、大口病院から転院という選択　＋
㉒　２００５年（52歳）野村証券で信用取引口座をつくるという選択　−

㉓　２００６年（53歳）妻の乳がん診断で安易に手術をしないという選択　＋
㉔　２００７年（54歳）事業&自宅用に駅前予定地ビルを買わないという選択　－
㉕　２００９年（56歳）ハワイで土地（都合4か所）を買うという選択　－
㉖　２０１０年（56歳）自社ビル用地を買わないという選択　－
㉗　２０１２年（58歳）自社ビルを買わないという選択　－
㉘　２０１３年（59歳）30年史の発行という選択　＋
㉙　２０１８年（65歳）ＩＣＰ代表取締役社長退任という選択　＋
㉚　２０１９年（66歳）「国際結婚のすすめ」発刊という選択　＋

ここまでで、学生時代から現在まで、思いつく主な選択肢は30項目。２のｎ乗で表すと、指数ｎは30となり、10億７３７４万１８００通りの人生があったことになる。その中の10億７３７４万１８００分の1が現在の私の生き様ということになるわけである。

そして、今後の人生においても、様々な選択肢を迫られてくることになる。ちなみに列挙した20の＋の選択肢の中で、最もよかった選択は、太文字のプラス＋で表した5つかもしれない。

30の選択肢その中に10個のマイナスがあるが、これをプラスに変えていれば、私にとっては最高の人生になっていたかもしれない。

そして、現在よりもさらによくなる選択肢は、指数が10となり、２の10乗で１０２４通りで、１つでもマイナスを少なくしていけば、桁違いにチャンスは増えて、よりよい結果（人生）になっていたかもしれない。

　私の場合、この45年ほどの年月で、自分の下してきた決断の中で、マイナスと表示している部分には、不動産購入が主で、決断を躊躇した失敗が多いことがわかる。

失敗の判断の特徴

　確かに２００７年当時は、不動産価格が低迷しており、新設駅予定地前のビルを信用金庫から紹介された。融資をしてくれるとのことで、価格的にも買えない状況ではなかった。しかし、まだ地下鉄が開通の２年ほど前で、交通の便が悪かった。少し辛抱する余裕があれば、人生も変わっていただろう。同様に、田園都市線江田駅前のビルも売り物件としてあったが、躊躇してしまった。

　２０１２年頃には、本社用ビルの紹介もあった。新横浜３丁目の８階建てのビルで、外観もよく価格は８億円ほどでもちろん銀行の融資も可能であった。しかし、年齢と、１人で背負う借金としては大きいので、安全策を取ってしまったのだった。

　今思うと、いずれの場合も何とかなっていたと思うが、人生のあらゆる場面で、よい選択をすることがいかに難しいかもわかった。

　ただ、人生の今の時点で、１度人生を振り返って見て、自分自身が決断して来た二者択一を検証してみることは、決して悪いことではなく、今後の人生に参考となり、有意義に働くのではないだろうか。

私の場合、あのときもっと大胆な決断をしていればと今になって思うが、後の祭りである。

誰にもある成功への可能性

また、この一覧を見ると、若いときにはプラスの判断が多かったかもしれない。これは、自分1人なら何とかなるとの思いがあったから、大胆な行動が取れたのだろう。

逆に、結婚後は、多少守りの姿勢に入って行った様子が覗える。やはり、体調不良や家族という守るものができると、大胆な行動には移れないのかもしれない。したがって、そこを跳ね除けていれば、人生はさらに大きく変わっていたかもしれない。

この一覧から、私自身反省すべきところも多々あるが、最もチャンスがあるのは、若いときに大きな目標と期限を定め、チャレンジすることではないだろうか。

結婚している人の場合は、配偶者と目標を共有できるなら、2倍速で目標達成ができる可能性もあるのではないだろうか。ただ、目標がなければ、達成も喜びもないので注意が必要である。

しかし、人生の選択肢はこれだけではなく、その他にも細かな選択肢を考えると、各個人には無限大の選択肢と、加えて大きな可能性を秘めていることが覗える。

ここまで読んでいただいた読者の方々にも、自分の人生を振り返り、自分にはどれくらいの人生の選択肢があったのか、そして自分はどのような決断を下し、その選択が正しかったのかを検証しておくことは、自分の近い将来、新たな選択肢が目前に迫ったときに、冷静に判断する際の参考になるのではないだろうか。

　では、いかにすれば最良の選択ができるのであろうか。そのためには、まずは明確で具体的な目標を設定する必要がある。自分が目指す明確な目標がなければ、自分がいつ、どこで、何を、いかにすべきかがはっきりしなくなる。闇雲な選択を繰り返しても、どこに辿り着くかは不明で、結果の良否もわからなくなってしまうだろう。

　したがって、今自分が求める明確な目標を設定し、それに向かって行くための選択を熟考し、決定を下していけば、少なくとも悪い方向には進んでいかないだろう。

聖書の助言

その選択の仕方のヒントは、聖書の中に隠されている。例えば、聖書にはこんな記述がある。

それは、目標を設定したならば、
●マタイ書の7章7節「求め続けなさい。そうすれば与えられます。探し続けなさい。そうすれば見出せます。たたき続けなさい。そうすれば開かれます」。
つまり、諦めずに、目標に向かって進み、努力することが大事で、途中で努力を止めたなら、諦めたなら、結果はついて来ないということでしょう。

また、人生の分岐点で、どちらか二者択一を迫られたときには、
●マタイ書の7章13節、14節「狭い門を通って入りなさい。滅びに至る道は広くて大きく、それを

通って入って行く人は多いからです」。「一方、命に至る門は狭く、その道は狭められており、それを見出す人は少ないのです」。

つまり、人生の分岐点で、二者択一を迫られたなら、やさしい道を選ばず、難しい道を選んで進めということでしょう。人（大衆）と同じことをしていても、駄目ということです。

二者択一で、楽なほうばかりを選んでいくと、努力もしなくなり、最悪の結果を招く、滅びに至る道ということになるとの戒めかも知れません。

3　妻への乳がん宣告

乳がん宣告

私たちは、会社で毎年健康診断を行っている。それは、2004年9月27日、労災病院の健康診断での出来事だった。妻が、乳がんの触診で、しこりがあるとのことで、精密検査をすすめられた。そのため2004年11月1日に、家の近くの開院して間もない昭和大学横浜北部病院に行き、マンモグラフ、細胞診等の検査してもらうと、乳がんとの診断だった。

N医師によると、ツウィンズとか言ってしこりは2つあり、場所からいってもがんに間違いないとのことだった。非情なまでの乳がん宣告だったが、診療科も違うこの医者で大丈夫だろうかとの疑問も感じていた。

加えて治療法は、まず何とか検査で7万円、手術は、左乳房摘出、センチネルリンパ節摘出、そして抗がん剤治療と放射線治療を行うとのことだった。

私は、2003年6月に、52歳の姉を乳がんで亡くしていたので、その経過を見て、乳がんの恐ろしさは妻も私も知っていた。そのため、早い治療が必要との思いもあったが、医者への不信感から、セカンドオピニオンも必要だと思つた。

妻の友人の中には、同じ病院で乳がんの手術をした人もいて、早期に対処したほうがよいとの意見も多かった。

セカンドオピニオン

セカンドオピニオンに選んだのは、昭和大学藤が丘病院。ここには乳腺外科があり、より精密な検査ができるとの思いからだった。

2004年11月4日に乳腺外科のM医師のもとに行くと、期待は見事に裏切られた。乳腺外科のM医師曰く、「N先生が言うのなら乳がんでしょう」とのことで、ろくに検査もされなかった。

また、「妻はエホバの証人で輸血ができない」と伝えると、同病院では無輸血手術は行っていないとのことで、この病院は駄目だと判断し、早々にサードオピニオンの病院を探した。

40歳になったばかりの妻にとって、私の姉の乳がんが原因での死を目の当たりにして、未だ1年足らず、加えて異国でのこの状況にさぞかし不安に苛まれていたことだろう。

それもあって、患者の気持ちに寄り添わない医療機関は信頼できないとの思いから、11月9日に北部病院に予約してあった検査もキャンセルしたのだった。

サードオピニオンで辿り着いた名医

その後、ネットや書籍を通して探し当てたのが、代々木にあるJR東京総合病院乳腺外科の川端英孝先生だった。

2004年11月22日、先生に連絡を取って事情を説明すると、診療時間外でも来てよいと言われ、15時頃、誰も待合室にいない診療室に妻を帯同して伺った。

先生は、直ぐに、乳がんと言われた部位に針を刺し、生検のための組織を取られた。しかし、針を刺したときに、「癌の主張がない」とも言われた。

それは、何千回となく行っている検査の経験から来る確信だったのかも知れない。ただ、そのときは、「昭和大学病院が言うのが正しいかも知れないので、生体検査に回します。10日後に来てください」と言われ、17時30分頃に診察は終了した。

その日から10日間は、期待と不安の交錯する日々を過ごした。10日後の12月1日、再び川端先生の診察室を訪れ、検査の結果を祈るような気持ちで聞いた。すると、「がんではない」との見解を示された。そこで、「では、このしこりは何なのですか」とお聞きすると、乳腺線種とのことだった。「では、今後どうすればよいのですか」との質問を重ねたのに対し、先生は「放っておきなさい」との指示だった。

妻も私も、安堵の思いから涙して喜んだ。先生からは、「検査する機会もないだろう、折角だからMRI検査をして行きなさい」と言われ、MRIで胸のしこりの検査を受けたが、料金もとても安かったと記憶している。

ところで、この2004年12月1日は、たまたま私たちの結婚18年が満了する日でもあった。そして、12月2日の結婚記念日は、私たちにとって、この検査結果が最大の結婚記念のプレゼントとなった日でもあった。

お金のことばかり告げていた昭和大学病院とは、料金も違うが、医療技術の格差も著しく違うと感じた。昭和大学病院の指示に従っていれば、妻は、乳房摘出やセンチネルリンパ節摘出手術、そして、抗がん剤や放射線治療を受けて、大変つらい思いをすることになっていただろう。何よりも、がんではないのに手術をされ、再発しなくてよかったでしょうと言われて、N医師に感謝すらしていたかも知れない。

今思うとぞっとするが、がんの診断を受けたときから、妻の私は乳がんではない、手術はしないとの強い意志表示も、数々の選択肢の中から最良の結果に向けて、後押ししたのだった。

このことにより、セカンドオピニオン、サードオピニオンは大事で、名医と言われる先生は、人間的にも立派な人が多いと思った。川端先生は、診察時に「最近は、海外の論文も読まない先生も増えている」ともお話されていた。

とにかく妻は、川端先生のお蔭で、乳房摘出やセンチネルリンパ節摘出、そして、抗がん剤や放射線治療も受けることなく、現在まで元気に暮らしている。この選択肢は、私たち夫婦の人生で最大級の正しい選択肢の1つでもあった。

現在、川端先生は、日本で最高レベルの虎の門病院で、乳腺・内分泌外科部長として活躍されている。

4 有益な書「聖書」

聖書

私が聖書について述べるなどとは、大変おこがましいことである。しかし、聖書の中には、大変有益な話、人生の道標となる記述も多いので、参考にしていただければと思い、拙い知識の中から紹介することにする。

聖書というと、どんなイメージを抱かれるだろうか。ビジネスホテルのナイトテーブルの引出しの中に入っている本、キリスト教の教本等々、人それぞれのイメージがあると思う。

聖書は、大きく分けてヘブライ・アラム語聖書（旧約聖書）とクリスチャン・ギリシャ語聖書（新約聖書）に大別されているが、他の呼び名もあるのであくまで参考としていただきたい。

ヘブライ語聖書は、創世記からマラキ書までの39編、ギリシャ語聖書は、マタイ書から啓示の書までの40編から66編までの全66編で構成されている。

書かれた年代は、ヘブライ語聖書は、創世記の西暦紀元前１５１３年頃からマラキ書の紀元前４４３年頃とされている。ギリシャ語聖書は、マタイ書の西暦41年頃から啓示の書の西暦96年頃までとされている。いずれにしても、西暦紀元前１５１３年頃から西暦96年の間に書かれており、約１６００年もの年月をかけて書かれた、内容にも一貫性のある書物である。

では、誰がどこで書いたかというと、ヘブライ語聖書はモーゼが荒野で書いたとされる、創世記、出エジプト記、レビ記から始まり、伝道の書は、ソロモンによってエルサレムで書かれ、最後のハガイ書、ゼカリヤ書、マラキ書は、それぞれの書の名前の著者によって再建されたエルサレムで書かれたとされている。

ギリシャ語聖書は、マタイ書、次にマルコ書と始まるが、それぞれの書の名前の著者によって、マタイ書はパレスチナ、マルコ書はローマで書かれたとされている。最後の啓示の書は、使徒ヨハネによりパトモスで書かれている。筆者の総数は45名ほどであろう。

そして、創世記から始まる聖書の出出しは、創世記１章１節の、誰もが知っている「初めに神は天と地を創造された」で始まっている。

最後は、啓示22章21節の、主イエス・キリストの「過

【図表71　聖書】

分のご親切が聖なる者たちと共にありますように」で終わっている。

聖書の概要はこれくらいにして、われわれが様々なところで触れる聖書の一面を紹介しておきたい。

東海大学建学の精神

私は、東海大学出身であるが、大学には建学の精神というものがある。東海大学出身であれば、必ず聞いたことのある大学創立者・故松前重義総長の次の言葉・書もある。

・若き日に　汝の思想を培え
・若き日に　汝の体躯を養え
・若き日に　汝の知能を磨け
・若き日に　汝の希望を星に繋げ

とても素晴らしい、建学の精神である。

松前重義総長は、内村鑑三という無教会主義を唱えたキリスト教思想家に多大な影響を受け、内村鑑三が主宰する聖書研究会や講演会に通い、思想を培っていったのだろう。

内村鑑三は、「少年よ大志を抱け」で有名なクラーク博士の札幌農学校に学び、洗礼を受け、従来の教会を中心とした信仰のあり方に対し、聖書を中心とした無教会主義を唱えた人だった。

では、東海大学の建学の精神のどこが聖書と関係あるかというと、聖書の伝道の書・11章9節、10節には、『若者よ、あなたの若い時を歓べ。若い成年の日にあなたの心があなたに良い事をするように。そして、あなたの心の道に、あなたの目の見る物事のうちに歩め。……若さも人の盛りもむなしいものだからである』。

伝道の書・12章1節には、『それで、あなたの若い成年の日にあなたの偉大な創造者を覚えよ。災いの日がやって来る前に、「自分にはそれに何の喜びも無い」と言う年が到来する前に』。

この伝道の書を見ると、聖書の中で若者に向けたメッセージの1つであることから、聖書研究をしていた創立者の松前重義先生は、東海大学の建学の精神の一部の参考にされたのかもしれない。

その他にも、校名に「＊＊学院大学」等の名前がついている大学は、キリスト教系で、聖書学習科目が必須となっていることが多い。

また、当社は、Iグループと称し現在4社で構成されているが、各社の英文社名のスペルには必ずI（愛）が含まれるように考えている。今後、分社していく際にも、社名にI（愛）のスペルがあることは必修条件でもある。

この愛の語源は、聖書のコリント第1の13章4節から8節に書かれている〝愛についての説明〟に起因している。われわれIグループは、愛ある企業として発展を目指していきたいと思っている。

黄金律も聖書から

私の人生に影響を与えた「マーフィーの黄金律」という本は、前述のとおりだが、この黄金律は聖書の中に出てくる。

黄金律の意味は、「自分にして欲しいと思うことはみな、同じようにひとにもしなければなりません」ということで、マタイ7章12節やルカ6章31節に出てくる。

この黄金律を扱った書籍は多く、自己啓発本の中には特に多い気がする。そして、これらの書籍の著者は、間違いなく聖書の記述を参考にしていると思われる。

20番目の書、ソロモンによって書かれた箴言（新：格言）には、経験のない者たちに明るさを、若者に知恵と思考力を与えるために書かれた書でもある。

例えば、箴言13章20節では、「賢い者たちと共に歩んでいる者は賢くなり、愚鈍なものたちと交渉を持つ者は苦しい目に遭う」、また、箴言17章22節には、「喜びに満ちた心は治療薬として良く効き、打ちひしがれた霊は骨を枯らす」と書かれている。

19番目の詩編には、人間の寿命についても書かれている。現代でこそ人生１００年時代といわれているが、詩編の書かれたのは今から２５００年ほど前の西暦紀元前４６０年のことである。しかし、健康な人間の寿命としては、現代と紀元前もあまり変わりなかったかもしれない。

詩編90編10節では、「わたしたちの年の日数そのものは、70年です。そして、特別の力強さのために、たとえそれが80年であっても、ただ難儀と有害なことが付きまとうだけです。それは必ず速やかに過ぎ去り、わたしたちは飛び去ってしまいます」。

また、同じ詩編には、神の名前についても記されている。一般的には、キリスト教で神の名前については、全能者、至高者、主などの表現が多く、あまり聞いたことがないし、知っている人も少ないだろう。ヘブライ語聖書には、神の名前がテトラグラマトンとして子音4文字で表現され、7000回ほど出てくる。

詩編83編18節では、「それは、人々が、その名をエホバというあなたが、ただあなただけが全地を治める至高者であることを知るためです」と記されている。

このように、例を上げていくときりがないが、聖書は、人類の歴史や生き方、予言等について書かれた有益な書である。

その証拠に、人類史上最も発行部数が多い書物でもある。それには、理由もある筈である。ちなみに第2位は、共産主義と人口によるところも多いが、大差で正確ではないものの、毛沢東語録だそうである。

人類史上最も発行部数の多い書籍である聖書を、1度手に取ってみて、興味のあるところを一読されることをおすすめしたい。

5　20年目の新婚旅行

出発日のトラブル

私たち夫婦には、新婚旅行の記憶はなかった。一般的には、結婚式を挙げて、みんなに見送られて新婚旅行に出かけるだろう。ところか、ペルーと日本で2度も結婚式を挙げたにもかかわらず、私たちの場合は新婚旅行はなかった。それは、前述のように、やっとの思いで取った休暇を利用して、妻をペルーに迎えに行き、結婚式、披露宴、挨拶、そして帰国、役所への婚姻届、そのまま仕事と、ハードスケジュールだったためで、新婚旅行という発想も浮かばなかった。

日本での結婚式の後も同様に、妻も日本語学校に通い出し、多忙な日々を送っていたため、新婚旅行に行くことはできなかった。

その後は、今まで述べて来たように、妊娠、出産、入院等々の様々な出来事に忙殺され、新婚旅行どころではなかった。そして、過ぎ去った走馬灯の様な日々。気がつくと、結婚して20年近くが過ぎた頃、高校生の娘がメキシコに交換留学するタイミングで、忘れかけていた新婚旅行に出かける機会を得たのだった。

２００６年3月16日、高校2年の娘をメキシコ留学に送り出し、その後、3月20日から1週間の予定で、ハワイに結婚20年目の新婚旅行に行く計画を立てた。しかし、ここにもドラマが待ち構えていた。

当社の社員が、お客様の入門証を紛失し、大問題になってしまったのだ。ちょうどその頃は、情報漏洩に厳しい対応が取られている時期で、新婚旅行出発当日にお客様のところにお詫びに行く必要が出てきた。もちろん、お客様には、「20年目の新婚旅行です」などとはとても言えない。社員の不祥事をお詫びして、許しを請うことが最優先だった。

諦めない気持ち

妻には、「新婚旅行には行けないかも知れないが、最後まで諦めないで準備しておいてくれ」と伝えて、お客様を訪問し、社員の不祥事をお詫びした。

お客様からは、「他の人が社員証を悪用して入場し、貴重な技術情報が漏洩したならどう責任を取るのか」と叱責されたが、事故報告と共にひたすらお詫びして、一応怒りを収めていただいた。

お客様への報告とお詫びを済ませて、一旦自宅に帰り、確か、NW010便20時発だったと思うが、非常に厳しい時間になっていたものの、ただ諦めずに間に合うことを信じて、妻と空港に向かった。

搭乗手続が完了し、急ぎ出発ゲートへ向かうと、飛行機のゲートが閉まる5分前に何とか機内に滑り込むことができたのだった。やはり、諦めては何事も上手くいかない。マーフィーの黄金律や聖書から学んだ、「決して諦めないという強い気持ちとポジティブな思い」が必要と、再確認した出来事でもあった。

おかげさまで、高校生の娘もメキシコに留学中で、2人での海外旅行は、初めてであり、ゆっくりとした時間を過ごすことができた、20年目の新婚旅行だった。

【図表72　20年目のハワイでの新婚旅行】

6　奥深い妻の愛

グラシアス・パピート

妻は、よく「ありがとう」と言ってくれる。スペイン語では、「グラシアス」である。朝は、私が先に起きることが多いが、起きる際に妻の掛布団を掛け直すと、必ず「グラシアス・パピート」と言ってくれる。半分寝ぼけていてもである。

私は、妻のこの「ありがとう」と言う言葉がとても好きである。あるときは日本語、あるときはスペイン語だが、朝一番は、この言葉から始まることが多く、それがとても幸せ感を演出してくれている。

この妻の毎朝の「ありがとう」と言う言葉は、私の人生に影響を与えてくれた2冊の書籍のうちの1冊・村井順の著書「ありがとうの心」に通ずるものがあるのかも知れない。そして、教えられなくとも常に「ありがとう」と言う気持ちを持って接してくれる妻の心に、私は魅かれたのだと思う。

夫婦の約束

また、結婚当初、私から妻にお願いしたことがある。それは、仕事に行くときと帰って来たときには、笑顔で送りそして迎えしてくれということだった。有難いことに妻は、33年経過した今でも、その約束をしっかり守ってくれている。

というよりも、妻の元来の優しい性格と、夫を労わる気持ちから、自然とできているのかも知れない。

もちろん、最近は、１００％ではないかもしれないが、妻の中では、習慣というよりも、元来、当たり前のことになっているのであろう。

逆に、妻から私への要求もあった。それは、「たとえ夫婦喧嘩をしても、日が変わるまでには必ず仲直りをする」と言う約束だった。

妻にとっては、異国の地でたった1人の理解者である夫と、たとえ昼間に夫婦喧嘩や口論があったとしても、そのわだかまりを翌日まで持ち越したくないとの思いだったのであろう。

以前は、口論になった後は、妻から近づいて来てくれることが多かったが、最近は私のほうから謝っていくことが多くなっている。私も、精神的に妻のお蔭で成長し、多少でも妻に見習いたいとの思いからといえよう。

妻は、よく私に、「あなたは九州男児だから…」と言っていたが、私自身、最近はその面影もなくなってしまったようである。

このように、妻の仕草の端々には、古きよき時代の日本女性のような優しさを感じることがとても多い。そうした仕草から、奥深い妻の愛を感じて、日々を幸せに過ごさせてもらっている。

妻の人生の分岐点

妻の奥深い愛情表現は、日々の生活の中で些細なことから多種多様である。例えば、妻が外国人であるがために、ハグは日常茶飯事で当たり前だが、この行為が夫婦の距離感や愛情を深めているのかも知れない。

また、妻として親としての愛情を家族に注いでくれる妻にも、多くの人生の分岐点を経て現在があるのだが、辛いことも沢山あった。

例えば、妻が33歳のとき、子宮外妊娠により2度目の大出血死ともなりかねなかった事例は、適切な2つの判断により、大事に至ることがなかった正しい選択だった。

乳がん宣告では、妻のがんではないという信念が、名医に辿り着き、乳房、リンパ節摘出手術、抗がん剤、放射線治療と診断された誤診を逃れることができたのだった。妻42歳での人生で大きな正しい分岐点の選択の1つだった。

いずれの場合も、最初の医者の判断を鵜呑みにしていたら、結果は大きく変わっていたことだろう。やはり、セカンド、サードオピニオンは大事であることを痛感した妻の人生の分岐点だった。

また、妻にとって、日本でのクリスチャンへの献身は、その後の人生を大きく変えることになった、素晴らしい人生の分岐点での決断だったことも間違いない。

そして、妻にとっての国際結婚は、人生で正しい選択だったのかは、本人のみぞ知るで、日本に来なければよかったとは聞いたことがないので、よい選択であったと期待したい。

第12章　成功と失敗

1　人生最良の選択と失敗

妻という人生最良の賜物

人生は、二者択一の連続で、その選択如何により、よくもなり悪くもなる。そのことは、これまで縷々述べてきたとおりである。

自分の人生を、現在の66歳時点で振り返ってみると、前章でも列挙したように30ほどの主な分岐点があった。その内20個がプラスで、10個がマイナスだったが、「20個のプラスの中で最良の選択は何だったのか」と問われれば、躊躇なくダントツで「妻との国際結婚」と答えるだろう。

この国際結婚を選択したことにより、人生は大きく変わったと思う。また、国際結婚の前に、人生を変えた2冊の本を読んだことも、重要な選択の1つだったと思っている。

人生最良の選択は、その1つの選択だけで人生を変えることはできないが、その前後の過程を含め、様々な二者択一を繰り返して、よくもなり悪くもなる。そして、その選択をするのは、アドバイスはあったとしても、他の誰でもない自分自身である。

私の場合、なぜ妻との結婚が人生最良の選択だったかというと、20代後半に描いていた夢の1つに国際結婚があったが、その1つの夢を叶えてくれたのが妻であったからかもしれない。そして、国際結婚が故に、互いの気持ちを奮い立たせ、地球の裏側から嫁さんをもらって大変ねとか、可哀そうにとか言われないようにするため、妻と共に現在まで、人一倍の努力をしてきたつもりである。

そして、結婚後、幾多の苦しい場面を共に乗り切ることができたのは、他ならぬ妻の支えがあったからこそでもあった。また、妻は、ラテン系とは思えないほど、謙虚で心優しい性格でもあり、それらは本文でも述べて来たとおりである。

何よりも、妻は事あるごとに、「ありがとう」と言う言葉を口にする。朝起きてから、「ありがとう」と言う言葉から毎日が始まると言っても過言ではないほどである。

大学生の頃、総合警備保障の創業者、村井順氏からいただいた書籍「ありがとうの心」に通ずる心を、妻は、生まれながらにして持ち合わせていたのだろう。

また、諦めない気持ちも重要で、妻が乳がんと診断されたとき、絶対に違うと信念を持って否定し、その思いに動かされて乳がんの治療法等を調べ、第三オピニオンで川端先生に出会うことができたのも、自分の体を信じた妻の諦めない気持ちからだった。

妻は、私には欠けている多くの部分を補い、教えてくれる、人生のよき、そして最良のパートナーであることは間違いない。

回避できたはずの人生最大の失敗

では、最大の失敗はと言うと、10個のマイナスの中で、「2人目の子供に対する体調不良から来る思いの低下」という項目があるが、２人目、３人目の子供が授かれなかったというのが、私の人生最大の失敗である。

その頃、短期間に2回の開腹手術後を受け、自分の健康に自信をなくしていた。また、３回目の開腹手術もあるかもと思うと、なかなかポジティブに物事を考えられなくなっていた。加えて、体内には大量の抗生物質等も投与されていることなどを想定すると、２人目の子供を授かったとしても、自分が健康でいられるかが不安で不安で仕方なかった時期でもあった。

そんな中、前述の通りすがりの人の会話が、自分にとっては致命傷になったかもしれない。妻は、もっと子供が欲しいと不妊治療を始めたりしたが、私の中の健康不安というマイナスイメージが非常に強く、２人目の子供が授かれるまでには至らなかったのだろう。

余談ではあるが、家系図のお客様で、ある大企業の役員をされた方は、ご先祖様からの家訓として「子供は３人以上儲けよ」との伝承があり、それを守っているとのことだった。それゆえ孫の数も多く、子孫が繁栄しているとも言われていた。まさしくそのとおりと思ったが、時すでに遅しであった。

このマイナスとなった人生の分岐点で、もっとポジティブに考えていれば、もっと子供に恵まれていたかもしれない。

そして、悪いイメージ、ネガティブな考えは、潜在能力に影響を与え、自分船の船長の舵取りを誤らせることになってしまったのかもしれない。

人生航路

人生航路を進む自分船の船長は自分自身であり、他人に代ってもらうことはできない。人生のパラダイスに帆を進めるか、奈落の底に落ちる方向に帆を進めるかは、自分船の船長である自分が握る舵の方向で決まる。舵から伝わる微妙な人生の振動を感じ取り、船長は船を最良の道へと導かねばならない。家族がいれば尚更である。

そして、人生100年時代といわれる昨今、若者だけではなく、われわれシニア世代も、これから残りの人生を自分船の舵を握りながら、少しでもよい方向に変えていくことは十二分に可能である。

そのことを認識していれば、人生の後半を有意義に過ごすことができるかもしれない。されど、若いときとは違い、人生の終盤、波風の立たない航路を選ぶのもまた自分船のキャプテンの考えで、自分自身の最良の選択でもあるかもしれない。

2　リーマン・ショックでの損失

株での損失

リーマン・ショックはご存じだろうか。2008年9月15日、アメリカの投資銀行であるリーマン・ブラザーズ・ホールディングスが経営破綻したことに端を発し、連鎖的に世界規模の金融危機が発生した出来事である。

日経平均株価も9月12日（金）の終値は、１２，２１４円だったが、10月28日には一時６，０００円台（６，９９４・９円）まで下落し、１９８２年10月以来、26年ぶりの安値を記録したのだった。

私自身は、前述のように、大学2年のときから株式投資をしており、リーマン・ショックでの損失は甚大であった。そして、その被害を増幅させたのが信用取引であった。

というのも、大学卒業後、在学中に株で10倍に増やした資金で生糸の商品取引を行い、給与の半年分を損して以来、今後信用取引はしないと心に決めていた。しかし、株式投資も大学時代から当時まで、35年近く投資をしていると、それなりに資金も増えて来ていた。

そんなとき、野村証券の横浜支店長が来社して、ぜひ信用取引をとすすめられた。当時、野村証券では、５，０００万円以上の取引資産がないとできなかったと記憶している。信用取引は、各証券会社で基準が違い、中小証券会社では、基準はそれなりに低く設定されていたようである。

つくらなければよかった信用取引口座

支店長のしつこい勧誘に、「信用取引口座だけつくっておくが、信用取引はしない」と伝えておいた。しかしながら、信用取引口座をつくった翌日からは、野村証券の担当者よりしつこい勧誘が始まった。もともと株取引は行っていたので問題はないのだが、信用取引となると取引金額が高額になってしまい、補償金以上の損失が発生すると追証（追加保証金）という問題も発生することになる。そのため当初は断っていたが、余りにもしつこいので、試しにと少し信用取引を行ってみたのが運のつきで、だんだん取引額も大きくなっていった。

多いときには、年間取引額が10億円ほどにもなっていたことが、取引記録からもわかる。また、損失もあったが、年間1，000万円ほどの利益があったこともあったので、十分プラスにはなっていた。

そんな状況で、日常的に信用取引を行っていたが、大きな損失を出すこともなく、取引は順調に推移していた。そんなとき、リーマン・ショックに見舞われ、投資財産は半減してしまった。当時は、損失額が大きく、夜の寝つきも悪かった。株のみならず、ゼロクーポン債、外貨預金、投資信託等を解約し、損失の清算をしたのだった。

もちろん、精神的ダメージは大きかったが、19歳のときに10万円から始めて、多少の追加はあったものの、株式投資は遊びと心得、元手の10万円が増減していると思えば、不思議と気持ちも落ち着いてきた。ただし、今後は、信用取引には絶対手を出さないと、改めて心に誓った出来事だった。

3　株の巧妙

失敗してよかった商品取引

株は、前述の如く、19歳のときにアルバイトで貯めた10万円を握りしめ、町田の野村証券で口座を開設し、始めたのが最初だった。最初に買った銘柄はよく覚えていないが、大証2部の会社だった。そして、学生時代の愛読紙は、日経と株式新聞だった。

その甲斐もあって、工学部の学生にしては、経済問題にも明るかったほうかもしれない。

学生時代だと記憶しているが、ニチバン、倒産前の安宅産業等々の株式取引で、当初の10万円が卒業時には100万円くらいになって株式投資は順調だった。

それが、東村山のアパート暮らしだった頃なので、就職して間もない頃だったが、商事会社の営業がしつこく、商品取引の生糸に手を出してしまい、25日間で52万円の損失を出してしまった。やけ酒に、飲めもしないビールを1本飲んで、夜中に嘔吐してしまったことをよく覚えている。

このときの政府は福田武夫内閣で、福田総理出身の群馬県の生糸生産者保護政策の煽りを受けた格好だった。

当時の私としては、手取給与の半年分にも相当する損失だったので、今後のために多少の知識も必要と思い、初めて立花証券の立川支店のセミナーに参加してみた。そのとき来場している人たちを見るとほとんどが年配の方で、20代前半の出席者は私1人だったのを覚えている。

そのときは、若い時期にこのような経験ができてよかったと思った。それは、当時の若者と同じ行動ではなく、年配の方々と同じことを学ぶ機会を得て、多少は先駆的な行動ができていると思ったのかもしれない。「大衆の行く道に王道なし、人の行かない荊の道に王道あり」と感じたときだったのであろう。

やっててよかった株式投資

学生時代の株式投資から始まり、商品取引、外貨、投資信託、ゼロクーポン債、外国株式、私募債等々投資に手を出しながら、多少の経験を積んでいった。

その経験や知識から、多少の資金を得られたことが、起業へと繋がっていったと思っている。まず、株式投資をしていなかったなら、株の意味もわからず、株式会社を起業することも、国際結婚することもなかったかもしれない。そして、つまらない人生を送っていたかもしれない。そういった意味でも、学生時代に株式投資を始めたことで、人生が大きく変わっていったと、後になって実感するできたのだった。

そして、株の妙味は忘れられず、19歳のときから66歳になる現在まで、株を持っていない時期はなく、これからも持ち続けていくことだろう。

4　妻と社員と共に築き上げた企業の30周年記念

新入社員第1号

国際通信企画（株）を起業したのは、前述のごとく1983年2月2日であった。その当時の関係者は誰も在社しておらず、設立経緯、歴史、苦労そして企業の紆余曲折を知るのは唯一私1人のみである。次に古いのは妻で、１９８６年、社員12、13人の頃から裏方としても大いに尽力してもらっている。

社員で最も古いのは、１９８９年4月1日入社の、三田、広末、野底氏の3名で、２０１９年4月時点で彼らの勤続は30年になる。よくぞ30年の長きに渡って当Iグループの発展に努めてくれたと、深く感謝している。

その他にも、起業して最初の新入社員第1号であった上野君から現在まで、数多くの人たちが縁あって入社してくれ、現在も活躍してくれている人もいれば、理由があり退職して行った人たちも多くいた。

現在も当社で活躍している人たちはもちろんのこと、一時期でも当Iグループに籍を置いてくれていた方々も、Iグループ企業の発展の一助になっていることは間違いない。

妻の次に社歴の長いスパティーフィラム

余談ではあるが、社歴という点では、妻の次に長いのは、現在も経理の事務所に置いてある鉢植えの花「スパティーフィラム」かもしれない。毎年、時期になると白い花を咲かせて楽しませてくれている。多分30年以上は当社の事務所で生き続けていると思うが、非常に長生な植物で、会社に置いておくには縁起がよい鉢植えの花かもしれない。現在は、株分けされて、２鉢になって経理の事務所で生き続けている。

また、自宅にも同じように長生きの鉢植えがある。それは、ドラセナという鉢植えで、俗に幸福の木とも呼ばれている。この鉢植えは、私たちがマンションに暮らしていた頃購入した。妻が来日して数年たった頃と思うが、購入時期は定かではない。ただ、子供が生まれる前だったと記憶している。

妻が大口商店街で購入し、自転車の荷台に乗せて、坂道を押しながら運んできた姿を覚えている。

したがって、こちらのドラセナ（幸福の木）も、わが家歴30年以上になっていると思う。途中で木を半分に切断したにもかかわらずである。

会社のスパティーフィラムも自宅のドラセナも、共に30年

【図表73　社歴30年以上のスパティーフィラムの鉢】

【図表74　わが家歴30年以上のドラセナ（幸福の木）】

以上生き続けており、会社の発展継続と家族の繁栄と共に生き続けている。これからも、会社の発展と家族の繁栄を見守りながら、共に長生きしてもらいたいと切に願っている。

設立30周年記念誌

国際通信企画（株）の30周年記念は、２０１３年2月で、その1年ほど前から30周年記念誌を製作すべく準備を始め、何とか間に合わせることができた。

記念誌のタイトルは、「和衷共同　二人は一人に勝る」とした。その意味は、次のとおり。

・和衷共同……心を通わせ、共に力を合わせて物事に対処すること。「和衷」は、互いに親しくすること。「共同」は、力を合わせること。

・二人は一人に勝る……読んで字のごとく、二人なら一人が倒れても、他方の者が起き上がらせることができる。また、一人では無理でも二人なら立ち向かうことができる。

聖書の伝道の書4章9節にも出てくる。

われわれは、これからも仲間を大事に、助け合って社業に当たれば、更なる発展は可能であるとの意味を込めて、30周年のタイトルとしたのだった。

もちろん、社業が、社員や妻の努力のみで発展してきたわけではなく、お客様、取引先、協力会社、仕入先、加えてわれわれの事業に協力していただいた個人の方等々のご協力があればこそである。

そして、記念すべき30周年度は、設立以来最高の売上を記録できたことは、とても幸福であった。

【図表 75　30 周年記念誌とカルチャーブック】

また、妻とも相談し、30周年の記念行事は行わず、それらの費用相当分を２月２日に在籍しているＩグループ社員全員に公平に分かち合うことにした。具体的には、勤続年数×５，０００円分の希望する商品を、（株）インテリジェントシステムズで調達し、30周年の記念品として配付した。

これは、10周年、20周年でも行った方法で、自分の希望する商品をもらった社員も、記念行事で消えていくよりも、個々で30周年の記念品として心に残る一品を手にできるのである。長く貢献した人と、期間が短い人では、それなりの差もあり、社員からも頗る好評であった。

そのためかどうか、30周年後の31周年、32周年（２０１５年６月決算）も設立以来最高の売上を継続し、Ｉグループでの売上総額が、約22億５，０００万円の設立以来の最高額を記録した。その後は、転職ブーム等で多少の低迷期を迎え伸び悩んでいる。

そして、現在、当社は、起業から今年２０１９年２月で設立36年経過し、現在37年目に入っている。

5　ハワイの土地の売買での損失

ハワイ島に購入した４か所の土地

最初にハワイに土地を購入したのは、結婚する前の31歳の１９８５年頃、住友生命の三浦さんから、私も買うから買わないかと誘われたのが切っかけだった。

購入した土地は、ホノルルのあるオワフ島ではなく、ハワイ第2の都市といっても人口５万人ほどのヒロ市郊外のハワイアンショアーズというところで、見たことも行ったこともない１２００平方メートルほどの土地をすすめられるがままに購入した。

将来は、その土地に家でも建てて、社員の保養所、もしくは別荘として活用することも考えていた。

その後、家を建てる余力もないので放置していたが、一緒に購入した三浦さんから、売却したとの連絡があり、どうするか迷ったが持ち続けることにした。

そして、会社案内にハワイ島の写真を載せて、土地はあるので、皆で努力して保養所を建てる予定であるが、今はテントを持参すれば活用できる等と話したりして、求人等にも活用させてもらっていた。その後もその土地は持ち続け、少ないが固定資産税を払い続けていた。活用方法も会社のパンフレットくらいしかなかった。

　再度ハワイの土地を買う切っかけになったのは、2004年頃、どこかは忘れたが、海外旅行の成田からの帰りのバスの中にパンフレットがあり、その記事にハワイ島の土地のことが載っていた。その楽しそうな風景に、懲りずに魅かれて、その会社に電話してみたのだった。

　その会社は、ヒロ・ハワイアンという会社で、麻布にあり、妻と一緒に行くと山崎社長が対応してくれた。そして、物件としては、ハワイ島の中でも、高級住宅街であるワイコロアビレッジにある土地を紹介してくれた。

　その土地は、水平線の見える高台にあり、天文台には適した土地であるとのことだった。また、ワイコロアビレッジは、ハワイ島の中では雨が少なく、気候がとてもよく、エアコンがいらない地域であるとのことでもあった。加えて、ビレッジ内にあるゴルフ会員権もついてくるというのである。

ハワイ島で広がる夢

　その土地をどのように活用しようかと思ったときに、自分自身がまだ50歳そこそこであったため、その土地にB&B＋天文台を設置して、日本の高校や大学の天文学部の合宿等に使えればと夢を描いてみた。もちろん、当社の保養所にも使えるし、ハワイでの法人化の夢もあったからだった。社員で希望する者がいれば、そこを拠点にハワイでの観光事業へ……と、夢は広がっていった。

その頃のグループ3社の売上は10億円を超えて来ており、順調に推移していたことも、購入に向けての後押しとなった。

購入に当たっては、悩んだが、不動産屋の山崎社長が一枚上手であった。まずは、日記によると2005年7月20日、手付金20万円で確保するというので、妻とも相談し、後日支払うことに。この時点では、解約しても20万円の損失で済むと思っていた。

次に、350万円の支払いで確定できるとのことで、悩んだ末350万円を支払った。こうなると、350万円を捨てるわけにもいかず、土地購入の手続は進んでいった。結局、土地を見ることなく、30万ドルで契約・購入してしまった。

その後も、私自身の欲の皮が突っ張っていたのか、ヒロ市郊外の土地を2か所購入し、都合4か所の土地をハワイ島に所有することになった。もちろん、ワイコロアビレッジの土地以外は、B&B+天文台を建設するとき、多少の売却益も期待して建設資金の一部に充てるという都合のいい計画を立てていた。

その年の、2005年8月にJAL直行便でハワイ島に行くと伝えると、現地で、ヒロ・ハワイアン営業の宮戸さんが、購入した土地3か所と、以前から所有する土地へ案内してくれた。2005年8月12日と14日が、初めて自分たちの土地を見たときであった。12日にワイコロアの土地を、14日にはハワイアンショアーズの土地を見に行ったが、最初に購入した土地に至っては、土地購入後18年目にして初めて見る土地であった。

宮戸さんはこのとき、ハワイ島の観光案内もしてくれた。宮戸さんからは、土地を転売するなら売れるとの話もあったが、もっと値上がりするかもとの期待から、転売は躊躇ってしまった。今思えば、このとき売っていればよかったと後悔しきりである。

もっとも、ハワイ島を訪れる度に、土地の確認や会員のクラブでのゴルフ、車でのハワイ島1周等、土地を持ってるが故に訪れることができたのは、多少よかったのかもしれない。

その後、ワイコロアビレッジの土地に建てる予定の水平線が眺められるジャグジー付の家の図面も、頼みもしないのに起こしてもらい、設計費用は取られたが、多少の夢を見ることはできた。

ただし、ハワイで建設ブームの頃で、メキシコからの出稼ぎの人たちが土木作業に従事しており、建設費用が非常に高く、建設に踏み出せなかった。

火山の噴火でと土地価格暴落

そんな中、ヒロ・ハワイアンは倒産、ベンファクトUSAという名前で、山崎さんの奥様が社長で再出発していたが、実質社長の山崎さんが病気で他界され、娘さんがその業務と顧客を引き継いでおられ、現在に至っている。

そうこうしているうちに、自分も60歳を超えると、夢も萎んで来てしまった。そんな折、ハワイ島のキラウエア火山が２０１８年に大噴火し、私たちの所有する3か所の土地の近くまで溶岩が流れて来て、一帯の土地の値段が暴落してしまった。

それを契機に、ハワイでのＢ＆Ｂ＋天文台の夢は諦めることにして、すべての土地を売却した。後日、ハワイに行ったとき、不動産会社に確認すると、やはり噴火の影響は大きく、土地の値段は暴落したままとのことだった。

その不動産業者から言われたのは、私たちが購入した土地の値段が、当時の相場より相当高かったということを知らされ、そのことがこのとき初めてわかった。

溶岩については、暫く待てば状況がよくなることもなく、売却の手続について調べて帰国した。売却の手続については紆余曲折があったが、山崎さんの娘さんが業務を引き継いでおられ、購入の経緯等の説明も不要なので、すべての土地の売却と、未払いになっていた一部の税金等の処理も含めてお願いした。

土地は安くなっているので、意外と早く、２０１８年中には、すべての土地が売却できた。その後、土地売却に関する損失があるので、ハワイ州税務局と米国国税庁に税の還付請求をしていった。私の分は２０１９年6月に一部還付されたが、妻の還付が手続上の問題で再提出となり、まだ残っている状況で、２０１９年中の還付に向けて、現在手続中である。

この一連のハワイの土地問題では、結婚前から1か所所有していて、その後30数年に渡る土地の保有と追加購入、そしてすべての土地の売却での個人の差額損失は、３，９００万円くらいになると思われる。夢の代償としては、とても大きい損失だった。

第13章　様々な犠牲

1　妻への感謝の日々

妻の払った多くの犠牲

最近、妻の寝顔をよく見る。私の横で小さな寝息を立てて寝ている姿は、一見幸せそうに見えるが、妻の日本での生活を顧みると、よくぞ異国での生活に耐え忍んでくれていると、感謝の言葉しか出てこない。

思い返すと、妻の来日、そしてその後の苦悩の日々、日本語学校、出産、私の2度の開腹手術、妻の子宮外妊娠での入院手術、妻の乳がん宣告、妻の母親の急死と私の母の急死、その後　双方の父親の死、そして最愛の妻の姉の死と、言い尽くせぬほどの様々な出来事があった。

そんな意識しないストレスが原因なのか、時には睡眠中に不整脈という形で、妻の体に表れて来たのかも知れない。

妻の不整脈は、ほとんどが就眠中で、脈拍が毎分１４０くらいにもなり、手足も冷たくなり、とても苦しそうだが、背中を摩るくらいしかできなかった。

もちろん、医者にも相談したが、特に異常はないとのことだった。不整脈は、発症後30分くらいで治まることが多かったが、その間はとても辛そうで、死ぬのではないかと何度も思ったほどであった。

これは、妻が表情や言葉には出さずにじっと我慢していた辛い思いやストレスが、どこかで限界に達し、就眠中の不整脈という形で表に出て来ているのかもしれない。幸いなことに、最近は不整脈の発症も少なくなっては来たが、なくなったわけではない。

そんな状況でも、妻は、めげることなく、日本での生活を続けてくれている。それだけでも妻には感謝しなければならない。

妻の寝顔

今後は、妻の不安やストレスを少しでも取り除き、国際結婚して日本に来て本当によかったと思ってくれるように、私が妻を労っていかねばならないと思っている。そして、仕事を減らしてできた時間を、妻のために取り分けていかねばならないと思っている。

もちろん、辛いことばかりでなく、楽しい思い出や出来事もあったが、楽しい思い出よりも辛い思い出のほうが記憶に残っていることが多いかもしれない。

そんなことを思い浮かべながら、私の横に寝ている妻の寝顔を見ていると、妻が自分の1度しかない貴重な人生をかけて、遥々私の元に来てくれたことに思いを馳せ、人生後半になってやっと人間も性格も丸くなったのか、この最愛の妻には日々感謝の気持ちを言葉で、必ず伝えていかねばならないと思うようになって来ているきょうこの頃である。

2　帰国できない年月と精神的犠牲

里帰りしていない11年と数か月

前回ペルーに帰国したのはいつだったろうかと思い返すと、記録から２００８年8月10日から9月３日までであったことがわかった。実に妻は、現在まで11年と数か月帰国していないことになる。娘が大学生の頃に家族で帰国して以来ということである。

では、なぜこんなに長く帰国できなかったのかと思いを巡らして見ると、最後の帰国の年の翌年、２００９年9月からは娘が交換留学でスペインのサラマンカ大学に留学、またその年の11月には父への親孝行として、妹夫婦と一緒に父をハワイに連れて行ったからである。車いすでの移動ではあったが、父はとても喜んでくれた。ちなみに、父にとっては2回目の海外だったが、最初の海外は戦中戦後のシベリヤ抑留で、ハワイとは天国と地獄のような差があったことであろう。

実際、父の米寿の祝いの折に聞いたときには、「人生で最も辛かったのはシベリヤ抑留で、最も楽しくもあり嬉しかったことはこのハワイ旅行」と言っていた。もっと早い時期に、母と一緒に連れていけなかったことが心残りではあったが、半分だけでも親孝行ができて、あの時期に行ってよかったとつくづく思っている。

諺で、「親孝行したいときに親はなし」とあるが、本当にそのとおりである。ぜひ皆さんにも、できるときにできる範囲で、まず親孝行をしておくことをおすすめしておきたい。

話を戻すと、翌2010年は、娘がスペイン留学中にペルーに帰国することもできたはずだったが、娘とスカイプで毎日のように連絡を取り合ったり、病気になったときはマドリードにいる従兄弟に連絡したりで、妻もとても忙しくしていた。

そのため、娘の留学の1年近くは、娘の対応で妻は気が休まる暇がなかったというのが正直なところだった。ましてや、当時ネット環境もよくないペルーの実家では、娘と頻繁に連絡を取ることは困難に思え、帰国という思いに至らなかったのだろう。

また、親としては、旅行も兼ねて、娘の留学中にはスペインの留学先を訪問する予定にはしており、妻のご先祖様の出身地であるスペイン南部の都市マラガにも行って見たいと思っていた。

スペインのサラマンカ訪問

その計画どおり、2010年5月23日から6月7日まで、留学先のサラマンカを訪問したが、娘の荷物整理や大学院への進学の可能性について調べるために妻の時間が相殺され、結局、マラガに行く時間がなくなってしまった。妻のご先祖様の出身地は次の機会ということにして、近隣の観光地を回って、たくさんの娘の荷物を持って帰国することになってしまった。

娘は、帰国時、既に大学4年生になっており、就職活動は終盤で、大きく出遅れていたが、留学生に寛容な専門商社に採用していただくことができた。そして娘も就職後は、海外営業や貿易担当業務を与えられて、海外出張にも北米、アジア、ヨーロッパ等に行かせていただく機会もあって、忙しく働いていた。そうなると、今度は、妻としても自分だけ帰国するわけにもいかず、帰国はずるずると伸びていった。

そのとき、以前、家の近くに住んでいたペルー人のエンペラッツリスさんが、「もう15年も里帰りしていない」と、当時言われていた言葉の意味がやっとわかった気がした。

両親そして姉の死に目にも会えず

長期にわたり帰国できないでいることで最も残念だったのは、最愛の父の死に目にも会えず、また最愛の姉（長女）の死にも立ち会うことができなかったことだった。

妻の母フリアのときは、1995年6月だったが、倒れて翌々日には亡くなってしまった。そのため、物理的にも間に合わなかった。また、娘が小学1年生で学校を休ませるわけにもいかず、夏休みも近かったので、不本意ながら夏休みを待って帰国することにした。

父ダリオのときは、2013年12月で、必ず帰したいと思っていたが、妻としては多忙な仕事をしていた娘のことが心配で、帰国を躊躇していて機会を逃してしまった。

長姉サリーのときは、父の他界からわずか9か月ほどの2014年9月だった。サリーの具合が悪いと聞いたときは、すぐに航空券を手配して妻と帰国すべく準備していたが、帰国予定の1週間前に亡くなってしまった。それでも帰国しようとしたが、妻の兄弟たちから気持ちはわかるが、帰国しても寂しい思いだけなので、次回にするよう説得されたのだった。

このように、妻にとっては、親兄弟の最後の姿に接することができなかったという自分自身の精神的犠牲と、故人や家族への負い目は、ダメージとしても非常に大きいと思う。これは、われわれの国際結婚で最も大きな精神的犠牲の1例だが、そんな寂しさに耐えながら、今も帰国しない日数を重ねていく日々を送る妻に、どんな慰めや罪滅ぼしができるかも、私の今後の課題でもある。

3　様々な犠牲

何か物事を成功や達成させようとすると、様々な犠牲が必要となるのではないだろうか。例えば、何かの資格試験を受けようとした場合、時間を惜しんで勉強する必要があるが、そこには時間という犠牲や趣味やゲームの楽しみを抑制するという犠牲もあるかもしれない。そして、犠牲のない成功や達成は、皆無といってよいかもしれない。

人それぞれではあるが、人生の中で、自分のため、家族や子供のため、仕事や事業のため、両親のため等々、誰しもが多少の差はあれ、何らかの犠牲は経験しているのではないだろうか。

私たちの場合は、国際結婚と起業して事業を行っているというところが、多少他とは違うが、そのことによって発生する犠牲も、少し異なって来るかもしれない。

国際結婚の場合は、外国人である配偶者に負担は大きくのしかかって来る。前述の如く、言葉や習慣、子育て、健康不安、生活環境等々に順応するために、相当な時間的犠牲と努力を強いられたことは間違いない。さりとてその努力をしなければ、日常生活に支障を来たすのも事実である。

さらに、妻の場合は、国際結婚と同時に起業間もない会社の様々な社員の揉め事や資金繰り、新入社員の面倒等々も加わり、また役員としての強いられた犠牲も大きかった。

事業が順調に行き始めると別の犠牲も発生してきた。それは、事業拡大のために奔走する夫を支えるための、新たな犠牲でもあった。

残業続きで週末不在の夫にかわっての家周りの仕事。体調不良で入院した夫の世話もあった。2回目の入院は3か月に及び、不安な日々を過ごすことに。

妻自身も子宮外妊娠や乳がん宣告等、健康面でのストレスを感じる日々も続いた。ましてや両親や姉の最後に立ち会えなかったことは、妻にとっては大きな犠牲でもあった。

私自身は、企業経営者として、社員の起こした様々なトラブルに対応するための時間的犠牲、精神的苦痛等数えきれないくらいの犠牲を払いながら、事業拡大のために努力をしてきたつもりだが、妻の払った犠牲に比べれば微々たるものかもしれない。

ただし、これら数々の支払った犠牲は、よい結果として、自分自身に帰って来て、苦労が報われ、人間的にも多少なりとも、成長できたのかもしれない。やはり、犠牲の大きさに応じて、報われる度合いも大きくなるのではないかと思う。

第14章　妻のためにできること

1　代表取締役社長退任

船の舵を渡すとき

国際通信企画（株）の社長を退任したのは、２０１８年９月21日。同日の株主総会で承認され、取締役会長に就任した。取締役本部長の山根氏を社長に昇格させて、事業の増々の隆盛を期待することにしたのだった。

１９８３年２月２日に、３人の同額出資で始めた事業であったが、山下氏が２年ほどで分離独立し、広保氏が１９９９年にマダガスカルへの海外移住と、事業から離れて行った。その後、両氏の株を買い取り、私がこの事業を現在まで継続させてもらっている。

例えるなら、３人で同額出資したお金で小さな手漕ぎの船をつくり、３人で恐る恐る荒海に船出した。途中で乗組員は少しずつ増えていき、船も少しずつ増資して大きくなっていったが、山下氏が別の船を求めて下船、広保氏も積年の夢を実現するために下船していった。

彼らの出資分を買い取り、返済し、その後は妻の協力を得て、私と妻の２人で船の舵を取り、大金を投資して、この船も少しずつ大きくしていった。そして、更なる船の大型化と乗組員を増やすために、操船作業の分業化も進めていった。

航海時には、大時化に会って転覆しそうになったり、機関に問題が発生して転覆するのではないかと心配したことは2度や3度ではない。しかし、これ等の苦難を乗り越えながら、最初に荒海に漕ぎ出した手漕ぎの船は、30年後には２００人を超える乗組員を抱える、船団まで成長した。

　現在まで35年以上船団の舵取りをしてきて、自分で投資し、つくり上げて来た船団を、いきなり経験の少ない乗組員に任せるのはもちろん心配があるが、妻のために時間をつくるためには、いつまでも船の舵を握っているわけにはいかない。

　そのため、この時期に、船の舵を渡し、操船を任せることにしたのだった。もちろん、船団の他の船の操船も順次適任者に任せていくことにしている。

退任の理由

　２０１９年7月現在の時点で、設立後36年6か月経過しているが、よくぞここまで事業を継続できたと、社員、お客様、妻に感謝である。そして、自分自身も褒めてやりたいと思う。

　国際通信企画（株）代表取締役社長退任の理由は簡単である。私が２０１６年10月に作成したＩ（愛）グループカルチャーブックに、将来のＩグループの姿を書いてある。その目標と予定に沿って行動しているだけである。また、65歳で区切りをつけたいと、従前より考えていたことでもあった。そして、妻への時間を取り分けるという目的が、最も大きな理由の1つであった。

　ただ、当Ｉグループは、都合4社あるので、同時に退任もできないため、順次、後進に道を譲っていきたいと考えている。
カルチャーブックの中には、Iグループを25社に分離拡大していく構想が書かれている。しかし、現在は、転職ブームや求人難等で、事業環境はわれわれにとって厳しい。とはいえ、景気は循環するもの、よいときもあれば悪いときもある。時代の潮流を読み誤らないようにして、事業を拡大していかねばならない。

そのためには、団塊の世代が金の卵として上京してきた昭和30年代後半、地方から都会への人口流入が起きたように、現在は、グローバル化と称し入国規制が緩和したことにより、海外、特にアジア地域から労働力の日本への人口流入が起きている。

最近、会社の近くでも、半年前に比べると、インド人の増加は著しいものがある。よいか悪いかは後にならないとわからないが、ドイツやイギリスのようにならなければよいがと危惧している昨今である。

そんなことも考慮しながら、企業のグローバル化も踏まえて考えていかねばならない。そして、今後景気が後退する局面もあるかもしれないが、われわれにとって状況が改善すれば、カルチャーブックに書き留めてある目標に沿って、Iグループを拡大していかねばならない。加えて、新しく関連会社として分割し、グループ企業を25社にする計画を達成できるようにしなければならない。それまでは、完全引退とまではいかなくとも、株主として、Iグループ企業を見守っていかねばならないと思っている。

65歳は、そのための1つの節目と考えている。また、日本人の平均寿命（2018年）は、男性で81・25歳、女性で87・32歳、健康寿命（2016年）は、男性で72・14歳、女性で74・79歳を参考にすると、私に残された残り時間はわずかである。

そのことを考えると、国際結婚に伴って遥か彼方の南米ペルーから私だけのために日本に来てくれた妻のために、自分自身が健康である時間を取り分けることも必要である。それを考慮して、社長業を引退したのである。引退に未練はないかというと、多少の未練はあったとしても、この人生後半での二者択一の決断が正しい決断だったと後日確信できるものと思っている。

2　残された時間は妻のために

後悔しないために

前述したように、私の人生に残された時間は少なくなって来ている。友人、知人でも65歳前後で他界した人も多い。このことに早く気づいたことは幸いであったと思う。

また、当社の顧問税理士の八嶋先生とは、われわれが起業してからの長い付合いで、親身にご指導いただいている。その八嶋先生は、年齢は自分から明らかにされることはないが、多分90歳になられると思う。その先生が、確か65歳頃だったと思うが、イタリアに奥様と旅行されたことがあった。

そのときのことをよく話していただくのだが、「思い切ってイタリアに行ってよかった」と、感慨深げに言っておられた。

その後の先生の健康状態は、あまりよいとはいえない。元来、健脚で、車にも乗らず、よく歩いておられたにもかかわらず、健康寿命を過ぎた頃からは、胆のう炎で入院手術、糖尿病で入院、腰痛で入院手術等と、健康であった先生でも健康寿命を飛躍的に延ばすことは難しかったのである。

そんな経験から先生は、私に対し、「体の動くうちに行きたいところ、やりたいこと等があれば、時間をつくって行っておかないと後悔することになる」と、アドバイスしていただいている。

先輩の思い、貴重なアドバイスは、厳粛に受け止め、今度にしようとか、来年にしようなどと思わないようにして、早め早めの行動を心がけるようにしていきたいと思っている。

私の場合は、既に2回の開腹手術をしており、体へのダメージは大きいはずである。来年67歳になろうとするときに、早めに時間を取り分けて、妻のために使う必要があると思っている。

今妻のためにできること

では、妻のために何をするのかを考えてみると、次のような事項となる。

第1は、11年も里帰りしていない事実を考えると、ペルーに里帰りし、最期を看取れなかった両親と妻の姉の墓前に花を手向けること。

第2は、普段の生活の中で、妻に逆らわず、妻の仕事の手伝いをすること。

第3は、妻に常に感謝すること。

第4は、口ばっかりになってしまっている妻との世界一周旅行を船か飛行機で実現すること。

第5は、結婚当初、妻と「3年はペルーに住む」と約束したが、今となっては3年連続は長いので、多少時間を短くしてもらい、分割して約束を守りたいと思っていること。

第6は、その他、妻の望みを実現すること。

これらは、私自身の希望も入っているが、その他にも約33年間に及ぶ国際結婚生活での、妻の家族や会社に対する働きに対し、多少なりとも有形無形の形で恩返しができるように、残された時間を活用し、妻のために奉仕していきたいと思っている。

そして、妻が私に対して最も望んでいることも理解しているので、この機会を捉えて実現したいと思っている。

3　妻のして欲しいことを実現する

妻の信仰

妻が何を望んでいるのかを考えるときに、重要なのは妻の信仰についての熟慮であろう。

妻は、何か物質的なものが欲しいとか、贅沢がしたいとかという欲望は、持っていない人である。

それは、妻の幼少期から今日までの生き方を振り返って観るとわかるかもしれない。

妻の生まれは、南米ペルーのフニン州ウアンカヨ市で、小中学校共にカトリック系の学校を卒業している。高校、大学では宗教的色合いはなかったと聞いている。

その後、私たちは国際結婚するが、カトリック系の教会では、本来異教徒との結婚式は認められていない。しかし、バチカンに問い合わせて許可してもらえば可能ともなるが、そのためには1年くらい期間がかかるとのことであった。ただし、お金を払えばその期間が短縮されるというので、私たちはそれを上手く活用した。

妻が来日して、仏教徒になることなど思いもしないが、来日当初、妻の希望で、精神的安定のために鎌倉の教会に連れて行ったのは、前述のとおりである。

そして、その後、エホバの証人（クリスチャン）の方々に助けられ、妻自身もその信仰に魅かれ、1992年、洗礼（バプテスマ）を受けてクリスチャンの道を歩み始めたのだった。

元来、キリスト教の教えで、教理が近いこともあり、妻にとってはクリスチャンに改宗することに全く違和感はなかったようである。その後は、一時期港区三田のスペイン語の会衆に参加していたが、日本語会衆に移り、現在までクリスチャンの活動を活発に続けている。

信仰の仲間

1998年の子宮外妊娠では、エホバの証人の医療委員会の助言で転院し、無輸血で手術して助けてもらい、一命を取り留めたと言っても過言ではない。

妻は、このエホバの証人の活動を通して、異国である日本でとても忙しく活動し、多くの友人知人を得て、お互いが助け合って、毎日充実した日々を送っている。私の100倍くらいの友人・知人がいるといっても過言ではない。

妻の信仰面での日常は、月に30時間ほどの奉仕（布教）活動と、週2回の集会への参加、個人的な日々の聖句、聖書研究などがあるが、その他は、なんら他の人と変わらない。

そして、明日は、同じクリスチャンの仲間で、ペルーに行っている日本人の友人（姉妹）が、一時帰国し、わが家に投宿することになっている。この方には、日本人の友人知人も沢山いる中、外国人である妻とわが家を選んでいただいたことに感謝である。

そこには、妻の性格と優しさが関係していると思う。特段飾ることもなく、自然体で受け入れられる人たちのため、特に気負うこともないので、私としてもとても楽である。

私自身、このような妻の活動を30年近く見ているが、疎ましく思ったことは1度もない。かえって、そこに集う仲間の方々を見ていると、聖書を学び、イエス・キリストの生き方と行動を模範としていることから、人格的にもとても優しい方々が多いと感じている。

もちろん、私自身も、クリスチャンとしての妻の行状を毎日見ているので、学ぶべきものが多いことは承知している。そのため、日曜日の集会には、以前よりできる限り一緒に参加して、講演の話からは参考になる益を得るように努力している。

妻の夢

妻には、以前、「一番の夢は何か」と聞いたことがあるが、「私と一緒に奉仕活動をすること」と答えてくれた。それは、私が、クリスチャンの洗礼（バプテスマ）受けなければならないことを意味している。

つまり、妻の望みを実現するには、私が妻と同じ仲間、すなわちクリスチャンになる必要があるということである。

世俗の仕事をしていると中々その1歩が踏み出せないでいたが、妻の目標と夢を叶えるためにも、また聖書に書かれている復活後の１０００年統治を妻と共に体験するためにも、最後の1歩を踏み出す決意をしなければならないときは近いと思っている。

4　復活と永遠の命の希望

復活の希望

聖書には、復活と永遠の命の希望がある。聖書のマタイ、ヨハネ、使徒、ローマなどに書かれている。もちろん、クリスチャンでなければ、その信仰もないので、にわかに信じがたいと思う。

以前、リビアという国に出張して1年滞在したことがある。リビアは、カダフィ大佐で有名であった国で、産油国であり、アフリカ北部エジプトの西側に位置する国である。ここには、32mアンテナのSTD―A衛星地球局2局と国内衛星通信用地球局の13mアンテナHub局の保守業務のため滞在した。

そこの衛星地球局に勤める現地スタッフは、イスラム教スンニー派の信者がほとんどである。日本からは、衛星通信機器の契約と共に三菱のギャランという車も納品されていた。これは、一部の現地幹部スタッフの通勤等に使われていた。

あるとき、郊外のパン工場にパンを仕入に行った際、物凄いスピードで1台の車が衛星地球局方面に疾走して行った。車の色と形から直ぐ現地スタッフの車とわかった。局に帰ってスタッフに、「あんなスピードで運転すると危険だ。事故を起こしかねない」と心配して注意すると、帰ってきたのは、「死んでも復活するから心配ない」との返事だった。そのときは、イスラム教のコーランにはとんでもない教えがあるのだと思ったことを記憶している。

キリスト教系の教えにも復活はあるが、イスラム教の復活とは考え方、捉え方が随分違っている気がする。元をただせば、共にユダヤ教から発生しているので、共通する部分もあると思うが、考え方、捉え方には大きな相違がありそうだ。

聖書での復活は、大患難を生き抜き、またはその後復活を果たし、1000年統治の中で生き抜いていかねばならない。

もし、私も復活することができるなら、再び妻と出会い、結ばれることを望みたい。そして、人生最大の失敗であった、私ちの子供を3人以上授かりたいと願っている。

永遠の命

聖書の中には、永遠の命についても書かれている。私たちの一般的な知識からは、そんなことはあり得ないという結論に達してしまうだろう。

私のつたない知識から記述するのもおこがましいが、この永遠の命については、聖書のマタイ、ヨハネ、ローマ書などに記述されている。

では、永遠の命とは、どのようにすれば得ることができるのかという疑問が湧いてくるのではないだろうか。

その答えは、聖書のヨハネ17章3節に、「唯一まことの神と、神が遣わされたイエス・キリストの知識を取り入れることが、永遠の命を意味している」とある。

それでは、人類に死が入り込んだのはというと、創世記3章に記述があるが、アダムとエバが神からの指示に従わず罪を犯し、園の真ん中にある木の実を食べたことに起因している。

そして、永遠の命については、聖書の最終章啓示21章4節に、「神は目からすべての涙を拭い去り、もはや死はなく、嘆きも叫びも苦痛もない」と記されている。

このように聖書には、復活や永遠の命についての記述があり、われわれ東洋人との感覚とはかけ離れている部分もあるが、国際結婚の場合、お互い理解し合うためには、聖書の知識を得ることも必要である。妻にとっては当たり前の感覚を理解するためにも、必要な知識かも知れない。

そして、妻からの伝言で、聖書に興味のある方は、HP:JW.ORGを見てくださいとのことでした。

第15章　残りの人生

1　これからの私の目標（社会貢献）

私としては、これから成すべき社会貢献的な目標をいくつか持っており、実行し、実現させていきたいと思っている。

シニアの社会貢献

まず1つ目は、シニア世代の社会貢献である。

Iグループの企業には、(株)シルバーエッグスがあるが、Iグループの定年社員の受け皿として、社名のごとくシルバー世代の健康で活動的なシニアライフを目指して設立した。

その事業の中に、ボランティア活動部の仕事として、地域の清掃作業があるが、この活動をシニア世代の健康維持と社会貢献の一挙両得の活動として身近な地域から始めていきたい。そして、本社内に設置している日本クリーンアップ協会を通し、全国に広めていきたいと思っている。

この究極の目標は、日本を外観的にもシンガポール以上の、美しい国の代名詞になるように変貌させ、加えて日本国民の心とマナーを洗練し、世界から最も尊敬される国、民族を目指して活動したいと考えている。

現在、本社では、毎日環境整備と称し、全員で始業時の朝礼の直後から15分間、職場と社内の清掃を行っている。お客様の現場では、ＱＳＣ活動として、現場入場時より綺麗にして退場する活動を行っている。また、年に4回、Ｉグループ本社社員総出で本社地域の清掃活動を行っている。加えて、新入社員には、新入社員研修の一環として、神奈川県の海岸清掃と金属探知機を使った危険金属除去活動を、海の季節前の5月に毎年実施している。

余談ではあるが、リポビタンDのコマーシャルでも有名だった、俳優の渡辺裕之さんのボランティア活動を通勤途中に何度も見かけることがある。お忙しい身にもかかわらず、大きなゴミ袋を2つ手に持ち、道路の中央分離帯や道端のゴミを分別しながら回収されている。その姿は、華々しい芸能界とは裏腹に、地道な活動ではあるが確実に地域社会のために役立っていると思う。

われわれシニア世代も、この渡辺裕之さんの活動に倣い、地域社会をより綺麗に美しくしていければと思っている。

地震予知研究への協力

２つ目の目標は、地震予知研究への協力である。

地震研究で最も有名なのは、東大地震研かも知れないが、一般的には地震予知は不可能とされている。しかし、この難題にチャレンジしている少数の科学者たちがいることを忘れてはいけない。

もし、地震の予知が、いつ、どこで、どの程度の規模と、１００％とはいかなくともできれば、地震災害を最小限に留めることが可能となり、人命救助、社会貢献に大きく寄与することは間違い

【図表 76　早川先生の地震予知関連図書】

ない。それどころか、地震発生予知のメカニズムが解明されれば、ノーベル賞級の発見といえるのではないだろうか。

　では、どんな科学者が、地震予知の研究を地道に進めているのか。

○早川正士先生

　電気通信大学名誉教授、工学博士。（株）早川地震電磁気研究所代表取締役。ＵＬＦ（超超低周波）、ＶＬＦ（超低周波）帯における、電離層擾乱観測による地震予知の研究。

○斉藤好晴先生

　認定ＮＰＯ法人環境防災技術研究所所長、地震前兆総合観測センター長。多方式多点観測（植物電位観測、ＡＭ帯電離層擾乱観測、ＶＨＦ２周波同時観測）による地震予知の研究。

○鳥山英雄先生

　東京女子大学名誉教授、理学博士。植物生態電位による地震予知の研究。

○矢田直之先生
　神奈川工科大学工学部准教授、工学博士。動物と大気イオン濃度観測、動物の本能的に生ずる刺激の観測による地震予知の研究。

　このほかにも、地震予知研究を行っている研究者がおられるとも承知している。ぜひ、この地震予知という、人類のために大きく貢献できる研究が開花することを切に願っている。

　当社では、斉藤先生のＡＭ電波観測点およびＶＨＦ２周波同時観測点として、観測協力をしている。そして、先生方の地震予知研究を側面から支援しつつ、当社では今後、耐震工事等を行うことで、社会貢献を果たしていきたいと考えている。

ペルーへの貢献

　３つ目の目標は、妻の国ペルーへの貢献である。

　ペルーは、アンデス高地やアマゾン地域もある、自然豊かな国である。そして、最近は美食の国としても有名である。

　皆さんは、マカという自然食品をご存じだろうか。近年は、ほとんどの人が、サプリメントとして耳にしておられるのではないだろうか。

　このマカについては、20年以上前、日本では1、２番目のはずだが、私自身がペルーから輸入し、販売したことがあった。もっとも、当時は、知名度もなく販売に苦戦した思い出がある。

かつて、ペルーのイキートスというアマゾン地域に行ったことがあるが、そこで聞いたのは、「カナダの企業は、毎年3か月くらいの時間をかけて、健康に有効な植物の研究に来ている」とのことだった。このようにアンデス地域には、人類の健康に効能を持った植物が、まだまだあると思われている。

【図表77　本社内のH2MC水素健康管理センター】

そんな中、私自身も食材を持ち帰り、友人に試してもらったところ、凄く効果のある食材があった。この食材を改めて日本に輸入することによって、ペルーからの輸出、日本人の健康に相互寄与できればと考えている。そして、この事業を行うために、第一線から身を引いたといっても過言ではない。

水素関連店の展開

4つ目の目標は、水素吸引設備の路面店展開である。

現在、弊社（インテリジェントシステムズ）では、社員の福利厚生目的でH²MC（水素健康管理センター）を運営している。公開しており、不便なビルの8階の1室にもかかわらず、一般のお客様も定期的に来店くださっている。

水素の効能は、最近注目を集めて来ており、救急車にも常備されていると聞いている。また、当社には、若くして舌がんになった社員がいるが、聞いてみると舌がんになる前には、口内炎がよくできていたと言っていた。

私自身、口内炎が頻繁にできることがあり、度々食事もままならない状態になった。しかし、水素ガス吸引をすることによって、口内炎の発症率は10分の1どころか100分の1くらいまで減少した実感がある。その他にも、10年以上患っている花粉症の症状が大幅に軽減されている。

これは私の実感であるが、水素の効能として、パーキンソンやアルツハイマー等々の病気にも効果があるなど、500件以上の学会論文が書かれている。そんな健康に有効な水素吸引、水素風呂、水素水を提供できる路面店を今後展開しようと計画している。

2　これからの妻と2人での目標

健康維持

前項は、私が成し遂げたい目標であったが、ここでは妻と2人で成し遂げたい目標について考えてみたい。

現在、私は66歳、妻が55歳で、妻はまだまだ人生は長いと感じているだろうが、私にとっては、一般的な男性の健康寿命の72歳まであと6年ほどである。

これを考えると、企業経営者として最後まで現役という選択肢もあるかもしれないが、私としては、２０１８年9月に一部退任したことからもわかるように、妻との時間をより重視し、優先していきたいと思っている。

そして、私たちの目標は、月並だが、より長い時間を夫婦で共に過ごすことに尽きると思う。よく亭主は元気で留守がいいとか、定年後、夫に毎日家にいられるとストレスを感じると言う奥方がいるとも聞く。

私の母もそうだったのかもしれない。想像だが、父が定年退職して家にいると、母に対し、「おい朝飯」、「おい昼飯」、「お茶」、そして夜は、夕方早い時間から焼酎、刺身、その後のご飯などと、言われていたような気がしないでもない。そんな状況では、夫の定年後は奥様方の生活リズムも狂ってしまいそうで、ストレスを感じてしまうのは当り前であろう。

しかし、妻の場合は、以前から、早く仕事を止めて、共にいる時間を沢山つくりたいと言ってくれている。そのことだけでも、世のご亭主と比べ、とても恵まれていると妻に感謝している。これも国際結婚の賜物なのかもしれない。

では、これから、妻と2人、どのような目標を立てて、充実した人生を送ることができるだろうか。

まずは基本的なところで、健康年齢を伸ばすためにも、健康維持のための努力をしていかねばならない。では、具体的にはどうするかというと、一般的には、スポーツクラブに通ったり、ウォーキングをしたりすることだろうか。だが、現在のところは、まだ何もやってはいない。

腹八分目に病なし

健康のためには、食事の管理も必要である。以前読んだ南清貴著の「じつは怖い外食」や「行ってはいけない外食」を参考にすると、安易に外食ができなくなってしまうほど衝撃的だった。缶コーヒーもよくないとのことなので、以前は職場で毎朝1本飲んでいたが、これ等の本を読んでからここ7～8年は1年に1本ぐらいしか飲むことはなく、激減した。

【図表78　「じつは怖い外食」「行ってはいけない外食」と水野南北氏の書籍】

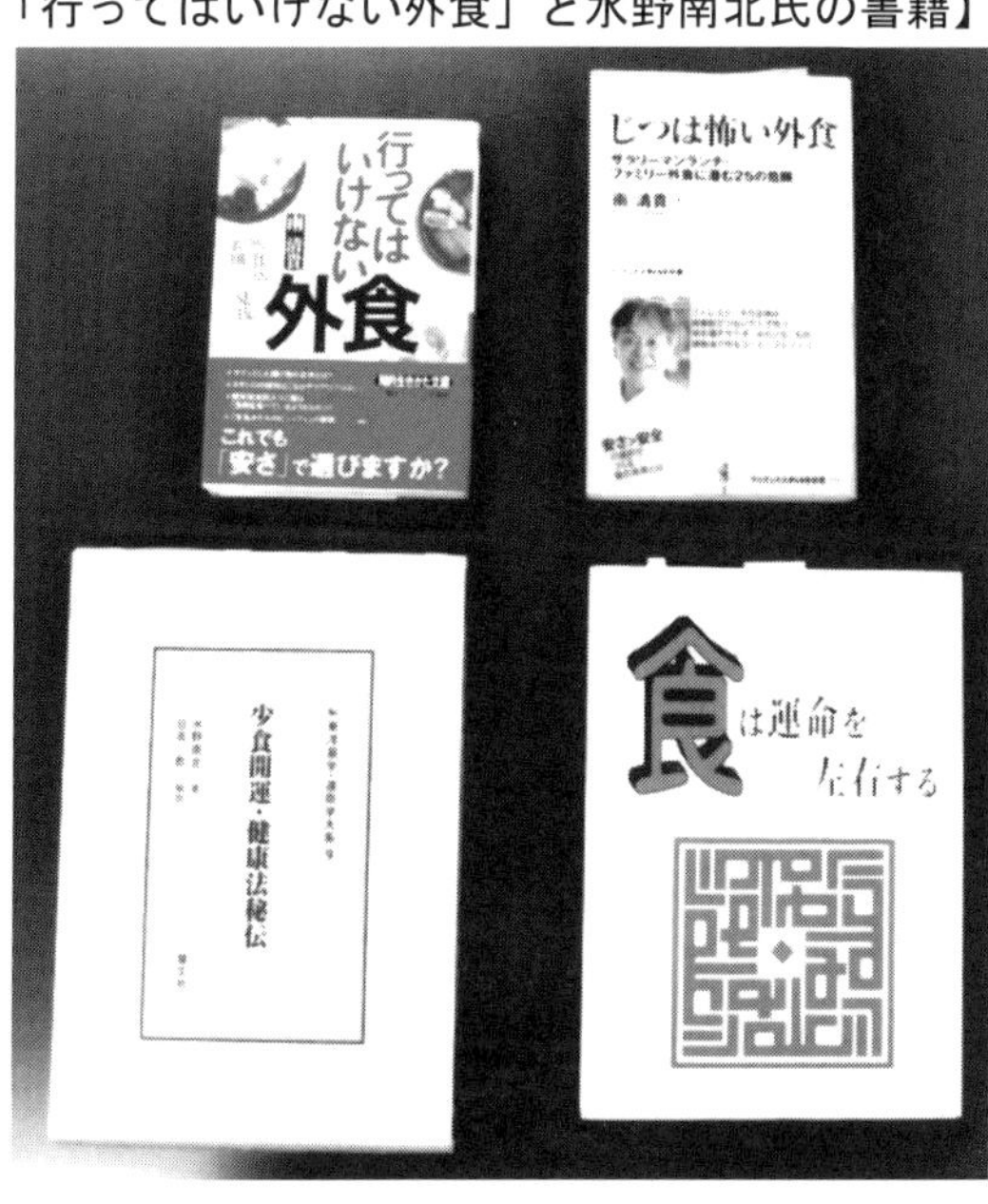

実際、缶コーヒーが好きの友人は、1日10本くらい飲んでいると言っていたが、その数年後に糖尿病で亡くなってしまった。

また、江戸時代の観相学者・水野南北が、食について書いた書「食は運命を左右する」等も参考にしながら、健康には細心の注意を払わなければならないと思う。

この書籍では、「腹八分目に病なし」という健康法の基本中の基本を、手を変え品を変え、様々な角度から教えている。結局、自炊が最も安全なのかもしれない。

私の祖母トサは、明治28年生まれだったが、粗食に耐え腹八分目を実践していると聞いたことがあった。実際、祖母は、煮魚を食べた後に、お湯を掛けてその汁を飲み干し、魚の骨だけを残していた姿は、私の幼少の頃の祖母の記憶として鮮明に残っている。そして、食材を無駄にしないという祖母の教えを自分も受け継いでいると思う。

そのためか、祖母は、人生最初で最後の入院を自分の甥の病院で過ごし、なんら苦しむこともなく、長女が病床から席を外したほんの少しの間に、老衰で眠るように97歳の天寿を全うしたのだった。

現在の食生活では難しいが、私たちも、できればこのような最期を迎えられればと思っている。

その他の目標

他の目標としては、どんなものがあるかというと、前述したように、結婚した当初、妻に、「3年はペルーに住む」と安易に言ってしまったことがある。その約束は、分割で達成できればと思っている。そのためにも、実際に計画をしっかり立てて、実行に移すべく努力をしていかねばならない。その他にも、息抜きや見聞を広めるための旅行やリクレーションも必要であろう。

加えて、私自身としては、妻への敬意として、妻の母国語のスペイン語の再学習も目標としたい。スペイン語は、現役で出張していたときは、コロンビア、メキシコ、ペルー、そして1年間滞在したリビアでも勉強したので、自分でもかなりのレベルまで達していたと思っていたが、妻の日本語が上達するに連れて、自分にとって楽な日本語での会話に変わっていった。

そのため、娘が高校生の頃、一緒にスペイン語検定を受けようということになり、私は4級、娘は5級を受験し、2人とも合格できた。

今後の目標は、スペイン語検定3級の合格を目指したいと思っている。3級というと簡単に聞こえるが、スペイン語検定は、1級から6級までありそのレベルと基準は、次のようになっている。

・6級（入門）：基本的な文章の読み書きができる
・5級（初級）：簡単な文章の読み書きができる
・4級（中級）：おおよその分法を理解し、日常的な会話ができる
・3級（上級）：新聞を読んで理解でき、一般的なガイドが可能
・2級（最上級）：テレビやラジオの番組を理解でき、一般的な通訳が可能
・1級（プロ級）：出版物の翻訳や会議通訳、専門的ガイドが可能

英語検定と難易度を比較すると、スペイン語検定6級は英検4級相当、スペイン語検定3級は英検準1級と同レベルに当たり、スペイン語検定3級以上の合格者には、有料講習受講を条件に実務翻訳士の証明書が発行される。

このように、スペイン語検定は、等級の割には意外と難しく、大学のスペイン語学科卒でも3級レベルで、3級取得者は少ないとも聞いている。

その他にもスペイン語の語学検定としては、国際的な検定でＤＥＬＥというのがあるが、試験は

すべてスペイン語で、上級試験のC2、C1はネイティブでも難しいといわれている。

そして、妻が最も高い目標としているのは、前述したように、夫と共にクリスチャンの奉仕・伝道活動をすることであろう。そのためには、私自身の努力が必要なことも十分心得ている。

3　日ごとに増す妻への愛

妻への愛の再認識

本書を書き始めてから、そして原稿を書き進むにつれて、妻が国際結婚により来日から現在までに多大な苦労、苦悩、努力、我慢、心配、ストレス、寂しさ、悔しさ、苛立ち、そして無念さ等を乗り越えて今日があることを、改めて認識し、わかってきた。

それを考えると、妻との些細な意見の違いで、今までは仲違いをしたりすることも多少はあったが、今後は妻に対して今まで以上に敬意を払い、結婚当初妻が言っていた、「日が変わるまでには互いに仲直りをする」という約束を、忠実に守っていきたいと思う。

聖書の助言に従う

妻への愛を示すには、妻の愛読書でもある聖書において、愛についてどのように述べているかを見てみる必要がある。

また、弊社Ｉ（愛）グループの愛の語源となっている、コリント第1の13章4～8節によれば、愛について次のように説明がなされてある。

・4節：愛は辛抱強く、また親切です。愛はねたまず、自慢せず、思い上がらず、

・5節：みだりな振舞いをせず、自分の利を求めず、刺激されてもいらだちません。傷つけられてもそれを根に持たず、

・6節：不義を歓ばないで、真実なことと共に歓びます。

・7節：すべてのことに耐え、すべてのことを信じ、すべてのことを希望し、すべてのことを忍耐します。

・8節：愛は決して絶えません。それに対し預言の賜物があっても、それは廃され、異言があっても、それはやみ、知識があっても、それは廃されます。

これらの聖書に書かれている愛については、妻はもちろん熟知している。その妻へ、私ができる限りこの教えに従って妻に接し、愛を示し、実行するように努力していきたいと思っている。

また、聖書のエフェソス5章28、29節には、夫への助言として次のように記されている。

・28節：夫は自分の体のように妻を愛すべきです。妻を愛する人は自分自身を愛しているのです。

・29節：自分自身の身を憎んだ者はかつていないからです。

エフェソス5章28、29節の夫への助言も、妻に示す愛の手本としなければならない。

最愛の妻は、国際結婚での喜怒哀楽を通し、今日まで共に歩んできた。そのような意味でも、この書籍の原稿を書き進むことは、妻との人生の振返りでもある。改めて妻との共同作業である人生を振り返り、原稿を書き進むことにより、日ごとに増す妻への愛を実感できている。

4 お墓は妻と共にペルーにも

分骨

お墓については、前述したように、ご主人を亡くされて、思案の末インドネシアから帰国された徳永さんの例に倣い、分骨し、ペルーと日本とにお墓をつくりたいと思っている。

日本のどこがよいかは、妻と相談しなければならないが、やはり共に過ごしている時間の長い横浜市の都筑区か青葉区のどこかに確保したいと思っている。

お墓といっても、現在のように核家族化が進むと、子供ならいざ知らず、孫の世代になると祖父母の供養など気が回らなくなってしまうのではないだろうか。

家系図を作成するとわかるが、何世代も同じ土地にご先祖様と暮らしていると、先祖代々の墓地があり、先祖の供養も当たり前のこととして考えられて行われているだろう。

しかし、戦後団塊の世代は、集団就職等で都会に出て来て、家族を持ち、世代を重ねることになる。すると子供の世代は、親と同じように親元を離れ、また新しい家族を形成していくことになるのが、一般的な気がする。

すなわち、核家族化がさらに進むことになる。それらが原因で、無縁仏が増え、樹木葬のような管理のいらない墓地が、時代の要求に応じて増えて来ているのではないだろうか。

揺らぐ檀家制度

私自身も御多分に漏れず、郷里の熊本を離れて横浜の生活が長くなっている。引っ越しも、就職してから通算7回、結婚してからも2回しているので、日本古来のお寺の檀家制度に組することも全くない。

ましてや妻はクリスチャンである。そんなことを考えると、お墓が必要なのだろうかという疑問すら出てくるが、今のところ、分骨することを考えている。

妻の日本での生活は、既に34年になろうとしている。これからもさらに長く年数を積み重ねていくこととは思うが、その苦労した年月に比べれば、私の苦労など大したことではないかもしれない。だからこそ、気持ちだけでも、妻に永遠に寄り添うことを希望しておきたい。

死んでからは同じ墓に入りたくないという御夫婦もいるかもしれないが、私の場合、私がもちろん先になるが、妻が許すならば、骨になっても骨まで愛する妻と、お墓の中でも永遠に共に寄り添っていたいと思っている。

5　人生終盤に向けての妻との人生のあり方

人生を12時間としたら

人生の時間を6時から18時までの12時間とした場合、人生を仮に80年とすると、朝6時から9時までが0歳から20歳まで、9時から12時までが20歳から40歳、12時から15時までは40歳から60歳、そして15時から18時までが60歳から80歳ということになる。

現在、私はもう66歳と数か月になろうとしていることを、この人生12時間時計に当てはめると、今は15時54分ということになり、陽は落ち始めている。

すなわち人生は、残り2時間ほどである。同じように妻の12時間時計は、14時15分でまだ陽は高いことになり、人生の終盤という意識はないかもしれない。

私の場合、健康年齢をこの12時間時計に当てはめると、72歳は16時48分で、一般的な健康年齢までの残り時間は、わずか54分しかないことがわかる。そして、平均寿命までの2時間足らずを、妻と共にいかに充実した日々を過ごすかは、重要な課題でもある。

そのように人生を12時間時計として意識すると、人生の終盤を早くから意識し、充実した人生の終盤を妻と共に過ごす方法を、早めに模索していかねばならないと気づくことができる。

では、どのように人生の終盤を、妻と共に過ごしていけばよいのだろうか。

1年を長く感じる方法

皆さんは、小学生のときの夏休みはとても長く感じた思い出はないだろうか。成人し、特にシニア世代になると、あっという間に1年が過ぎてしまわないだろうか。そんな話を友人としたことはないだろうか。

それは、1年を自分が歩んできた人生の比率でみると、わかるかもしれない。

例えば、次のようになる。

- 1歳での1年は、生きてきた人生の100・0％
- 10歳での1年は、生きてきた人生の10・0％
- 20歳での1年は、生きてきた人生の5・0％
- 40歳での1年は、生きてきた人生の2・5％
- 60歳での1年は、生きてきた人生の1・67％
- 80歳での1年は、生きてきた人生の1・25％
- 100歳では1年が、生きてきた人生の1・00％

年齢を重ねるごとに、1年の人生における比率は、小さくなっていくことがわかる。このことからも、時間の経過が年齢と共に早く感じられるのかもしれない。

しかし、われわれシニア世代は、小学校のときのように、1年をもっと長く感じて人生を謳歌したいと思っているのではないだろうか。充実した日々を過ごしたいと思っているのではないだろうか。そして、パッション（情熱）があれば、時間の経過をもっとゆっくりと感じることができるのではないだろうか。

もっとも、現実は、年齢と共に否応なしに行動が制限されてくる。加えて、年齢と共にパッションが薄れて来ることによっても、時間の経過が早く感じられるようになってしまうのかもしれない。そして、世の御亭主は、定年後、奥様に比べ、世の中、社会とのかかわりが極端に少なくなってしまうことはないだろうか。

そうならないためにも、妻と共に日々情熱を傾ける何かが必要である。毎日家に閉じこもっていては、人生の貴重な期間を無駄にしてしまうことになる。先が見えているシニア世代にとっては尚更である。

大きな11歳の年齢差

私と妻の年齢差は、誕生日が同じなので丁度11歳である。晩年になって来ると、この11歳という年齢差は、大きな意味をなしてくる。

一般的に、平均寿命は、女性のほうが長く、男性よりも長生きである。それを考えると、妻との寿命の差は開くばかりで、私がしっかり健康管理をしないと、妻との時間を長く過ごせなくなってしまうことが想定できる。もちろん、妻の健康管理は、より重要である。

そうならないためにも、小さくても構わないので、日々目標を設定し、達成することを繰り返していくことをおすすめしたい。そうすることによって、日々の達成感と充実感と共に、1日の時間、1年の時間も長く感じられて、充実した日々を送れるであろう。

そのような意味からも、妻の行っているクリスチャンの奉仕、伝道活動は、最適で、一挙両得でもある。したがって、そうした活動に参加できる資格を得ること（クリスチャンになること）も、私の目標の1つということになる。

6　たった1度のわが人生に悔いなし

妻との国際結婚に感謝

1953年8月25日にこの世に生を受け、青年期を過ごし、当時、最先端の衛星通信の仕事に恵まれ、海外出張を繰り返す中で、出張先のペルーで妻と初めて会った。そして、3年後の1986年12月、縁あって結ばれた。それから今日まで、喜怒哀楽を共にしながら、私も妻も人生の半分以上のときを、共に助け合いながら日本で暮らして来ている。

人生は、二者択一の連続で、実際はもっと多いが仮に30回の人生の分岐点がこれまであったとすると、第11章で述べた如く、現在は10億7374万1800分の1の人生航路を、妻というパートナーを得て航行中である。

そして、その30の分岐点では、20のプラスの選択肢があった。その中でもよかった5つの選択の中で最良、つまり私の人生で最もよい選択だったのが、ダントツで妻との国際結婚であるといえる。その国際結婚の機会を与えてくれた、そして実現させてくれた妻と、今は亡きご両親には、感謝の言葉しかない。

自分自身で人生を振り返り、人生最良の選択が、妻との国際結婚と言い切れることに、とても幸せを感じている。

妻にとっては、私と知り合わなければ、ペルーで、特に苦労もすることもなく、幸せに過ごせたはずの人生だったと思う。しかし、妻も敢えてたった1度しかない人生を私に賭けてくれたことを思うと、重い責任を感じる。しかし、それこそが、お互いのモチベーションを高める切っかけになったとも言えるのではないだろうか。

これからもいくつもの選択肢が、私たち夫婦が進む道の前に迫って来るはずだが、時には安全運転、時にはチャレンジ精神で、その選択肢を二者択一で選別していかねばならない。そして、私たちにとっての今後の最良の道を探りながら、まずは私の人生の終着駅を目指して行かねばならないと思っている。

妻と歩める人生に感謝

【図表79　最近の妻との写真】

妻と共に人生を歩み、いく度の試練を2人で乗り越えてきた。そして、共に助け合って生きて来れたのは、妻の多大な犠牲と奥深い愛情、忍耐、努力、加えて謙遜さのお蔭であることは間違いない。

現在まで、妻マルレーネと共に過ごすことができている人生に、私はとても感謝している。

そして、残りの人生の時間を妻のために使おうと決めた以上、いつまで続くかわからない私の時間をできるだけ有意義に、妻のために費やしていきたいと思っている。

友人知人で、60歳代で他界していった人たちのことを考えると、さぞかし無念であったことだろうと思える。ましてや親友の大野君は、もう40年ほど前になるが、28歳の若さで旅立ってしまったのである。

そんなことに思いを馳せながら、早めの終活に取りかかりたいと思い、少しずつ始めている。できるだけ書類や、相続等々の複雑な手続の必要な事柄は、妻に負担にならないよう、早めに処置しておかねばならないと思っている。

また、前述したように、妻との時間をいかに過ごして行くかも重要な問題でもある。私の仕事に忙殺されて、妻には、余暇を楽しむ時間が少なかったことは間違いない。

今までは、妻が外国人としてのハンディキャップを背負いながら、相当な苦難と共に、私の仕事、家庭、精神的、身体的に人生を支えてくれたことは間違いない。今度は私が、妻を支える番である。そして、妻のことを最優先に物事を考え、実行していくことで、恩返しができればと思っている。

これからの人生の終盤も、できる限り長く、1秒でも多くの時間を共有し、二人三脚でこれからの人生を歩むことができれば、この上ない幸せである。

さりとて、今死んでしまうと悔いが残るが、これからの残された人生を、人並みの寿命を生き、妻が何不自由なく生きていける準備を整え、そして、身勝手で贅沢かもしれないが、妻に看取られて、妻への心からの感謝の言葉と共に、妻より先に人生を終えることができれば、私の「たった1度のわが人生に悔いはない」。

【図表80　家系図】

堀口家　家系図
西山　長八
吉本　次作
清田　卯助
持田　勘四郎
入江　茂作
中川　タノ
中川　記八
中田　善九郎
竹田　ユキ
竹田　助次郎
稲田　チヨ
稲田　傳次
持田　トキ
持田　平吉
中川　サモ
中川　記七郎
堀口　ヤス
堀口　松蔵
岩田　サタ
岩田　喜作
竹田　源次郎
小嶋　衛七
稲田　ノブ
稲田　勘五郎
西田　次作
本田　和作
中川　モカ
中川　記三郎
堀口　カメ
堀口　周治郎
竹田　ヨ子
竹田　幾平
稲田　ソデ
稲田　竹松
西田　卯市
西田　イワ
堀口　トサ
堀口　又三
竹田　季彦
竹田　キクエ
堀口　義人
堀口　ミツエ
フリア　オスピナル・カリージョ
ルフォ・グリオ　サンタナ・カルデナス
堀口　幸男
堀口　マルレーネ
堀口　由里恵
苗字：堀口
地名姓のため各地にあり、関東・東海・関西・鹿児島県に多い。特に群馬県から埼玉県にかけて多く、群馬県甘楽郡甘楽町に集中している。歴史的には、新田氏一族の上野の堀口氏が著名。鹿児島県の場合、大隅国肝属郡新川西村（鹿児島県肝属郡東串良町）には、宝屋と号した豪商の堀口家があった。
全国名字順位：　478位
最高順位　：　群馬県98位
熊本県　：　634位
直系血族平均年齢 男子：78歳・女子：68歳
堀口家　家紋：丸に剣酢漿草（かたばみ）（植物紋）
植物紋で片喰、鳩酸草、傍食とも書く。日本全国見られるカタバミ科の多年草で、繁殖力に優れ、虫刺されなどの薬効もある。均整のとれた簡潔な意匠は文様として愛され、平安末期の今鏡にも車紋として使われた。太平記には、正平7年(1352年)武蔵野合戦時に、新田義興の陣営に見ることが出来る。武家に好んで用いられたのは、その繁殖力の強さが家運隆盛・子孫繁栄に繋がる事からと言う。現在五大家紋として最も多く使用されている家紋の一つ。分布は、全国的に分布しており、鹿児島県以外の都道府県とも上位をよめる。最も多いのは大阪府、次いで隣接する奈良、兵庫、京都、滋賀、三重に多い。東北、九州はやや少ない。
平成２６年４月吉日（2014-001）
平成２９年６月吉日　改版
(株)シルバーエッグス作成

あとがき

最愛の妻マルレーネと共に、この時代を生きた2人の証として、たとえ読んでいただける人は少なくとも、遥か遠い地球の裏側の国ペルーから、私のためにだけに、自分の人生をかけて日本に来てくれた、妻への感謝の思いと、国際結婚に至った私たちの足跡。加えて、国際結婚後、現在までの足跡をこの書籍に残しておきたいとの思いから、その経緯を書籍として書き残すことにした。

そして、私の人生を振り返って、数ある選択肢の中で最良の選択が妻との国際結婚であったことから、この書籍の主題を「国際結婚のすすめ」とした。

出版する時期については、65歳で一線を退くことを考えていたので、その後ということになったが、66歳で出版できればと目標を定めていた。その目標どおり、66歳で本書を出版することになり、時期的にも、自分の人生を振り返る意味でも、とてもよかったと思っている。

書籍の出版に関しては、当初は、自分史としての出版を考えていたが、自分史はそれなりに十分価値はあるとは思うものの、自分だけのことで、読者も限定されてしまうことは否めない。

そこで、私の人生の1部が読者の方々の参考になるのかと考えたとき、自分の人生を振り返って見て、「数ある人生の選択肢の中で人生最良の選択は妻との国際結婚である」と公言していたことを思い出した。

それなら、私の国際結婚という選択が、読者の皆さんに参考になるかどうかはわからないが、これから更なるグローバル化が進む中、島国日本でも国際結婚の機会が益々増えて来ることが十分想像できる。ならば、国際結婚の多少の先輩でもある私たちの辿って来た道、苦難、苦労、喜怒哀楽を1冊の本に纏めて、これから国際結婚を考えようとする方々の、多少なりとも参考にしていただければ幸いであると思い至った。

また、すでに国際結婚をされている方々、国際結婚ではない方々も、ご自分の配偶者の苦労を再確認することにより、改めて労いと感謝の気持ちを、互いに伝え合って欲しいと思う。

私自身も、本書を書き進むにつれて、妻への感謝の気持ちを再認識し、妻の努力と苦労を認め、感謝の気持ちを言葉に表し、労いの気持ちを表現できるように、自分自身が変わって来ていることを感じている。

今後の目標は、今回は私の立場で「国際結婚のすすめ」を出版させていただいたが、次は、苦労の連続だった妻の立場から見た国際結婚の思いを、続編の「続　国際結婚のすすめ」として、スペイン語および日本語の両言語で、ペルーと日本で出版したいと考えている。

スペイン語は、世界で4億人の人たちが話す言語で、15世紀頃から新天地を求めて船出した民族の言語でもあり、妻とそのご先祖様の言語でもある。グローバル化を遥か昔に実現した人たちの子孫である妻に、現代のグローバル化の要因にも成り得る国際結婚の喜怒哀楽を、妻の立場からも分析して、出版してもらいたいと思っている。

そして、これらの書籍が、私たち夫婦の生きた証として世に残り、読んでいただいた方々に多少なりとも参考になる部分があれば幸いである。加えて、私のお墓にも一緒に埋葬していただきたいと思っている。

また、本書は、国会図書館に寄贈されるとも聞いている。この書籍「国際結婚のすすめ」が、私たち夫婦の生きた証として、国会図書館に残せるのであればこの上ない喜びである。

読者の皆様方も、人生のどの時点でも構わないので、1度立ち止まって、自分の生き様を振り返って見ることで、学べることや再認識すること、そして将来の自分の人生最良の道へ向けて参考になることを見出せることもあるかと思う。

読者の皆様方の人生が、これから先も幸多きものとなりますよう、心よりお祈りいたします。
私ごときの拙い書籍を最後まで読んでいただき、誠にありがとうございました。

堀口　幸男

IGRP（Iグループ）企業紹介

国際通信企画㈱

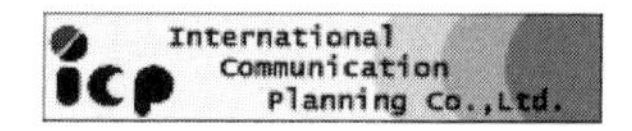

URL：http://www.igrp.co.jp/icp/

営業科目：全国中小規模の無線、衛星、移動体、企業内ネットワーク、LAN工事保守等。基地局等無線局点検、技術支援、一般労働者派遣事業等。

㈱インテリジェントシステムズ

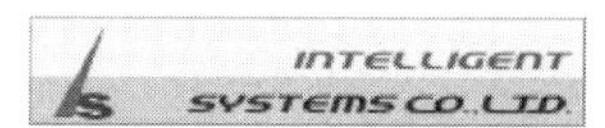

URL：http://www.igrp.co.jp/is/

アイエストラストショップ ヤフー店 : https://store.shopping.yahoo.co.jp/istheme/

H2MC水素健康管理センター ：http://www.igrp.co.jp/is/product_hhmc.html

営業科目：プロジェクタ、電子黒板、スマートチャージ（コピー機）、衛星通信、共調システム、アンテナ、音響システム等の販売・工事、ネットショップ運営等。

H2MC運営および水素健康関連商品販売　　　IS　TRUST　SHOP

㈱SHインターナショナルトレーディング

URL ：http://www.igrp.co.jp/shit/

SHオート：http://shauto.igrp.jp/

営業科目：中古車・新車の販売、レンタル、リース
中古車買取り、委託販売・売却、輸出、バッテリ販売、艤装工事等。

㈱シルバーエッグス

Silver Eggs Co.,Ltd.

URL：http://silvereggs.igrp.jp/

家系図：http://silvereggs.igrp.jp/product_familytree.html

営業科目：家系図委託制作、家系図資料編作成、シルバー人材、女性活用事業、クリーンアップ事業等。

上記事業に興味のある方は、HP経由直接お問い合わせください。

著者略歴

堀口　幸男（ほりぐち　さちお）

Ｉグループ（IGRP）企業代表。認定 NPO 法人環境防災技術研究所副理事長。照明学会会員。

1953 年、熊本県生まれ。東海大学工学部通信工学科卒、１年 10 か月のサラリーマン生活に終止符を打ち、個人事業主として独立。衛星通信技術者として海外出張を繰り返し、1983 年２月、29 歳で友人２人と国際通信企画株式会社を設立、取締役就任（1989 年代表取締役）。

1986 年 12 月、国際結婚。

企業としては、慶応大学村井研究室のインターネット研究機関 WIDE の衛星担当として参画。また、通信衛星（CS）の普及と共に、衛星通信を使った多数の企業内ネットワーク構築に協力。POS レジから始まった LAN の工事、そして PC の普及と共に企業内 LAN 工事等従事。無線、衛星、光、移動体、ネットワーク系等の情報通信関連業務に従事しながら、Win － Win － Win（お客様―企業―個人）の関係を重視し、QSC 活動を基盤に、企業活動を行っている。

現在は、IGRP カルチャーブックに基づき、企業オーナーに徹し、後進を育て、譲るべく活動中である。
○関連会社
・1989 年４月、株式会社インテリジェントシステムズ（代表取締役）―IGRP 調達企業として設立。
・2000 年８月、株式会社ＳＨインターナショナルトレーディング（代表取締役）―IGRP 車両管理および中古車輸出企業として設立。
・2012 年 10 月、株式会社シルバーエッグス設立（代表取締役）―シルバー世代と女性の活用を目的に設立。

国際結婚のすすめ　人生最良の選択

2020 年 1 月 21 日　初版発行

著　者　堀口　幸男　© Sachio Horiguchi
発行人　森　　忠順
発行所　株式会社 セルバ出版
〒 113-0034
東京都文京区湯島 1 丁目 12 番 6 号 高関ビル 5 B
☎ 03（5812）1178　FAX 03（5812）1188
http://www.seluba.co.jp/
発　売　株式会社 創英社／三省堂書店
〒 101-0051
東京都千代田区神田神保町 1 丁目 1 番地
☎ 03（3291）2295　FAX 03（3292）7687

印刷・製本　モリモト印刷株式会社

Printed in JAPAN
ISBN 978-4-86367-549-0